Nota Bene

David Roberts

Dedicación

La novela está dedicada a mi esposa Karen y a mis hijos Jessica y Johnathon.

Contenido

Capítulo uno

Llegué a Trieste por una carretera que serpenteaba entre laderas áridas que parecían dunas de arena hacia las nubes oscuras que ensombrecían el horizonte, convirtiendo el Adriático en un espejismo. Iba de camino a reunirme con un nuevo cliente.

Liz Black, arqueóloga convertida en comerciante de arte, facilitó el traslado de obras de arte y artefactos desde Oriente Medio y el norte de África a museos europeos. Poseía una pequeña villa al final de una calle de edificios barrocos. Su puerta principal era de estilo clásico italiano, verde, a juego con las contraventanas de las ventanas laterales, y con una estatua de cabeza, de aspecto romano, que la observaba desde arriba del marco.

Sin embargo, era de estilo británico. Se detuvo en mi tarjeta de visita, finalmente me la devolvió y dijo: "¿Entonces te llamo Brown? ¿Tienes tu nombre?". Me encogí de hombros, pero me dejó entrar. A pesar del intenso calor de principios de agosto, nos sentamos afuera, en un jardín de flores marchitas, hierbas teñidas por el sol y un pequeño bar, todo presidido por una inquietante estatua de piedra de casi dos metros. Kore, la diosa del inframundo, me dijo.

"Debo decir que se ha movido rápido", dijo. "Como le dije a su recepcionista, necesito encontrar a un arqueólogo, Trevor Martin". Me entregó un sobre. "Incluí varias fotos de Martin en este sobre, con información básica".

Asentí en agradecimiento y luego pregunté: "¿Entonces Martin está desaparecido?"

No sé si está desaparecido. Simplemente no contesta el teléfono ni los correos. Ni siquiera sé dónde está. Podría estar todavía en Túnez o de vuelta en La Valeta.

Ya está de vuelta en La Valeta. Revisamos los manifiestos de vuelo y regresó en un vuelo dos horas después de llegar a Túnez.

—¿Por qué? —Su voz delató una repentina ausencia—. Estaba deseando concluir el proceso. ¿Por qué no contestaba mis llamadas?

Quizás esté disfrutando de las vistas. O, más importante aún, pensando en cosas.

—No. He tenido conversaciones continuas con él y estaba conforme con cómo iba el proceso. Emocionado, la verdad. —Se recostó en su asiento. La edad le había dañado la cara. Su rodilla izquierda no funcionaba bien, llevaba una blusa y pantalones cortos desteñidos, y su forma de hablar delataba a alguien aislada del mundo angloparlante durante demasiado tiempo. Me ofreció una cerveza, que rechacé, pero eso no le impidió preparar un gin-tonic. A los dos primeros sorbos, empezó a inclinar ligeramente el vaso— . Está en medio de unas negociaciones muy importantes. Necesito que lo encuentren.

"Dime qué pasa", dije.

Me contó mucho de lo que ya sabía. Un artefacto descubierto en el desierto del sur de Túnez estaba a la venta en un museo europeo. El Departamento de Antigüedades de Túnez quería usar el dinero para apoyar las operaciones del museo en su país.

"Contraté a Trevor para que lo autenticara", dijo Liz. "Conozco a Trevor desde hace cuarenta años. Fuimos juntos a la escuela y participamos en algunas excavaciones tempranas. No es propio de él no devolverme las llamadas".

"Entonces, ¿ha visto el artefacto?"

—Sí. Le conté todo esto a su recepcionista. —Abrió los ojos de golpe. Dejó su bebida, la cogió y dio un trago—. Estuvo en Túnez hace dos semanas, la estudió e hizo las preguntas. Hace tres días, regresó para observar la datación por radiocarbono. Pero según Sidi Gharbi, director del museo, se fue casi en cuanto llegó a Túnez. Nunca presenció la datación por radiocarbono. No estoy segura de si siquiera regresó a Malta.

"Voló de regreso a Malta y no aparece en los manifiestos de los vuelos de salida".

—Ah, es cierto. Me lo dijiste. —Hizo una pausa para beber un sorbo de su bebida y luego la volvió a colocar en su lugar.

"¿Te dijo Gharbi por qué se fue?", pregunté.

Gharbi dijo que Martin no dio ninguna explicación. Al parecer, Martin estuvo allí una media hora y luego salió furioso. Están desesperados por que regrese. Gharbi ha llamado al menos cinco o seis veces, preguntando por su paradero. Pero no he podido contactar a Trevor. Negó con la cabeza. Le di toda esta información a tu oficinista. ¿Cómo es posible que no la sepas?

Solo confirmo la información. Es lo habitual.

Ella golpeó su mano con desdén, dejándome continuar.

"¿Conoces a Gharbi?", pregunté.

Ella negó con la cabeza.

"¿Hay un contrato entre ustedes y los tunecinos?"

"Firmado y muy ajustado."

"¿Se habló de que otros departamentos gubernamentales no quieren desprenderse de su patrimonio?"

Negó con la cabeza y dejó la bebida. Su rostro se retorció en diversas formas y sus ojos vagaron por la habitación. Se rascó un lado de la cabeza con la mano derecha, luego se recogió el pelo corto en la nuca y, de repente, sus brazos no tenían adónde ir, así que los cruzó tras la espalda y los estiró.

"Tengo entendido que Martin vive en El Cairo a tiempo

completo", dije.

—Sí, también le dije eso a tu recepcionista. Así que te contó algunas cosas, pero no todo. —Entrecerró los ojos—. Se jubiló hace varios años, pero vive en El Cairo, así que puede aceptar trabajos a destajo. No puede dejar de hacer excavaciones. Así que le fue fácil decir que sí cuando le pedí ayuda.

—¿Pero no se quedó en El Cairo? Si el proceso se extendió, ¿por qué no regresó a casa?

No quería viajar mucho. También tiene un viejo amigo, un colega nuestro, que vive en Malta. Leonardo Gracchi. Quería poder visitarlo. Así que pagó el hotel. —Se encogió de hombros—. Se aloja en el Hotel West End de La Valeta.

Se levantó a buscar otra ginebra, llegó a la puerta y se volvió hacia mí. «Necesito que lo encuentren».

¿Qué es este artefacto? ¿Una herramienta? ¿Una...?

—Una diosa —dijo Liz—. Ven conmigo.

La seguí de vuelta a la villa y por un pasillo hasta una habitación con aire acondicionado llena de obras de arte, una estantería y varias tumbonas. Sacó un libro del estante y hojeó imágenes de figuras de fertilidad de miles de años de antigüedad: diosas con vientres embarazados y las manos cruzadas sobre el regazo. Espirales rodeaban la piedra de la que estaban hechas.

Varias lucían triángulos, otras, galones.

Este es un búho. Las líneas son los ojos y la boca. Los antiguos creían que los búhos presagiaban la muerte.

Se encontró con una figura más lisa que las anteriores que me había mostrado, con pechos exagerados y una luna creciente unida a su cabeza.

—Esta es Tanit. —Se volvió hacia otra imagen, que mostraba la misma figura desde una perspectiva diferente—. Esto es lo que Trevor está autenticando. El artefacto del que hablamos es algo diferente; es negro, aunque los brazos están desteñidos. El símbolo de la luna creciente está presente. Las líneas onduladas representan el viento.

Liz se sirvió más ginebra, pero derramó un poco sobre la encimera. Se quedó mirando la ginebra, negó con la cabeza, se sirvió un poco de tónica y dio un largo sorbo. Su mano había empezado a temblarle ligeramente.

Se volvió hacia mí y me dijo que Tanit era la gran diosa primordial. Los comerciantes fenicios trajeron a Cartago a la diosa de la fertilidad de los mil nombres en el siglo VIII a. C. Su culto se extendió a Malta, Italia y España. Sus símbolos predominantes aún aparecen hoy en día: en bares y discotecas de Ibiza, en los cascos de los barcos pesqueros de Malta y en las puertas de los burdeles de Sicilia.

"La figura debe tener 2500 años." Sonaba como si estuviera soñando.

"¿Entonces Martín sintió que era genuino?"

—Sí. Tiene un don, una habilidad sobrenatural, para autenticar reliquias extraídas de la tierra. Puede ver con los dedos. —Su mirada se volvió vacía. Perdida de nuevo, pensé—. Podía pellizcar una cabeza de sílex o acariciar una figurilla y decirte dónde y cuándo había sido tallada. Era como si ya hubiera sentido la obra de aquel hombre.

A estos artesanos arcaicos les dio nombres como Hombre Libio o Artista Fenicio o, en otras ocasiones, nombres más atrevidos, dijo, riendo.

"Entonces, si es auténtico, ¿cuál es el valor del artefacto?"

—De 800.000 a un millón de euros. —Su mirada se endureció—. El ídolo no es lo que buscas. Los tunecinos lo tienen guardado en sus bóvedas.

Cuéntame un poco sobre Trevor. ¿Cuáles son sus debilidades? ¿El alcohol? ¿Las mujeres?

Ella rió con dureza. «Siempre mujeres. Trevor tiene un ego enorme. Tiene buen ojo no solo para las antigüedades, sino también para las mujeres. Nunca acepta un no por respuesta. Puede ser exasperante».

"Tal vez se fugó con una mujer para tener una cita romántica", aventuré.

No lo creo. Además, era muy bueno con sus palabras. Esto es tan fuera de lugar que siento que estoy hablando de otra persona.

Su mirada se vuelve vacía por un instante, como si volviera a entrar en el mundo de los sueños. «Siempre una nueva mujer del brazo. Las revisa como un niño revisa una caja de juguetes. En nuestras fiestas, especulábamos qué tipo de mujer podría aparecer, acompañándolo».

—Su amigo Gracchi, ¿ha visto a Martín?

Sí. Vio a Martin hace tres días después de que regresara a Malta. Dijo que estaba bastante ansioso, pero que no había hablado con él desde entonces. No tenía ni idea de dónde podría estar.

"¿Gharbi le preguntó a Martin qué le preocupaba?"

Ella sacudió la cabeza mientras unas pedernales aparecieron en sus ojos.

Así que se va sin presenciar la datación por radiocarbono y regresa a Malta angustiado. ¿Qué pudo haber provocado eso?

—No tengo ni idea. Pero no es de eso de lo que estamos hablando. —Apretó los labios—. Lo que necesito es que llegues a Malta y que Martin vuelva a la red. Se recostó en su asiento y me evaluó. Volvió a estudiar mi tarjeta de visita y luego me miró, recorriendo mis hombros con la mirada.

"Dudo que tengas algún problema".

Asentí. Habíamos llegado a la conclusión de que Martin probablemente tenía una resaca terrible o estaba teniendo sexo. Todavía parecía un trabajo de entrar y salir. Localiza a Martin y estaré de vuelta en casa, en Niza, en un par de días.

Lo dejamos ahí. Más tarde, cené en una trattoria que daba a un callejón. Mi camarero, joven y ágil, hacía sugerencias al azar mientras servía platos tradicionales a otros comensales que probablemente comían lo mismo cada noche. Terminé de comer en la oscuridad. El día rezumaba la decadencia de Trieste y del estado italiano.

Capítulo dos

El gerente del Hotel West End explicó que Martin había alquilado la habitación por un mes, pero había dejado claro que estaría fuera varios días durante ese tiempo. "No teníamos ni idea de cuándo estaba allí ni cuándo estaba de viaje".

Caminamos por un pasillo estrecho, bordeado de fotos históricas de La Valeta, hasta una puerta con un cartel de "No molestar". El olor que salía por debajo me resultaba demasiado familiar. Un repentino escalofrío me recorrió la espalda y se me erizaron los pelos de la nuca. El encargado de día llamó a la puerta, pero no hubo respuesta, así que abrió la puerta y lo empujé para entrar en la habitación. El cuerpo desnudo tendido en la cama era Trevor Martin. Le habían disparado en la cabeza. La bala le había destrozado el lado izquierdo de la cara, esparciendo fragmentos de hueso y piel por las sábanas. Me puse los guantes y me puse otro par encima.

Un aire de finitud flotaba en la habitación. El tiempo se detuvo. La habitación estaba surcada por una luz solar fragmentada. Me esforcé por oír algo, cualquier cosa, por encima del crujido de la inexistencia de sonido, pero nada. A mi izquierda estaba el baño, con un kit de afeitado junto al lavabo, pero por lo demás vacío. Goteaba agua de la ducha. Los azulejos del baño estaban limpios, el cubo de la basura estaba vacío y no había señales de uso. Un olor insoportable a lejía me quemó la nariz. Habían fregado la habitación.

En la mesita de noche había varias botellas vacías de whisky escocés, un vaso medio lleno de la bebida ámbar y las llaves de la habitación. Las persianas se agitaron con una brisa repentina, y me di cuenta de que probablemente amortiguaron el sonido del disparo. El anonimato en la calle también ayudó.

Cualquier observador podría concluir que un pintor loco dejó su huella; la sangre se acumuló en las sábanas, un arco estrecho cruzó el techo y adquirió un aspecto plástico en la silla del escritorio. Manchas empaparon la alfombra. Como un nadador que sale a la superficie, percibí el hedor. Se me llenaron los ojos de lágrimas. La repentina cacofonía de la calle me ensordeció.

Me volví hacia Martin. El asesino usó una pistola de bajo calibre, quizá una .32. Un profesional probablemente le habría disparado en el centro de la frente. Así que fue un disparo mal angulado, pero las partes de su rostro intactas eran reconocibles por las fotos que había visto. Su nariz romana seguía intacta, y sus mejillas poco profundas y sus cejas pobladas seguían siendo prominentes. Incluso muerto, sus manos yacían planas sobre la colcha, con sus finos y estéticos dedos cincelados por enormes venas oscuras.

Un profundo corte le marcaba un lado de la cabeza. Una lámpara rota yacía tirada en el suelo. Un mosaico oscuro de moretones le cubría el estómago, el pecho y los brazos; la ingle estaba empapada de sangre. Su cuerpo había adquirido un tono ceniciento y estaba hundido entre las sábanas. Tres días muerto, calculé. Dos impactos de bala marcaban la pared del fondo. ¿Disparos amenazantes? De ser así, quizá el asesino se equivocó con el tercer disparo.

El asesino había registrado la habitación. El televisor estaba de lado, con la pantalla destrozada y la parte trasera arrancada. Las plumas de las almohadas destrozadas cubrían el escritorio y la silla. El cubo de basura estaba de lado, con el contenido esparcido por el suelo. Me llamaron la atención varios condones usados.

Lo más importante es que no vi ningún maletín, portátil, maletín ni papeles. Revisé los cajones de la mesita de noche del armario, pero no entré más en la habitación. No llevaba protectores de pies. Dejaría el escritorio para la policía.

La búsqueda caótica, el disparo erróneo y las dos balas perdidas apuntaban a un aficionado que había emprendido una búsqueda frenética, obtusa y cada vez más furiosa. Supuse que el asesino se había apoderado del portátil y el maletín de Martin. Como había comentado Liz Black el día anterior: «Es un cabrón pesado que nunca gana las guerras».

Sobre el campo de exterminio, la decoración de la habitación contrastaba con la locura. Un reloj barroco del siglo pasado yacía intacto sobre la repisa de la chimenea. Acuarelas de escenas de caza inglesas adornaban la pared, y sobre la cama colgaba un crucifijo bruñido con Cristo mirándolo.

No hay nada más que hacer, me dije, pero eché un último vistazo a Trevor Martin: una obra horrorosa de bloques cubistas, el carnero del año pasado, sacrificado, desechado, tirado, atropellado en la carretera de alguien. ¿De qué se trataba?, le pregunté al cadáver como si su fantasma estuviera sentado frente a mí. Llegas al último reducto de Europa, una habitación cutre al final del camino. Te desnudas, tienes sexo y acabas siendo asesinado. No obtuve respuesta. Algo se había torcido; había salido de Túnez con prisas para volver a La Valeta, solo para acabar muerto.

Es hora de irse. Déjenselo a la policía. Mis ojos captaron a Cristo en el crucifijo; en la luz cambiante, su angustia se había vuelto espectral.

Capítulo tres

El encargado de día pasó a mi lado tropezando una vez que vio la escena. Cuando salí al pasillo, lo encontré apoyado contra la pared, jugueteando con su pañuelo e intentando limpiarse la boca. El vómito goteaba por la pared hasta la alfombra. Sus manos temblaban como juncos bajo el viento. Finalmente le pedí las llaves para cerrar la habitación y lo acompañé abajo para llamar a la policía.

Me senté en el vestíbulo y observé a dos viajeros mayores sentados en un sofá de los años 20, tomando café. Diez minutos después, entraron varios policías, conversaron brevemente con el gerente y lo siguieron escaleras arriba. Varios policías más entraron al hotel y aseguraron las puertas. Luego, los policías de civil. Los servicios de ambulancia entraron a toda prisa con una camilla. Eché la cabeza hacia atrás y cerré los ojos. Solo podía ver el rostro destrozado de Martin. Los abrí y vi a un policía de civil calvo sentado frente a mí.

"¿Soñando?" preguntó.

"Difícilmente."

Tomó mis datos. Le di una tarjeta de visita, que se guardó en el bolsillo. Se alejó y regresó unos minutos después y me dijo que podía irme, pero que no me fuera de Malta.

Nota Bene

Caminé por el vestíbulo del hotel, que trascendía ochenta años. Sillas y mesas art déco, papel pintado dorado con una mezcla de chevrones, triángulos, cuadrados y zigzags, todo competía por hacerse un hueco. Varias mujeres jóvenes, bien maquilladas, estaban ocupadas escribiendo en sus teléfonos. Una me miró, sonrió y volvió a su teléfono, pero la vi mirándome varias veces.

Entré en la cafetería que daba a un patio a la calle, con una vista espectacular del mar, donde los empresarios, sentados en mesas y sillas de metal y madera, conversaban, leían el periódico y bebían. Había varias coníferas entre las mesas, y un pequeño jardín se extendía en el centro de la cafetería. El exterior es de ladrillo y cemento antiguos con un diseño art déco en los laterales.

Salí del hotel, pero no me alejé mucho. Caminé por Battery Street y encontré sitio en la terraza del Café Augustine. El café se encuentra en la T que forman Battery Street y St. John's. Battery Street bordea el paseo marítimo; los turistas se abrían paso a empujones hacia los Jardines Upper Barrakka, deteniéndose para observar a la policía que acosaba el Hotel West End. Las amas de casa con bolsas de la compra caminaban en dirección contraria para seguir con su día. St. John's, en esencia, una subida peatonal de cien escalones irregulares, formaba la T y conducía al centro de la ciudad. Estaba vacío, salvo por un anciano que subía por sus escalones.

El patio del café era un excelente mirador. El sol del

mediodía caía a plomo sobre la calle donde estaba sentado, desvaneciendo los colores, proyectando sombras en portales y rincones, convirtiendo las ventanas en negros charcos de refracción y el Hotel West End en una mancha nebulosa. En el Gran Puerto, el agua se volvió agitada y los barcos se mecían, pero el azul brillante del cielo norteño sugería que el verano continuaba. Estiré las piernas bajo la silla de enfrente, empujé mi taza demitasse vacía sobre el plato y, cuando el camarero me miró, le pedí un segundo expreso.

Un coche anodino se detuvo, salieron dos detectives y el policía vestido de civil salió a la calle, sacó su bloc de notas y comenzó a hablar con ellos.

El camarero me sirvió un segundo espresso, un plato de galletas Amoretti y otra cuenta. Olfateé el espresso, pero la muerte me cubría la nariz. Bebí un sorbo; la amargura me rasgó el labio y me dejó un sabor a tiza en la lengua.

Dos norteafricanos, sentados en la mesa de al lado, discutían un problema con una mujer que no les devolvía las llamadas. El hombre que hablaba era delgado, de hombros delgados y dedos largos como arañas. Una cicatriz le cruzaba la mejilla, le bajaba por el cuello y desaparecía bajo el cuello de la camisa. El segundo hombre era mucho más corpulento, un toro cuyos hombros amenazaban con rasgarle la camisa, con las manos cicatrizadas apoyadas en la mesa mientras escuchaba, sin pedirle al otro que diera más detalles ni que lo descifrara.

El hombre más bajo escupió sharmuta (puta) y una mezcla de palabras en francés y maltés. Continuó en árabe, con tono petulante mientras hacía sonar un rosario en la mano izquierda. Me aparté de ellos, pero no sin antes notar que el hombre más grande me miraba. Bebí un sorbo de mi espresso. No tenía mejor respuesta que los norteafricanos, que se levantaron y subieron las escaleras hacia una calle inferior, mientras el hombre delgado seguía quejándose de la mujer.

Mi mente volvió a la recepción. Mientras esperaba en el vestíbulo a que llegara la policía, me di cuenta de que ninguna de las cámaras tenía luces encendidas. No pude ver los cables conectados a las dos cámaras del café. Obviamente, no funcionaba. Me quedé en el café varios minutos, viendo al anciano bajar las escaleras de St. John's. Me dije a mí mismo que tendría que ser igual de persistente en los próximos días.

***

Nací en Vancouver, pero a los doce años, nuestro padre desarraigó a la familia y nos mudó a Montreal por un nuevo trabajo. Aprendí francés de patio de recreo, y al graduarme, sin saber qué hacer, me uní al ejército canadiense e hice un servicio de dos años en el Sandspit, también conocido como Afganistán. Dos años después, mientras me preparaba para regresar a Canadá, me tocaron el hombro y caminé por un pasillo donde un oficial superior me sugirió que hiciera una prueba para las Fuerzas Especiales. Cumplí la prueba, pasé otros tres años en Afganistán desmantelando el ejército talibán y, desde una perspectiva occidental, corrigiendo errores. Lo único que traje a Canadá fueron pesadillas.

Dado de baja, regresé a Quebec. El problema era el mismo que en la escuela: soy muy independiente y odio recibir órdenes. Me gasté mi paga en un Cadillac y conduje hacia el oeste sin planes. Ese verano, hice senderismo, esquí acuático y bebí vino en el interior de la Columbia Británica. En otoño, conduje hasta la costa y conseguí trabajo en una licorería. Salí con varias chicas, pero nada funcionó.

Pensé en volver a la universidad para estudiar. Hasta que recibí una llamada de Hugo Durand, un oficial de enlace francés con quien congenié en Afganistán. Llamaba desde su casa en Niza. Habíamos hablado de vernos al llegar a casa, pero presentía que nunca sucedería y que nuestras vidas tomarían rumbos diferentes.

La noche que Hugo llamó desde Francia, las tormentas invernales del Pacífico trajeron fuertes lluvias y vientos aún más fuertes a Vancouver. Las ventanas de mi apartamento vibraban como una batería. Me dijo que quería abrir una agencia de seguridad privada en Niza, pero que necesitaba un socio. En lugar de decir que sí, le pregunté qué tiempo hacía en Niza. Me contó que esa mañana se había sentado en su patio tomando un espresso mientras su esposa preparaba croissants recién hechos.

"Está tan claro que hoy puedo ver Córcega", había dicho.

Volé a Francia una semana después. Creamos NOX con la intención de colaborar con las agencias de seguridad francesas. Trabajamos en el mundo poco conocido de la inteligencia, que constituye la verdadera política exterior de cada nación, y donde la convergencia de la recopilación de inteligencia pública y privada permite la negación, que es fundamental. Desde entonces, hemos incorporado las investigaciones corporativas a nuestra cartera. Y ahora parecía una investigación arqueológica.

***

Salí del café y caminé hacia el oeste por Battery Street hasta Lvant, una calle estrecha con edificios de piedra y coloridos balcones de madera o gallarijas. Pasé por varios bares en las esquinas, pero la mayoría eran negocios industriales o de servicios, y un gran número de consultoras llenaban los segundos pisos. Me desvié un poco, giré a la derecha y caminé hacia el centro de la ciudad. Giré hacia St. Paul's Street, donde una dependienta barría frente a una tienda de regalos, y luego giré hacia el oeste. Hice de turista, admirando las estatuas de San Pablo y San Juan. Las tallas de piedra eran brillantes, y las observé de frente y de atrás. Levanté la vista desde donde venía, pero la única persona en la calle era la dependienta. Terminó de barrer y volvió a entrar.

Me detuve frente a la Iglesia del Naufragio de San Pablo, observé la arquitectura, brevemente maravillado por el arte, pero seguí mirando hacia la calle. Dos mujeres con bolsas de compras coronaron la colina tres manzanas detrás de mí. Por lo demás, la calle estaba vacía. Encontré un rincón frente a una tienda y observé la calle durante varios minutos, pero las dos mujeres entraron en una. Convencido de que no me seguían, giré hacia el Gran Puerto, llegando de nuevo a Lvant y seguí hasta los Jardines de Lower Barrakka.

Los jardines se extendían en una ladera con vistas al puerto de La Valeta. Cipreses, palmeras y multitud de arbustos y helechos llenaban los jardines que rodeaban un templo de construcción clásica. Hice de turista y leí las placas conmemorativas del Levantamiento Húngaro y la Primavera de Praga. Caminé por los jardines hasta una valla que rodeaba el parque y contemplé el puerto. Lanchas a motor cruzaban el mar en zigzag, y varios cruceros estaban fondeados. A pesar de una ligera brisa, la humedad era tan intensa que sudaba copiosamente.

Varios niños pequeños irrumpieron en el parque, corriendo a toda velocidad. Atravesaron un portal, dejando solo gritos a su paso. Como si los arrastrara un hilo invisible, el maestro los siguió. Nunca miraron en mi dirección.

Una brisa repentina trajo un penetrante olor a salmuera y

pescado al parque. La policía investigaría el asesinato. Mi trabajo en los próximos días, antes de regresar a Francia, era asegurarme de que nuestra participación se mantuviera limpia.

Llamé a Hugo en Niza.

Encontré a Martin. Lo asesinaron.

—Merde... mierda. —Su suspiro apagó la línea.

Un solo disparo en la frente, gravemente golpeado. Estaba en su cama y posiblemente acababa de tener relaciones sexuales. Registraron la habitación.

"¿Estamos bien?"

—Sí. Aunque es un asesinato extraño. La habitación quedó destrozada, las paredes destrozadas y los cajones del escritorio tirados en el suelo. Dos disparos fallidos.

¿Crees que era un aficionado? Quizás Martín habló demasiado en la cama —dijo Hugo—. Quizás fue en el momento. Quizás no entendieron el proceso. Quizás pensaron que había pagado en efectivo y que poseía el artefacto.

Se quedó callado cuando le dije que no había visto ni rastro de ordenador, maletín, cuadernos ni siquiera bolígrafos. «Hasta aquí hemos cumplido con nuestro trabajo», dije.

De acuerdo. ¿Cómo estás?

"Estoy bien."

—Dime si no lo eres. —Hizo una pausa y luego dijo—: Supongo que piensas dejárselo a la policía. ¿Has contactado con Liz Black?

Próxima llamada. La policía me ha pedido que me quede un par de días mientras investigan.

"Disfruta del sol…"

***

La noche no amainaba. Mi habitación de hotel era sofocante, y sentarme en el balcón no me aliviaba; un viento abrasador, el Mamatel, soplaba desde las profundidades del Sahara.

Volví a entrar y me encontré dando vueltas de un lado a otro en cuestión de minutos. Pensamientos aleatorios me cruzaban la mente. El asesinato de Trevor Martin me inundó de ira y me invadió una profunda tensión. Liz Black no había contestado el teléfono y yo no le había dejado mensaje. Pensé en Gracchi. Encontré su número en mi libreta y lo llamé.

"Allo…" La voz era suave por la edad.

"Hola. Scusa. ¿Señor Graachi?"

"¿Eres americano?" dijo Gracchi después de un momento de vacilación.

—Casi. ¿Hablas inglés?

"Un poco."

Le dije quién era y que me habían contratado para encontrar a Martin. Se presentó como el señor Leonardo Gracchi. Liz Black mencionó casualmente que era un arqueólogo con una excelente reputación y un pésimo trato con los pacientes. Al parecer, Trevor había trabajado con Gracchi años antes y había hecho constantes comentarios sarcásticos sobre él. No mencioné que Martin había muerto.

Su tono se volvió más grave. "No sé dónde está Trevor, ¿cómo puedo ayudarte, por favor?"

"Puedes darme información de fondo".

"Sé tan poco."

Soy detective. Puede que sepas algo que no te importe nada, pero que me ayude.

—Bueno —se aclaró la garganta antes de continuar—. Entiendo. ¿Qué desea hablar con él?

"Mi cliente necesita entender dónde están las cosas".

Ya veo. ¿Quién es este cliente? ¿Se trata de la estatuilla para un museo? ¿Eh? ¿Puedes decirme quién es este cliente?

"Eso no te lo puedo decir por teléfono."

El silencio fue inmediato; se convirtió en una inquietante caída libre. Llamé con la esperanza de que estuviera dispuesto a ayudar. Parecía que no lo haría. Un sonido surgió del silencio, un ligero golpe rítmico, el tamborileo de los dedos.

—Verás, no sé dónde está Trevor —dijo—. Ahí lo tienes. Creo que trabajas para Liz Black. Te dio mi número. —Soltó una risa cortante, más un movimiento corporal descoordinado que otra cosa—. Me desarmas. ¿Por qué crees que puedo ayudarte?

¿Por qué se resistía? Seguramente no ocultaba nada. Así que ignoré su pregunta y respondí: «Martin está registrado en el Hotel West End, pero el personal del hotel me dijo que no lo han visto en tres días».

—Sí. Ya veo. No está. Parece más bien un asunto personal.

Gracchi se había vuelto cauteloso durante la conversación. Se estaba distanciando. Imaginé que me consideraba un norteamericano grosero, pero ahora parecía creerme peligroso.

“No está aquí ahora”, dijo Gracchi.

"¿Ha estado allí?"

—No está aquí. —Un tono de firmeza sonó en su voz.

Recordé que Liz había dicho que Gracchi vivía cerca de Mdina. Sugerí que nos viéramos. Una segunda voz áspera dijo algo de fondo. Pensé que Gracchi colgaría, pero entonces, con la respiración entrecortada y la voz temblorosa, me invitó a tomar un café con él a la mañana siguiente. Por fin, algo iba bien.

Salí de nuevo al balcón. El calor del día seguía siendo insoportable; el sudor me perlaba el cuerpo como si fueran heridas. El viento soplaba a rachas, se me erizaron los pelos de los brazos y se me hincharon los pezones. Dormir sería una buena idea. Una ducha y luego dormir. Había sido un día de locos.

***

Volví al balcón una hora después, antes de acostarme. El calor había desaparecido del día, refrescado por una ligera brisa. Los yates entraban en masa al puerto interior. Los únicos sonidos eran voces lejanas, el tintineo remoto del motor de un barco y el chapoteo de las olas. Me pregunté por qué había llamado a Gracchi. ¿Curiosidad? ¿Rutina? ¿Práctica habitual? No. Era más probable que sintiera un arrebato de ira en el corazón por un asesinato sin sentido.

El horizonte, surcado por la luz que se desvanecía, dio paso a la oscuridad. Me trajo el recuerdo de Liz deslizando un libro a un lado de la mesa mientras buscaba una imagen del icono. Era un libro de arte del artista italiano De Chirico. Su cuadro clásico "Misterio y Melancolía", en la portada, me ha perseguido desde la primera vez que lo vi. Una joven corriendo por una calle mientras se deslizaba en un aro entre edificios austeros y plazas vacías hacia sombras oscurecidas por estructuras en sombra y calles surcadas por los últimos rayos de luz del día. Me recuerda a Kabul, el mismo patrón de figuras indistintas corriendo junto a edificios destruidos y plazas dañadas, todas corriendo hacia la luz moribunda del día, donde siempre estallaban los disparos. Una repentina ansiedad me arañó el estómago.

Capítulo cuatro

Alquilé un BMW por la mañana y fui a casa de Gracchi. Vivía en las laderas de Mdina. La Valeta y sus alrededores están llenos de edificios y un laberinto de carreteras, nada rectas, sin sentido. El GPS parecía más confuso que yo. En comparación, conducir por la izquierda era más que aceptable. Mdina, el primer asentamiento y la primera capital de Malta, corona la ladera, y una vez fuera de La Valeta, me encontré en un paisaje árido con pocos árboles, algo de matorral, tierra dura, casas de piedra y, a lo lejos, las murallas rojas de la ciudad.

Me topé con la casa de Gracchi más por casualidad que por haberla encontrado. La verja estaba abierta, y entré en un camino de grava y aparqué junto a un Alfa Romeo rojo y reluciente, cuyo capó aún estaba caliente al tacto. Un campo se extendía por la ladera hasta una valla lejana. El campo estaba sin cultivar, sin árboles ni siquiera hierba, con una leñera destartalada en el rincón más alejado. Se levantaba polvo al caminar. La casa de campo, de piedra, tenía un porche de madera con una mesa y varias sillas, pero sin sombrilla.

Un hombre alto me recibió en el porche. «Arrivederci. Soy Leonardo Gracchi. ¿Es usted el detective?». Su voz sonaba tensa y parecía insegura.

Le dije que sí. La vida lo había adelgazado; su cuerpo parecía demacrado. La incertidumbre le nublaba la mirada. Tenía unos setenta y tantos años. Se apoyaba en la barandilla, con un bastón en la mano derecha.

—Has venido para nada. La policía ha llamado. Encontraron a Trevor Martin muerto. —Su voz se volvió temblorosa y jadeó—. Alguien lo asesinó. —Mientras pronunciaba las palabras, se encogió frente a mí, y extendí la mano para sujetarle el hombro.

—Lo siento mucho. Entiendo que era un amigo. Asentimos y nos sonreímos. Luego pregunté: —¿Dijeron algo más?

—Por favor. Estoy muy disgustado por esto.

"¿Estabas cerca?"

—Sí. Sugeriría amigos. Puede que a Trevor no le pareciera así.

"¿Puedes contarme algo sobre él?"

—Sí, claro. —Dudó un momento y luego me indicó que lo siguiera. Con mucha deliberación y planificación, Gracchi agarró su bastón, lo apoyó en la cubierta y se levantó de la barandilla, dando vueltas como una peonza gastada. Lo sostuvo hasta que sus piernas se estabilizaron y luego me condujo adentro.

Otro hombre estaba sentado en una silla en medio de la sala; rondaba los treinta y cinco años, con ojos oscuros como tinta de calamar y piel áspera. Tenía la frente ancha, la nariz aguileña y, aunque la boca era ancha, su rostro parecía triangular. Vestía una chaqueta color trigo, una camisa blanca, vaqueros y zapatos de cocodrilo de trescientos dólares. Tenía los hombros enormes. Estaba encorvado hacia adelante, con el codo apoyado en la rodilla y los dedos de la mano derecha extendidos sobre la barbilla. A pesar de su postura afectada, sus ojos no se apartaban de los míos. Estudiaban cómo me movía, captaban la amplitud de mi torso y comprobaban la fuerza de mi apretón de manos. Un tatuaje comenzaba en su muñeca, pero la chaqueta lo cubría por completo.

—Este es mi buen amigo, el señor Lucarelli. Asentimos, reconociéndose mutuamente. Se alisó la chaqueta y se bajó las mangas de la camisa.

Gracchi estaba a mi lado. "¿Una bebida?", preguntó. "No sé si eres de los que esperan la hora feliz, pero para mí, siempre parece ser al anochecer". En el aparador había una botella abierta de Chardonnay.

—No tienes bourbon. Leonardo, necesitas abastecerte de bourbon para los estadounidenses que vienen de visita —dijo Lucarelli, provocando una sonrisa burlona en Gracchi—. Me temo que las desventajas de trabajar en otro lugar. Así que no hay bourbon. Ni siquiera Branch Water. Pero mi ama de llaves está preparando un almuerzo ligero: espaguetis a la peperone.[1], la

---

[1]Espaguetis a la pimienta: En italiano, pepperoni significa pimiento morrón. Los angloparlantes lo confunden con pepperoni.

variedad siciliana…"

—Pimientos cushi, tomates, hierbas —respondí—. Y luego el Chardonnay.

Gracchi sonrió radiante. «Muy civilizado».

Era un Chiaranda del Merlo seco, un vino siciliano. Los blancos no son mis favoritos. La frescura del chardonnay me hizo un nudo en la lengua, pero asentí con aprobación.

"Déjanos sentarnos por ahora", sugirió Gracchi.

Señaló un asiento vacío frente a Lucarelli, quien seguía mirándome fijamente. Lucarelli estaba envejeciendo; su cabello tenía mechones blancos, arrugas surcaban su frente, sus ojos estaban sin vida y parecía cansado e inquieto. Los movimientos de sus manos eran repentinos y reflexivos. Sonrió, mostrando profundas arrugas en sus mejillas, pero su mirada insinuaba peligro, la insinceridad palpable.

—Así que eres detective —dijo Lucarelli—. ¿Pero no aquí en Malta? —Apuntó con el dedo a la mesa para enfatizar—. ¿De la Polizkja? ¿Del FBI?

—No. Soldado de Francia. —Sonreí y él gruñó un «oh».

—Lo contrataron para encontrar a Trevor Martin. Ya te lo dije —dijo Gracchi.

Lucarelli despidió a Gracchi con un gesto. "Considérame tu

protección, Leonardo. No me gusta cuando un sbirro falso...[2]"te apresura."

Quiere hablar con Ami. Déjalo.

Pero Lucarelli insistió: «Martin está muerto. Ahora es cosa de la policía».

Le di una amplia sonrisa. "Tú lo sabrías".

Su rostro se ensombreció. «Ya puedes irte». Se irguió, cuadrando los hombros y con los brazos a los costados. Sonreí de nuevo y crucé las piernas. Gracchi dijo que Lucarelli solo bromeaba.

"Excepto que mi tarea era más que simplemente 'encontrar a Martin'", dije. "El cliente necesita comprender cuánto ha avanzado en el asunto en cuestión. Estudió el artefacto. Necesito acceso a sus notas, pero la policía podría tardar semanas en verlas. Mientras tanto, mi cliente podría perder su lugar en la puja. Así, el señor Gracchi puede completar algunas lagunas y contrarrestar lo que he aprendido de otros".

Fue una respuesta vaga, pero Gracchi intervino y dijo: «Tiene sentido. Es lo que hacía cuando estaba en el campo».

—La policía puede hacerlo —dijo Lucarelli con voz

---

[2]sbirro: policía

gruñona—. ¿Para qué molestar a Leonardo?

"La policía está intentando encontrar a un asesino, y la existencia de algún artefacto es solo secundaria. Tendré que informar a mi cliente sobre el estado de las negociaciones", dije. "Un muerto siempre es un perfil plano para un policía, pero Gracchi resucitará a Martin".

"Todo esto por un artefacto falso", murmuró.

Miré a Gracchi, y él me miró con una sonrisa tonta y asintió. «Es posible». Luego dijo: «Ami, no pasa nada. Estaré bien. Ami, ¿te quedas a comer?».

Lucarelli se levantó. «Leonardo, gracias por invitarme a almorzar, pero tengo que irme. Reuniones. Negocios. Disculpa a Angela». Extendió la mano y agarró el hombro de Gracchi. «Estarás bien, ¿verdad?».

Gracchi sonrió y asintió, y Lucarelli se giró y me miró fijamente. "Leonardo, si esta merde —mierda— te causa algún problema, dímelo, caro amico —querido amigo?"

Lucarelli sacó un cigarro del bolsillo, lo desenvolvió y le ofreció el envoltorio a Gracchi, quien lo tomó y lo colocó junto a su plato. Lucarelli se giró y me miró fijamente.

"Nos volveremos a ver", dijo Lucarelli.

"Es una isla pequeña. Seguro que sí." Le sonreí. Se giró para irse, pero giró demasiado rápido, lo que le hizo ceder la rodilla izquierda, desplazándolo hacia un lado. Se incorporó y salió por la puerta, sin dejar de enderezar la espalda.

Gracchi parecía perdido, buscando distracciones. Movió los platos sobre la mesa. Se sentó y se disculpó por el comportamiento de Lucarelli. No me miró ni una sola vez; en cambio, miraba al suelo como avergonzado. De repente, se oyó un rugido afuera.

"Le encanta ese coche", dijo Gracchi. Volvió a guardar silencio.

Con el tiempo, dijo: «Me horroricé cuando llamó la policía». Pasamos al italiano. Recordó cómo perdió toda sensibilidad, que el teléfono perdió sustancia, que las palabras del policía le parecieron irreales e inventadas, y cómo la sensación de desconexión se transformó en tristeza repentina.

"¿Cómo supo la policía que tenía que llamarte?"

Se encogió de hombros. «Trevor anotó mi número de teléfono en el reverso de una de sus tarjetas de presentación».

"Tengo la impresión de que era un hombre solitario".

Sí lo era. Tan solitario, pero a menudo tenía impulsos repentinos de buscar gente. Siempre para obtener algo de ellos.

La mesa en la que estábamos sentados no tenía cristal. En su lugar, había una bandeja en la cavidad del marco de madera.

Cabezas de sílex, fragmentos de cerámica, un sedal enrollado, fragmentos de una figurilla, un brazo y el torso, y una cabeza de piedra destrozada yacían sobre un forro de papel dañado por el sol. Un pedestal y escamas de metal los rodeaban. La figurilla de una diosa se apoyaba contra el cristal.

—Impresionante —dije, señalando los objetos—. ¿Encontraste esto?

—Sí, claro. El pedernal tiene diez mil años. Lo encontré en una ruta migratoria del hombre antiguo en Calabria. —Una extraña intensidad, como las brasas al rojo vivo de un fuego moribundo, ardía en sus ojos—. Excavamos nueve metros y lo descubrimos, junto con cerámica sin importancia. El museo provincial se llevó la cerámica, pero me permitió quedarme con el pedernal.

"¿Y esto supongo que es una figura de diosa?" pregunté, señalando otra figura.

Es una diosa lunar. Los puntos que cubren la figura representan los movimientos lunares.

Tomándome mi tiempo, volví a estudiar los artefactos y luego eché la cabeza hacia atrás, contemplando los campos de trigo que ondeaban al viento como olas del mar. Escuché a medias mientras Gracchi hablaba de un hombre neolítico ligado a las estaciones, la migración animal y la tierra. Un retazo de recuerdo me vino a la mente; mientras conducía por la carretera costera camino de Gracchi, la extensión de la bahía se había desplegado y me había detenido a un lado de la carretera. Un viento del noreste soplaba crestas blancas sobre un mar cobalto; el aire era fresco, salado y fresco, como si el mundo hubiera comenzado. Al evocar este recuerdo, ahora imaginaba a un cazador solitario de pie en la misma cresta diez mil años antes; él podría experimentar la misma emoción visceral, pero su comprensión sería diferente a la mía. No tenía ni idea; la brecha entre el hombre neolítico y yo era un abismo, y una repentina y profunda tristeza me invadió al contemplar lo que la humanidad había perdido.

***

Bebí un sorbo de vino, lo hice rodar por mi lengua y dejé que el silencio se prolongara hasta que Gracchi se inquietó. Cuando me pareció oportuno, volví a preguntarle por Trevor Martin. Al principio, no respondió, pero entonces Gracchi habló, con una voz suave como el susurro de la seda, potente como la cicuta. Gracchi había conocido a Trevor Martin treinta años antes en una excavación en Egipto. Martin era un chico corpulento y descarado que corría por el yacimiento y apenas conseguía nada.

Me miró de forma extraña. "Parece que sabes lo que voy a decir".

"Al igual que tú, solo conjetura".

Me dedicó una sonrisa irónica. «Martin siempre se

preocupaba por otras cosas. Llevaba una vida sencilla. No le importaba dónde dormía. Una zanja servía. La ropa solo era una molestia. Cualquier tipo de licor. Me dijo que odiaba el hotel donde lo alojaron los egipcios. No lo dejaban entrar al restaurante a menos que se pusiera una chaqueta».

"¿Mujer?"

—Sí, mujeres. —Se humedeció los labios—. Una vez le dije que follar era lo único que sabía hacer bien.

Nos reímos. "¿Estuvo de acuerdo?"

Gracchi asintió con lágrimas en los ojos. «Amaba a ese hombre. Era todo lo que yo no era. Inmenso, enorme. Llenaba la sala. Entró, y una repentina vacilación se apoderó de la multitud, y la conversación se desvaneció. Todos esperaban a ver qué hacía o qué decía». Se detuvo y luego dijo: «Pero esta última vez, estaba muy agitado, fuera de control. Quería que viera algo en su coche. Le dije que no. Demasiado oscuro. Era de noche. Me empujó para que lo viera, pero no me dijo qué era. Luego se fue, temblando terriblemente, simplemente se fue».

Ahora está muerto, pensé. "¿Podría ser una falsificación?"

No lo creo. Entiendo que hay muchas falsificaciones. Esas diosas que vagan por el Mediterráneo buscando artefactos de diosas crearon un mercado para ellos. Hay miles de falsificaciones en los mercados. Quémalas en el fuego; rómpelas un poco y verás su antigüedad. Incrústalas en tierra y verás su autenticidad. Pero si encuentras un artefacto, golpéalo contra algo sólido como una barra de hierro, y si vibra, está hueco y es falso. Los auténticos son sólidos.

Anglea, una mujer paciente, nos trajo el almuerzo. Los espaguetis estaban excelentes: picantes, con enormes trozos de pimienta en la salsa blanca, muy suaves y saciantes. No hablamos hasta que terminamos. Gracchi sirvió más vino.

"¿Quiénes son estas chicas diosas?"

Creen que la diosa gobernaba y que las tribus eran matriarcales y pacíficas hasta que los hombres tomaron el poder. Esto no tiene en cuenta nuestro linaje animal ni el comportamiento de los simios y otros animales en la sabana. Existe un macho alfa en los grupos animales, y esto sigue vigente hasta el día de hoy. Los más fuertes y feroces lideran el grupo. Él controla a las mujeres, y los machos subordinados protegen al círculo exterior. La repentina aparición de la diosa fue impactante. El sector matriarcal intervino.

Había descubierto que en el campo de batalla, así es la vida doméstica. "Cuando lo vio por última vez, ¿le preguntó por qué se había ido de Túnez antes de que se completara la datación por carbono?", pregunté.

Gracchi permaneció inmóvil, con las manos en el regazo. "¿No se quedó para la cita?", parecía desconcertado.

—No, regresó en el siguiente avión a La Valeta y desde entonces ha estado desaparecido.

"¿Por qué haría eso?" Gracchi se tapó la boca con la mano. Las lágrimas volvieron a formarse en sus ojos. "Eso no tiene sentido".

"Eso es lo que todo el mundo pregunta".

Pero debí haberlo visto la noche que regresó. Pensé que se iba a salir de sus casillas.

Asentí y cambié de dirección. "¿Te dejó la computadora o alguna de sus notas?". Gracchi dijo que no, pero volvió a sentir ansiedad, así que extendí la mano por encima de la mesa y la puse en su brazo. "Déjalo ir".

Anglea apareció de nuevo, llevándose nuestros platos, y luego regresó con café. Observó a Gracchi y suspiró. Le dio varias palmaditas en el rostro pálido y luego se agachó y le estrechó las manos inquietas. Nos dijo que nos preparáramos para un capricho y, unos instantes después, regresó con un tiramisú. Exquisito y suave, se derretía en mi boca.

"¿Conoció a Lucarelli?"

No. Era la primera vez que veía a Trevor en veinte años. No, no conoció a Lucarelli. La mención de Lucarelli me hizo sonreír. Ami, lo conocí hace varios meses. Es raro. De hecho, gracioso.

Estaba en la Ópera, de pie en la barra, cuando alguien derramó su bebida sobre mi chaqueta. Alguien le dio un codazo a Ami en el brazo. Llevó mi chaqueta a la tintorería y la trajo a casa. Viene cada dos semanas. ¿Quién iba a pensar que podría hacer un nuevo amigo a mis 70? Muy raro.

Qué extraño, la verdad. Lo dejé ahí. Salimos a su terraza; su campo descendía cuesta abajo hasta la carretera. En el rincón más alejado, un cobertizo con arañazos de pintura se hundía contra la valla. Más allá, la tierra de cultivo se extendía por la ladera hasta que, a lo lejos, se detenía en la mole de La Valeta y sus extensos suburbios. La línea divisoria entre la ciudad y el campo era nítida. No había una transición gradual, ni una desaparición. Las olas de calor brillaban en el horizonte. Le dije a Gracchi que la sequedad de la tierra me sorprendió.

"El Sahara empieza en Malta", afirmó.

Me acompañó hasta el coche de alquiler y, al terminar nuestra conversación, le di mi tarjeta. Un repentino chirrido de marchas en la carretera hizo que Gracchi se apartara del camino de entrada mientras un Mini Cooper aminoraba la marcha, se detenía, esquivaba a Gracchi y aparcaba junto a mi coche de alquiler.

Una joven morena sonrió desde detrás del volante. Gracchi se ablandó, sonrió y le abrió la puerta.

—Miriana, me diste un buen susto. —La afectación había

vuelto.

Salió del coche y abrazó a Gracchi. «Leonardo, siento mucho lo de tu amigo». Apoyó las manos en sus hombros y lo miró con compasión. «¿Estás bien?», le preguntó, y él asintió.

"¿Pero cómo lo sabes?" preguntó.

"Está en todas las noticias".

Era más alta que Gracchi, con el pelo cortado a la altura de la cintura, poco maquillaje y pupilas negras, mientras que el blanco de sus ojos delataba una luminosidad frágil. Me observó.

"Esta es Miriana Hardy. Es mitad inglesa, mitad italiana". Soltó una risita. Me presentó y añadió que era detective. Ella asintió, pero se le tensó el cuerpo. Sin darse cuenta, Gracchi continuó diciendo: "Tiene una tienda de arte en el lago Como. En Italia. Está aquí pasando el verano".

Se echó hacia atrás las puntas del pelo y me sonrió como si quisiera decirme lo vergonzoso que era todo.

—¿Qué has estado haciendo hoy, querida niña? —preguntó Gracchi.

"Oh, volví a caminar por Hagar Qim".

Gracchi se giró y explicó que Miriana se alojaba en una granja cerca de las ruinas. "Sospecho que en realidad es una casa de fiestas". Se giró hacia Miriana y preguntó: "¿Con Félix otra vez?".

Ella rió y asintió. Gracchi negó con la cabeza. "Una maravilla de la nueva era".

Se volvió hacia mí y me dijo: «Es una buena idea. Deberías visitar Hagar Qim. Te permitirá entender mucho mejor lo que hemos estado hablando esta tarde».

Sonreí, asentí y me despedí. Gracchi se animó al hablar con Miriana. Parecía feliz de verme por última vez.

Capítulo cinco

Conduje hacia el oeste por la carretera que bordea Mdina y me dirigí hacia las afueras de Rabat hasta que encontré un callejón sin salida en una zona industrial. Encontré ligeros arañazos en la manija de la puerta del pasajero y el primer dispositivo de rastreo colocado bajo el parachoques delantero. El segundo, bajo el chasis, me llevó un tiempo encontrarlo. El tercero estaba bajo el parachoques trasero. No eran los lugares más imaginativos. No encontré ningún artefacto explosivo improvisado. Ni cables de plomo. Fue más una advertencia que otra cosa. Gracias, Sr. Lucarelli. Dejé todo en su lugar y conduje de regreso a La Valeta, aparcando cerca del hotel.

***

Desde las fortificaciones que dominaban el Gran Puerto, los suburbios de La Valeta se veían borrosos bajo el sol del atardecer, con pálidos bloques de piedra caliza y arboledas, mercados e iglesias. Una lancha motora pasó a toda velocidad, con varias chicas riendo en la parte trasera. Los barcos pesqueros que salían a pasar la noche abrían enormes surcos en el mar. Las sombras ya cubrían el agua, excepto el horizonte, donde el sol poniente convertía el mar en hierro fundido y cubría los veleros de fuego. Me sentía cansado y acalorado. Caminé por las calles hasta los Jardines de la Barraca Superior, un tranquilo rincón de la ciudad. Un padre y su hija estaban sentados en un banco cercano comiendo helado. Al norte, al otro lado del mar, se encontraban el continente europeo y Trieste.

Liz contestó al quinto timbre. «Hola, Valletta». Su voz era lánguida y confusa. «Espera un momento», dijo. Tuve la curiosa sensación de que hablaba en un estado de aturdimiento poscoital; la imaginé deshaciéndose de su amante por la puerta trasera. Volvió al teléfono y fue mucho más clara.

"¿Lo has encontrado?"

Prepárate para un shock. Martin está muerto.

—¡Qué! —Su respiración explotó en el otro extremo como si se estuviera ahogando.

Lo asesinaron. Su cuerpo fue encontrado ayer.

—Vale, vale, vale. Dímelo otra vez. —La confusión nubló su voz.

—No tengo más información. Pensé que sonaba insensible, así que suavicé la voz y dije: —Lo siento. Sé lo que significaba para ti. Murió en el acto, por lo que tengo entendido.

¡Ay, qué horror! ¡Dios mío! Empezó a llorar. Miré al mar, intentando ver el Mediterráneo. Las olas se extendían, se cruzaban, se plegaban, formando un patrón tras otro, expandiéndose, contrayéndose, disolviéndose.

—Estoy bien —dijo tras un momento de silencio—. No

debería actuar así.

¿Por qué no? Lo conocías. Lo sientes por él.

"¿Cómo terminó así?"

"No lo sé", dije.

—Esto no está pasando. —Su voz se volvió apagada y sentí una repentina tensión en su respiración.

Hablé con Gracchi esta mañana, pero no tenía mucho que decir. Discutieron cuando Martin regresó de Túnez, y Martin salió hecho una furia. ¿Conocía a alguien más en Malta?

"¿En Malta? No..." dudó un momento antes de gritar. "Lo siento, lo siento mucho. Quieres entenderme, no escucharme". Oí que respiraba con fuerza. Su voz se controlaba cuando volvió a hablar. "Puede que haya conocido a alguien".

"Entonces, una mujer", dije.

—Sí —la palabra sonó torcida en su boca—. Siempre hay una mujer en la historia. Está bastante enamorada de él, pero él no lo habría visto, y mucho menos lo habría entendido. Nunca tuvo una relación larga, que yo sepa.

Se aclaró la garganta y continuó. «Si conocía a alguien más que Gracchi en la isla, nunca me lo dijo. Trevor era una gran figura solitaria que recorría los bazares del mundo. La gente no trabajaba con Trevor. Los absorbía en sus sueños. No supe nada de él durante muchísimo tiempo, y luego parecía que descendía de las nubes. Hablamos durante horas sobre dónde había estado, a quién había visto, qué había hecho. Y luego se iba, y esta extraordinaria experiencia onírica con él. Nombres como Mohammad, Faoud o Aziz eran personas de carne y hueso cuando hablaba de ellos, pero se desvanecían en cuanto volvía al campo. Ahora no son más que nombres. Él también se ha ido. Para siempre. Se ha ido».

Dijiste que estaba nervioso al regresar de Túnez. ¿Le preguntaste por qué?

—No. No lo sé. —Empezó a llorar de nuevo—. Necesito volver a llamarte. Necesito un momento. La línea se cortó.

***

Regresé al hotel esperando a la policía, pero no habían preguntado por mí. El recepcionista me sugirió cenar en un restaurante de mariscos calle arriba. Era un pequeño rincón sin pretensiones, al final de un pasillo que conducía a un pequeño comedor y a una terraza más grande con vistas al mar.

La pesca del día fue pez espada, una "excelente elección, señor", según el camarero. Me dijo que lo cocinaban al estilo calabrés con un toque de limón y sugirió un Chardonnay de Francia. Pedí el pez espada, pero en su lugar elegí un Primitivo de Puglia y tuve el placer de ver cómo su rostro se contorsionaba mientras intentaba mantener una sonrisa. Mac, pensé, he tenido un día terrible. Vine a Malta para rastrear a un tipo que encontré muerto, vi a un amigo del muerto solo para encontrarme con un gánster que me advertía, y ahora espero a que aparezca la policía; al menos puedo destruir mi pez espada como quiera. El camarero se marchó enfadado, y pensé en atravesarlo con la espada.

El mar se oscureció al acercarse densas nubes, apagando el intenso brillo de la noche. Los barcos atracaron y la gente los cubrió y huyó a toda prisa. Al este, un relámpago repentino iluminó el cielo y luego, a lo lejos, un sordo estruendo, un patrón que se prolongó durante un buen rato mientras la lluvia azotaba las ventanas.

"¿Qué tal está su comida, señor?", preguntó el camarero, de pie a mi lado. Me quedé mirando el pez espada blanco pálido a medio comer en mi plato. ¿Cuándo llegó? Ni idea.

Comí despacio y lo probé por primera vez. Sutiles sabores a limón marinado en la fruta, las alcaparras con un toque salado, los frijoles y, según el menú, los ingredientes le daban un toque de hierbas silvestres. Nunca había comido hierbas, así que no puedo decirte si lo hicieron, pero suavizó el Primitivo, reduciendo los taninos fuertes. Con un suspiro de placer, di los últimos bocados. El camarero sirvió más vino y luego se llevó mi plato vacío. Los taninos volvieron al vino; me secaron las mejillas como un calor abrasador.

La tormenta se abalanzó sobre el restaurante y los

relámpagos volvieron a brillar fuera de la ventana. Conscientemente, volví a los pensamientos que había estado dándole vueltas inconscientemente mientras hablaba con Hugo. El asesinato de Martin era inquietante, pero era un asunto policial. Me habían contratado para encontrarlo. Lo había encontrado. Tenía que seguir adelante. Lo inquietante fue cómo lo habían asesinado y luego la repentina aparición de un mafioso que se había hecho amigo de un conocido de Martin. La coincidencia era demasiado grande.

A la policía le resultaría fácil o imposible descifrarlo. Dependía de si el asesino había dejado ADN. Si lo había matado un aficionado, podría haber dejado su ADN. Las reglas fundamentales son no tocar nada que no se pueda llevar consigo, no respirar y no caminar cerca de la sangre en el suelo. El ADN se ha convertido en la doble hélice de la serpiente que se enrosca en el cuello de asesinos desde Bombay hasta Nueva York.

Pagué la cuenta, terminé la copa de vino y salí del restaurante, en medio de una repentina borrasca. La lluvia azotaba las calles con fuerza, pero aun así sentí un repentino cosquilleo en la nuca y supe que me seguían. Mis reflejos entraron en acción y empecé a hacer de turista. Me detuve a mirar los escaparates de los restaurantes para leer las cartas, pero sobre todo estuve atento a los reflejos y a escuchar si se movía. Un destello y, de repente, vi una figura alta, angulosa y desgarrada reflejada en un escaparate. Y entonces oí pasos que se alejaban.

***

Me senté en el balcón, mirando la tormenta y la calle, pero las calles estaban vacías.

Llamé a Hugo. Contestó con una voz despreocupada, casi somnolienta, que suele indicar que está tomando unas copas a altas horas de la noche con su esposa, Nika.

"¿Hablaste con Liz Black?"

Una pregunta obvia que debía hacer. Entendemos que no hablamos abiertamente por teléfono, pero en este caso estábamos creando una narrativa para la policía.

—Sí. Se enojó mucho y me colgó.

La contactaré; veré qué quiere hacer. Dale un día. Probablemente lo deje todo. —Se aclaró la garganta—. ¿Quién era el viejo amigo?

Un tal Leonardo Gracchi. Curioso. Cuando llegué, tenía un amigo de visita: Ami Lucarelli. Casi seguro que era de la Mafia.

El silencio se prolongó un largo rato hasta que finalmente Hugo dijo: «Eso es un problema. Voy a hablar con unos amigos». Silencio, y luego dijo que enviaría a Moby a El Cairo a revisar la habitación y el casillero de Martin.

Nos despedimos y volví al balcón a observar la tormenta. ¿Era el hombre alto y anguloso un agente de policía? Posiblemente.

Por otro lado, podría ser el hombre de Lucarelli.

Miré la tormenta, pero solo vi mis propias nubes. Mi trabajo con NOX Security, aunque diferente, a veces genera una tensión que replica la que sentí en Afganistán, y ahora los rostros de los muertos, de aquellos con quienes me encontré y de aquellos a quienes maté, surgían de las nubes. Cerré los ojos, pero los sentí arremolinándose a mi alrededor y gritando mi nombre. Abrí los párpados y volaron a mi mente. Me di la vuelta, volví a la habitación y cerré la puerta corrediza de cristal.

Dormí agitadamente.

Capítulo seis

La policía llegó a la mañana siguiente. Estaba en el comedor del hotel cuando la camarera se me acercó y me dijo que unos caballeros del vestíbulo querían hablar conmigo. Parecía nerviosa.

Tres hombres estaban en el vestíbulo, todos con traje, uno bajo y modesto frente a dos policías corpulentos. Cualquiera podía saber quiénes eran. A la policía no le interesa ser otra cosa que lo que es. Cargan con su historia. Se adueñan del momento con una arrogancia natural; sus acciones son una simple defensa. Esperan que la gente les mienta, que les escupa, y que los políticos los dejen a su suerte.

El hombre bajito se presentó como el teniente Jack Crawford. Sus duros ojos azul claro me recorrieron, fijándose en todo, hasta en el más mínimo detalle.

Entiendo que eres detective privado. Hacía tanto tiempo que no conocía a uno. Creía que ya no existían. Todos nos reímos. Le di mi tarjeta.

Abrió los ojos de par en par para darle un toque de humor y dijo: «No, dice que eres Consultor de Seguridad Internacional. Imagínate. Y aquí estás preguntando sobre...». Vio al recepcionista y me apartó, para que no pudiera oírme. «Queremos algo de confidencialidad, así que ¿por qué no subimos a tu habitación?». Les sería más fácil registrar mi habitación y mi maleta, cachearme y ser una molestia, pero dije que sí. Si me negaba, volverían por la tarde con una orden de registro.

Una vez dentro de la habitación, los dos hombres vestidos de civil se desplegaron, inspeccionando la habitación antes de tomar posiciones. Uno vigilaba la puerta mientras el otro se acercaba a la ventana y se apoyaba en el alféizar. Ambos tenían los abrigos abiertos, las armas a la vista y las manos cerca. Crawford apartó la silla del escritorio; yo me senté a los pies de la cama.

Entonces, NOX Security. ¿Quién le puso el nombre a su agencia?

Mi compañero, Hugo Durand. No para de leer tragedias griegas.

Crawford tomó nota de la tarjeta, luego la miró por segunda vez y dijo en tono seco: "¿Qué significa?"

«NOX es la grafía italiana de la diosa griega de la noche. Zeus no estaba seguro de enfrentarse a ella». Lo recité con tono lastimero, y él rió.

"Cansado de explicarle al mundo que veo. Lo que oigo, sin embargo, es que Caronte[3]"Seguridad debería ser el nombre de tu

---

[3]Caronte: el barquero del mito griego que transporta a los muertos al inframundo,

agencia."

Así que conocía los clásicos. "Eso es antiguo", dije con una sonrisa burlona. Crawford se guardó la tarjeta en el bolsillo. El detective me pidió el pasaporte. Lo estudió tanto que pensé que no sabía qué hacer. Sacó una libreta y anotó mis datos personales antes de guardarse el pasaporte en el bolsillo de la camisa.

"Oímos que estabas en La Valeta".

"¿De quién?" pregunté.

Se encogió de hombros. «Otra agencia». No dio más detalles, pero supuse que era el Servicio Secreto de Malta (MSS). «Siempre llegan tarde con las noticias».

Los otros dos policías rieron disimuladamente. Crawford dijo: «Hablamos con el señor Gracchi ayer por la tarde. Descubrimos que ya había hablado con él».

"Ah. Señor Gracchi." Sonreí.

Crawford asintió. «Sí, me advirtió sobre ti. Parece que intentabas hacer nuestro trabajo. Algo que puedes dejar de hacer».

"Tengo un cliente que necesita comprender cómo esto puede afectar su negocio".

Hades (el infierno), por un precio.

"Así que ayer nos contó la historia del señor Gracchi", dijo. Me clavó la mirada. "Con una antigüedad de por medio, todo parece fantástico. Piénsalo. Descubren un artefacto en el desierto. Los tunecinos no lo quieren; deciden venderlo a un museo europeo. Contratan a una empresa de arte en ruinas de Trieste. ¿Trieste? ¿No Roma? Incluso Florencia tiene más sentido. ¿Qué ocurre?"

"Es un poco sospechoso", dije.

"¿Un poco sospechoso?" El sarcasmo salió de su lengua, un tsunami que crecía lentamente.

Nuestro trabajo consistía únicamente en recuperar a Martin. Había desaparecido. Nuestra clienta intentó contactarlo durante días. Sabía que estaba en La Valeta, pero no pudo, así que nos contrató para encontrarlo.

¿Qué creías que encontrarías?

Ni idea. Pensamos que se había fugado con una mujer. Quizás borracho en un bar.

"¿Pensabas que se había fugado con el artefacto?", preguntó Crawford.

Lo dudo. Lo consultamos con los tunecinos y aún lo tienen.

"¿Dinero entonces?"

"El dinero tampoco era lo importante", dije. "Liz Black solo tenía un contrato para encontrar un comprador. Cualquier museo que lo adquiriera habría hecho una transferencia bancaria. No se esperaba que ella pagara".

"Entonces, tal vez el asesino no lo sabía".

Me encogí de hombros.

"La otra teoría es que Martin sintió que era una oportunidad demasiado lucrativa y decidió hacer un trato paralelo y fundar una Hawala.[4]—¿Un chico a...? —Crawford no terminó la frase; en cambio, frunció los labios mientras sus ojos estudiaban los míos.

—Lo dudo. —Recliné los brazos y observé a Crawford. Su nariz prominente dominaba su rostro, su mirada distante y opaca. Golpeó el suelo con el pie varias veces, como esperando una confesión repentina. Detrás de mí, los dos detectives se movieron ligeramente, rozando las persianas.

Cuando no dije nada, me preguntó qué pensaba de Liz Black.

"Desvaneciéndose en el crepúsculo". Crawford envejeció frente a mí.

—Lo entiendo —dije—. ¿Crees que es otra cosa? Se encogió de hombros.

---

[4]Hawala: Forma árabe de pago transfronterizo. No se transfiere dinero. En cambio, quien compra el producto o servicio en otro país contrae una deuda que, con el tiempo, se salda entregando algo de igual valor al proveedor.

Sacó su libreta y me hizo las preguntas de siempre. Le di mi billete de avión a Trieste y, a su vez, a Malta, los recibos del hotel y del alquiler del coche. Anotó la información, usando su propia taquigrafía, una forma tradicional de hacerlo todo.

Levantó la vista con una sonrisa tímida. «Así que preguntaste en recepción. Luego subiste a su habitación con el recepcionista. ¿Registraste su habitación? ¿Encontraste algo?»

Lo miré con desprecio. "¿Por qué haría eso?"

Es lo lógico. Tienes la habilidad y, sin duda, el coraje.

Moví mi mano hacia un lado como si quisiera quitarme un mal olor.

"Sí, sabemos que no lo hiciste", dijo Crawford. "Pero tu historial es interesante. No pudimos localizarte cuando lo consultamos con la policía de Niza. Así que llamé a un viejo amigo que trabaja para una de esas agencias que no existen. Me contestó esta mañana. Eres un hombre muy intimidante". Hojeó los papeles en su bloc de notas. "Con las fuerzas canadienses en Afganistán, en varias compañías, así que creíamos que te estaban...". Luego hizo una pausa para consultar sus notas; "bañado en la piel de oveja".[5]Nuestros amigos creen que eras —volvió a sus notas—

---

[5]Sheep-dipped: Un operativo escondido en otra agencia para confundir a la oposición

«fuerzas especiales o inteligencia militar. Dijeron que eras un fantasma». No dijo nada más y me observó, con sus ojos marrones estudiando la curva de mis hombros, mis manos apoyadas en el regazo, mi cara, mis ojos.

"Sin comentarios."

Sí, lo entiendo. Seguridad nacional. ¿Se llevaron alguna prueba de la habitación?

"No", dije con una sonrisa.

Me gusta pensar que sí. Pero no puedo probarlo. Las cámaras del tercer piso no funcionan. De hecho, ninguna cámara del hotel funciona. Recortes presupuestarios, según tengo entendido. Me miró y luego dijo: «Tengo el presentimiento de que sí».

—Qué raro. —Me reí. El policía calvo de la ventana sonrió con suficiencia y se giró para mirar por la ventana.

Crawford se volvió hacia sus hombres y les preguntó si tenían alguna pregunta, pero ellos negaron con la cabeza.

"Ayer conocí a un tipo llamado Lucarelli en Gracchi's".

"Mafia."

Sonreí. "Sí, lo sé".

Este es su patio de recreo. Con Schengen, van y vienen, y nosotros los seguimos por toda la isla, dando vueltas.

"¿Cuál es su conexión con Gracchi?" Empezaba a pensar que Crawford estaba siendo obtuso a propósito.

Crawford me sonrió y luego, de manera teatral, se llevó el dedo índice a los labios para pedir silencio.

"Oh, Omerta", dije. Se rió, pero no tan fuerte como antes, y su mirada adquirió una expresión de preocupación. Hizo un gesto con la mano derecha, señal para sus hombres. Me hicieron ponerme de pie, y un policía me cacheó en ese momento mientras el otro registraba la habitación. Vació mi maleta sobre la cama y la rebuscó. El más corpulento de los dos subordinados me pidió mi identificación y mi licencia francesa y le leyó los números a Crawford. Hojeó las tarjetas de visita y le tendió una a Crawford.

—Tenía su tarjeta de presentación —dijo, le dio la vuelta y se detuvo—. Arte moderno al dorso.

El fondo era negro sólido, con líneas onduladas blancas que formaban círculos sobre círculos en el centro. "Le pregunté al respecto. En el mundo antiguo, el negro significaba vida, no muerte, según ella. Las líneas blancas representan un búho, que según Liz era el antiguo presagio de la muerte".

—Mmm —Parecía fatigado. Miró a sus hombres—. ¿Nada? Como era de esperar.

Un policía estaba junto a la caja fuerte y me hizo señas para que la abriera, lo cual hice. Había dejado los recibos y las llaves dentro, y él las levantó. «Llaves de casa, llaves de la oficina», dije. Asintió y las metió de nuevo en la caja fuerte. El otro policía permaneció en su puesto junto a la ventana.

"¿Murió por el disparo?" pregunté.

Crawford se encogió de hombros. "Sí. En el mal sentido". Frunció los labios, y pensé que no pensaba decírmelo, pero luego, con prisa, lo hizo. No era nada diferente de lo que había visto. Luego me dijo que aún tenía un equipo en la sala. "Entregaré resúmenes a su agencia una vez que hayamos completado las fases iniciales de la investigación. No quiero decir nada más por ahora".

Le pedí que me devolviera el pasaporte y se animó.

Lo guardaremos por ahora. Necesitaré algunas muestras de ADN y huellas dactilares tuyas. Y quédate aquí un rato. ¿Has estado antes en Malta?

Dije que no, y empezó a elogiar las virtudes de la isla. Se volvió hacia los demás detectives y preguntó: "¿Qué restaurante era ese que teníamos pensado?".

"Trabuxu", dijo uno de los detectives.

—Ah, sí. Trabuxu. Un bar de vinos excelente. Tienen vinos estilo Burdeos y ponen jazz. Deberías probarlo. —Sonrió y añadió—: Encantado de conocerte. Y entonces se fueron. No muy lejos, sin embargo. Abajo, en la calle, Crawford dio instrucciones a sus subordinados con gestos furiosos y luego se marchó. Los dos hombres se escabulleron en una cafetería calle abajo, caminando como si tuvieran el tiempo prestado.

Sus últimas palabras resonaron en mi mente. Vinos estilo Burdeos, y tocan jazz. Así que había investigado y conocía a su hombre.

Capítulo siete

La Valeta es una ciudad de cruzados. Los malteses la construyeron sobre una colina, con sus almenas hundidas en el puerto, con una imponente vista al mar. Se extiende hacia el Mediterráneo como la proa de un barco, una actitud que marcó la pauta que impulsó la batalla de Lepanto y contra los alemanes. Fueron los malteses quienes rescataron a San Pablo, los malteses que se convirtieron al cristianismo y los malteses que preservaron su civilización. Caminé por sus plazas, recorrí sus calles, subí a sus murallas y me senté en su café. El mar rodea la ciudad; sus pulpos, mariscos, atunes, doradas rojas y blancas, y peces espada yacen congelados en los mercados. Los Caballeros de San Juan trajeron refinadas costumbres asiáticas a una ciudad ya de por sí oriental. El idioma es semítico, las sensibilidades más mediterráneas del sur que europeas. Y gatos por todas partes, acechando en los callejones, en los parques, junto al agua.

Caminé hacia la Catedral de San Juan, con su austera fachada que se abre, como una crisálida, para revelar un interior barroco de nervaduras doradas y suelos de mármol, diseño occidental y sensibilidad oriental. El suelo es un tablero de ajedrez de cuadrados de mármol, cada uno de los cuales es la tumba de un caballero fallecido. Cada cuadrado tiene pinturas que representan la vida de María o ángeles. Otros, la muerte y lemas. Litera Scripta

Manet. Polvo al polvo. Me acerqué a las sillas de la nave, estiré el cuello y miré la bóveda. Seguí la vida del Bautista, desde su nacimiento hasta su caminata por el desierto y su muerte. Los colores eran brillantes y estaban pintados sobre la piedra. Entré al oratorio y me detuve frente a otra pintura de la Decapitación de San Juan Bautista, y la reconocí como un Caravaggio.

Un grupo de turistas rodeaba el cuadro, atraídos por la violencia de la escena. «Su mejor momento», dijo alguien. Unos se iban y otros llegaban. Intenté comprender el claroscuro, el juego de sombras sobre la luz para crear significado a partir de las sombras. Liz me lo había contado. Intenté apreciar la maestría, pero mis ojos volvían una y otra vez al cuchillo que le cortaba la garganta. En el lienzo, solo una figura, una anciana, se lleva la mano a la cara con horror. Para los demás, en particular la chica que esperaba a que la cabeza cayera en la cesta que sostenía, era solo un día más en la oficina. Estudié el cuadro, pero solo pude ver a Trevor Martin tumbado en la cama, con la mitad de la cabeza descabezada.

—Norman, ¿no es una foto buenísima? —Su voz provenía del Medio Oeste. Norman permaneció inmóvil, con las manos en los pantalones cortos, las piernas abiertas y los hombros encorvados. De Oklahoma, quizá, un granjero, probablemente entrenador del equipo de fútbol americano del instituto, sigue a los Sooners. No sigue a Caravaggio, y mientras su esposa revoloteaba, gimió.

Almorcé en la terraza de un restaurante frente a la Concatedral de San Juan, bebí varias Guinness y comí espaguetis a la boloñesa. Los policías estaban sentados en una mesa lejana tomando café. Hablaban entre ellos y no mostraban ningún interés en mí, salvo por miradas casuales de vez en cuando. «Es hora de ponerme a prueba», pensé. Al terminar, me levanté y entré al restaurante hacia el baño, pero en lugar de eso, atravesé la cocina, salí por una puerta trasera y tomé una calle lateral. No me siguieron.

Compré varios trajes de baño en una tienda para turistas cercana. Seguía sin haber policías. Así que conduje hasta la bahía de Mellieha, con forma de herradura, al noroeste de la isla, para pasar un rato en la playa. Era una de las pocas playas de arena de la isla, y me tumbé al sol. Me sentí bien. El sudor me cubría el pecho y el vientre, y los dedos de las manos y los pies se relajaron. Con el tiempo, lo que me aliviaba se volvió demasiado caluroso y una molestia. Me puse una camiseta, fui a un bar improvisado y me bebí una Guinness mientras miraba el mar. Las brillantes velas de los windsurfistas salpicaban el mar. Varias exhibían el antiguo diseño del ojo de Osiris. Se deslizaban por el agua, viraban, creaban estelas y se dirigían al horizonte, donde sus movimientos se volvían perezosos antes de regresar. Mis ojos quedaron cautivados por sus movimientos. Más tarde, nadé en las frescas aguas del Mediterráneo.

A lo largo del día, mi mente seguía volviendo a Trevor Martin, pero no podía encontrar una explicación para su asesinato, salvo que una prostituta tal vez supo del artefacto. Quizás pensó que Martin lo había guardado o el dinero cerca y lo exigió. Simplemente no tenía sentido. La otra opción era que él no tuviera dinero para pagar los servicios, y ella perdió el control, lo mató y luego destrozó su habitación. No llegué a ninguna conclusión.

Me quedé tumbado en la playa mucho después del atardecer, y a medida que la gente de la playa cambiaba y se marchaba, grupos de jóvenes empezaron a llegar y a encender fogatas. En el tiempo que tardé en volver a La Valeta, el Mediterráneo cambió de un siena tostado veteado a un azul esmeralda. Las luces de los coches me siguieron de vuelta a La Valeta, incluyendo las de un Volkswagen azul claro conducido por el hombre que había aparecido en la playa al final del día. Solo lo vi de lejos, pero era alto y anguloso, con el pelo rapado. Estaba sentado más lejos en la playa, lo suficientemente lejos como para que no pudiera verlo bien, y lo suficientemente cerca como para que pudiera seguir mis movimientos.

Pensé en Lucarelli. Sin duda, había conectado los dispositivos de localización al vehículo de alquiler. Así que el hombre alto y anguloso podría ser el hombre de confianza de Lucarelli. Solo me vigilaba. Crawford lo había descartado sin más. No tanto por indiferencia, sino más bien porque podría estar al tanto de una investigación policial en curso sobre la influencia de la mafia en la isla y no quería interferencias. Crawford sufría de fatiga de combate.

De vuelta en La Valeta, el bicho azul tomó una calle lateral y me dejó. Sabía dónde encontrarme. Los policías también. Estaban sentados en el vestíbulo del hotel. Ambos me miraron con el ceño fruncido cuando entré. Crawford no estaba con ellos, pero su presencia se reflejaba en sus rostros.

Capítulo ocho

Me encontré con Trabuxu al anochecer, cerca de las puertas de la calle Recta, un callejón estrecho más que una calle propiamente dicha. Varias parejas estaban sentadas afuera, disfrutando del fresco aire nocturno, pero bajé por las escaleras que conducían a la vinoteca y encontré una mesa en la esquina. Media docena de comensales estaban dispersos por el comedor. El interior del bar era de piedra, con techo de bóveda de cañón, mesas y sillas de madera, y botellas de vino y licor expuestas detrás de la barra. Un clarinete colgaba de uno de los arcos. Botellas de vino vacías adornaban los estantes adosados a las paredes. Me senté al fondo. Detrás de mí había un estante con botellas de vino. El equipo de música sonaba a Dizzy Gillespie.

Pedí una botella de Masisi, un tinto estilo Burdeos, y estudié la carta escrita con tiza en una pizarra clavada en la pared del fondo. Decidí relajarme un rato antes de pedir. El vino era suave. Dizzy le dio paso a Charlie Parker.

Y entonces Miriana Hardy entró en el restaurante. Me recosté en el asiento y sentí una repentina sequedad en la boca. Se movía con soltura, su cabello oscuro ondeando al bajar las escaleras. Se rió al girarse hacia el hombre que estaba detrás de ella y luego giró en el rellano. Nunca me han gustado las coincidencias; nunca las he aceptado como algo fortuito. Examinó la sala buscando una mesa vacía y nuestras miradas se cruzaron. Inclinó la cabeza ligeramente, sonrió y se acercó a mi mesa. Sus tacones resonaron en el suelo.

—Hola de nuevo. Ya te vas —dijo.

"Parecía una buena idea."

Entrelazó varios dedos frente a ella y adoptó una expresión resignada. «Leonardo estaba muy disgustado el otro día, primero al enterarse de lo de su viejo amigo, y luego al tener que lidiar contigo». Se rió. «No te diré cómo te llamó».

"Me han llamado peores".

Miriana se rió y sus ojos se iluminaron.

Su acompañante llegó detrás de ella y se detuvo frente a la mesa. Alto, de complexión delgada, nariz aguileña y mejillas cetrinas. Tenía la cabeza y los hombros ligeramente inclinados hacia adelante, en lo que llegué a entender que era una postura permanentemente encorvada. En cuanto a los ojos, no pude distinguirlos; llevaba gafas de sol gruesas. Carecía de los rasgos marcados del hombre que me seguía ese mismo día.

—Este es Alastair Davies. —Me saludó con la cabeza. Sin sonreír. Siguió mirándome antes de girar la cabeza para observar la sala. Miriana puso los ojos en blanco y sonrió. Varios grupos entraron al restaurante y ocuparon las últimas mesas.

"¿Por qué no te unes a mí?", pregunté.

Lo hicieron, aunque Alastair parecía reacio. Siguió mirando a su alrededor. Mientras tanto, Miriana no paraba de hablar. Me preguntó qué me parecía Malta, sin esperar respuesta, y siguió hablando. «A la gente le gusta o la odia. No hay término medio. Algunos la encuentran sucia, o las ciudades demasiado compactas». Entonces se volvió hacia Alastair y dijo: «Tu chica odia que no haya árboles». Él murmuró algo y se giró para mirar la puerta del restaurante.

Miriana lo ignoró y sugirió que pidiéramos un plato de embutidos. Fue precisa al pedir salami de Cervo, venado, salami al Cinghiale, jabalí a la pimienta y vino blanco. Añadió queso: brie, queso azul de Auvernia y un queso tradicional maltés de oveja servido con tomate. Y más vino.

Me enteré de que Miriana había nacido en Londres. Su padre era empresario en la City. Pero fue su madre, su gran admiradora, quien la impulsó a destacar en los estudios de francés e italiano, lo que la llevó a la Sorbona. Allí, estudió Historia del Arte y más tarde consiguió una beca en Roma, donde se enamoró de Italia.

Hasta entonces tenía nociones básicas de italiano, pero estoy segura de que lo dominé en dos semanas. Tras graduarse, viajó y descubrió Malta. Se ha convertido en mi lugar de veraneo habitual. Con el tiempo, conoció a Félix y se enteró de todas las travesuras de la granja. Se había mudado hacía poco.

—Dios mío. Pasen a otra cosa —dijo Alastair. Sin decir nada, se levantó y salió por la puerta sin decir palabra. Miriana se quedó pensativa, con los labios fruncidos y la mirada perdida.

"Lamento que sea tan idiota, pero se suponía que su novia Dianne se encontraría con nosotros aquí, y parece que lo ha dejado plantado una vez más".

Me encogí de hombros. "¿De dónde conoces a Gracchi?"

Alistair. Es cierto. Me llevó a casa de Leonardo una noche. Empezamos a hablar. Nunca hemos dejado de visitarlo.

—¿Así que todos se reúnen en esa 'casa de fiestas'? —Asintió y miró por encima del hombro para buscar a Alastair, pero él ya había salido—. ¿La casa de fiestas es de alquiler?

—No, es de otro británico, Terry Godwind, que lleva años viviendo aquí. Felix también tiene una habitación ahí.

"Ah, la descarada."

Miriana se rió.

"¿Gracchi conoció a Félix a través de ti?", pregunté.

Cuando Félix supo que Gracchi era arqueólogo, quiso conocerlo. Le insistía sobre su opinión de sus copias. Eso enloqueció a Leonardo. Me pidió que no trajera a nadie más de la granja.

—Bueno, parece que conoces bien a Gracchi. Se animó el otro día cuando llegaste. Fue un detalle de tu visita —dije.

Su rostro se endureció y me miró con franqueza. «Logré calmarlo cuando te fuiste. Sintió que no tuviste piedad».

Fue un momento difícil. Había perdido a un amigo y colega arqueólogo. Pero era necesario preguntarles. ¿Conociste a Trevor Martin?

—No, pero Félix sí. —Hizo una pausa, pasando el dedo índice por la base de su copa—. La policía tiene que hacer esas preguntas. ¿Por qué lo hiciste? ¿No viste que estaba sufriendo? —Su voz era seria, pero luego la moderó—. Lo siento. No debería estar insistiéndote en esto. Tienes un trabajo que hacer.

Nos quedamos en silencio. Alastair regresó, tan malhumorado como cuando se fue, diciéndonos que Dianne seguía sin contestar el teléfono. Me recosté, escuchando a medias, escuchando a Chet Baker mientras hacían llamadas frenéticas. Miriana encontró a alguien que había hablado con Dianne una hora antes, quien dijo que estaba de bajón. Supuestamente culpa de Alastair. Al enterarse, pidió un trago de bourbon y se hundió en su bebida. Tras mover los pies, se detuvo y se dio una palmada en la mano, completamente desorientado.

"¿Por qué te gusta esta música?" me preguntó.

"La mayoría de la música sigue una línea recta", dije. "El jazz es libre, improvisado, nunca sigue la misma narrativa. Los músicos la crean sobre la marcha. La vida tampoco es una narrativa sencilla".

"Phh..."

"¿Por qué llevas gafas de sol dentro de casa?"

—Mira mejor. ¿Qué te importa si lo hago?

"No puedo ver el color de tus ojos".

"Son azules."

Me acerqué y le tiré las gafas de sol a la frente. Sus profundos ojos azules se movían de un lado a otro.

"Verás, son azules."

"Parecen del color de la piel retorcida", dije.

Miriana la atrapó con las manos. Alastair la fulminó con la mirada y se volvió a colocar las gafas de sol. Ahora, su tono de voz era de enfado. "No entiendo qué le pasa a este Trevor Martin".

—Me contrataron para encontrarlo —dije—. Como el jazz. Un trabajo sencillo, solo que llegué y descubrí que estaba muerto. Así que habla con la policía y piensa en volver a casa, solo que me quitaron el pasaporte y me dijeron que me quedara. ¿Ves? No es una línea recta.

"Vete a la mierda."

—Basta ya, Alastair —susurró Miriana. Y así lo hizo. Luego me dio una palmadita en la mano y se disculpó.

"No te preocupes por eso", le dije a Alastair, mi comentario cubierto con una sonrisa benigna.

—Así que Martin está muerto. Déjalo en manos de la policía. ¿Por qué te interesa? ¿Qué ganas tú? —preguntó Alastair.

"Tengo que informarle al cliente".

No respondió y, en cambio, me miró antes de llevarse la copa a los labios de nuevo. Miriana parecía confundida, sin saber hacia dónde se dirigían las cosas. Se hizo el silencio. Se giró hacia mí y dijo: «Alastair es asesor de inversiones en St. Julian's».

—Aquí tienes —dije—. Informas a tus clientes.

Alastair se bebió el último bourbon de un trago largo. "Tengo que irme", dijo. "Ah, y cuando te haces amigo de alguien así, no te olvidas de a qué se dedica. Y de que es un forastero". Tiró dinero sobre la mesa, se detuvo, me miró fijamente y dijo: "Por cierto, el nombre se pronuncia Al-A-Stair", y luego se fue.

Miriana estudió la carta del bar y yo volví a mi vino. Al cabo de un rato, se disculpó de nuevo y se encogió de hombros. Sugirió que Alastair se había ido porque quería ir a las mesas de St. Julian's.

¿Desahogar su frustración? ¿Él y Dianne viven juntos?

No. Viven separados. Pero ella renunció a su trabajo el otro día sin avisar. Simplemente se fue, y cuando él fue a su apartamento, el casero dijo que ya había pagado el alquiler del mes siguiente, pero que había vaciado el apartamento.

¿Ha hablado Alastair con ella desde que renunció?

Dice que no. El mensaje de que quería verlo esta noche se lo transmitió a Alastair. En realidad, él no lo concertó. Se suponía que nos veríamos aquí...

Probablemente mejor sin él. Aunque raro, lo dejé pasar, sonriéndole y levantando mi copa. El camarero se acercó, nos llenó las copas de vino, vació la botella y volvimos a charlar.

Hablamos una hora más sobre la vida en Malta antes de pagar las cuentas e irnos. Al despedirnos a la salida del bar, me dio su número de teléfono. «Si alguna vez encuentras el camino de vuelta a La Valeta, llámame», le dije que lo haría, y de repente, me abrazó y se fue. Mucho después de que pudiera distinguirla en la oscuridad, seguí oyendo el repiqueteo de sus tacones sobre el adoquín.

Capítulo Nueve

A la mañana siguiente, tomé un periódico local y encontré la noticia de la muerte de Martin en la página seis, en la parte inferior, en una sola columna. Según la policía, encontraron un cadáver en el Hotel West End. No se reveló el nombre, pero la muerte se consideró sospechosa. Un portavoz policial dijo que se estaba llevando a cabo una investigación. Parecía que el asesinato de Martin les había causado molestias.

***

Caminé hasta la Plaza de San Juan y me senté en un café frente a la catedral. Los hombres de Crawford habían llegado y me siguieron, sentándose en otra mesa del mismo café. Los ignoré, tomé mi expreso y mordisqueé un croissant. En un momento dado, el hombre más alto contestó su teléfono, habló brevemente, lo dejó y siguió mirándome fijamente. La repentina llegada de Crawford no me sorprendió.

El detective se sentó a mi mesa, jugueteó un rato con las mangas de su camisa y se alisó la raya del pantalón antes de alisarse el pelo. Le dije que estaba guapísimo y gruñó.

"Entonces, perdiste a mis muchachos ayer."

"En realidad fue fácil."

"¿A dónde fuiste?"

Bahía de Mellieha. Tomé el sol y nadé un poco.

No lo vuelvas a hacer. No nos conviene. El Ministro de Justicia se puso furioso. Quería que te arrestaran, pero logré evitarlo.

No dije nada. Me giré, lo miré y le sonreí.

Asintió y tamborileó con los dedos sobre la mesa. «No necesito esto ahora mismo. Tengo demasiadas cosas entre manos».

Lo ignoré y le pregunté cómo iba la investigación. Negó con la cabeza y dijo: «Encontramos el coche de Martin, pero no encontramos nada importante dentro». Suspiró, visiblemente exasperado. «No encontramos su ordenador, su maletín ni notas de ningún tipo».

"¿No hay servilletas con notas garabateadas por todas partes?"

Me miró fijamente y luego dijo: «Ni en su habitación de hotel, ni en recepción, ni en su coche de alquiler. Estamos esperando la llamada de los tunecinos para ver si dejó sus cosas en el hotel o en el Ministerio en Túnez». Miró al otro lado de la plaza un momento y luego dijo: «Así que tenemos que confiar en lo que diga esa tal Liz Black».

"¿La autopsia te permitió saber si tuvo relaciones sexuales recientemente?"

Horas antes de que lo mataran. Buscamos a todos los

profesionales de la isla, pero no pudimos encontrar ninguno compatible. La mujer fue expulsada en bicicleta o, si presenció el asesinato, abandonada en el Mediterráneo.

Mi teléfono sonó. Un mensaje de Hugo preguntando cómo estaba. Escribí "ok". Crawford extendió la mano y le di el teléfono. Lo leyó un rato, revisó mi historial de llamadas y tomó varias notas, pero finalmente dejó el teléfono junto a su mano derecha.

"¿En Malta necesitan órdenes judiciales para registrar los teléfonos, las maletas y las habitaciones de la gente?", pregunté mientras me estiraba sobre la mesa y cogía mi teléfono.

—Claro. —Su rostro no reflejaba la ironía. Golpeó la mesa con el dedo y dijo: —Recibimos una llamada de los italianos esta mañana. Una tal teniente Buttanesco, de los Carabineros. Confirmó los detalles de su visita con Liz Black. Su cliente tomó notas extensas, que los italianos nos han transmitido.

No dije nada, bostezando mientras miraba a los otros dos hombres. El camarero pasó lentamente, preguntándome si quería algo más, así que Crawford preguntó si yo pagaría la cuenta y luego pidió un plato de salchichas Zalzett Malti rellenas de aceitunas verdes y atún. Le dejaron una cerveza junto al plato.

Pedí una cerveza y el camarero asintió.

"¿No quieres almorzar?" preguntó Crawford.

"No quiero terminar pagando dos comidas". Me hizo reír.

Dio un sorbo a su cerveza, con expresión insegura. Se irguió en su silla. «Buttanesco tuvo problemas con Liz Black. Le parecía evasiva. Llena de excusas. O no sabía, o se hizo la tonta, diciendo que no entendía lo que Buttanesco le pedía. Quería consultar con abogados antes de divulgar cierta información. Buttanesco supuso que la mitad de las obras de arte de Liz Black habían sido robadas. Su comentario a nuestro oficial de enlace en Roma fue que pensaba que Black era una canalla».

Asentí y no dije nada. Liz Black era una mujer mayor, que estaba dando el último susto, viviendo su vida en un lugar remoto, no una delincuente, ni menor ni nada por el estilo.

"Perseguir a Liz Black es una pérdida de tiempo".

Estoy de acuerdo. Excepto que Edwardu Camilleri, Ministro de Justicia de Malta, coincide con Buttanesco. También le incomoda tu currículum. Y luego, el otro día, les diste un respiro a mis hombres. Camilleri no está seguro de por qué estás aquí y tengo la sensación de que Buttanesco está alimentando esa incertidumbre. Mañana te hacen las pruebas de ADN, pero no quiere que abandones la isla en diez días.

El camarero, al ver las malas noticias en el rostro de un cliente, se acercó y acepté una segunda cerveza para Crawford y para mí. No conocía a la teniente Buttanesco, pero tenía la sensación de que manejaba muy bien a los hombres, con la seducción italiana. Al susurrar, su suave voz parecía un beso en la mejilla o en la garganta, antes de que los susurros sonaran como una lengua explorando el oído. Y mientras sonreías y te relajabas, ella se agachaba y te retorcía los testículos.

"Eso es ridículo."

Crawford me interrumpió: «Cuidado con Camilleri; es astuto. Y es una serpiente».

Excelente. Di un sorbo a mi cerveza. Entonces, ¿quién era la serpiente? ¿Camilleri? ¿O Crawford? ¿O Buttanesco? Me estaban tomando el pelo, ya lo había visto antes. Me dije que necesitaba seguirle el juego un rato.

Crawford se giró y miró a sus hombres, quienes captaron la mirada y se enderezaron en sus asientos. Me miró y dijo: «Estoy seguro de que las pruebas de ADN saldrán negativas y todo saldrá bien». No creo haber visto nunca una sonrisa tan amplia en un cocodrilo. «No dejen a mis hombres abandonados hoy».

Crawford terminó su cerveza, se levantó y me agradeció por pagar la cuenta. Negué con la cabeza y dije que sí. Ahora que se iba, sus hombres estaban firmes, con la mirada fija en mí. Les sonreí.

***

Fui directo al grano y pasé el día en Golden Beach. El

nombre me intrigaba, y estaba en el extremo norte de la isla. Me permitió reflexionar. Encontrar a Martin parecía tarea sencilla. Sin embargo, su asesinato había provocado una enérgica oposición por parte de la policía, un mafioso y un asesor de inversiones, y me seguía el hombre alto y anguloso. ¿Qué había hecho Martin? ¿Qué había en su coche la noche que vio a Gracchi? ¿Qué le preocupaba? Estaba seguro de que, a pesar de sus diferentes perspectivas, tanto Camilleri como Lucarelli no querían una investigación prolongada que pudiera afectar al turismo. Diferentes escenarios me rondaban la cabeza.

No tuve una mejor respuesta cuando tomé un sendero hacia la playa, a través de lo que los malteses llaman bosque y los canadienses, arboleda. Una ligera brisa refrescó la playa, donde me tumbé hasta que me empezó a sudar y me dirigí a nadar. Me balanceé en la bahía y miré hacia el norte, hacia Sicilia.

Me broncé menos y nadé más que el día anterior. Me dormité y me desperté sobresaltado. Me había topado con los muertos vivientes, aquellos a quienes había matado en combate, aún con sus heridas mortales, diciéndome que era mi hora. Apreté el puño varias veces, observando cómo se me hinchaban las venas del brazo. Poco a poco se desvanecieron. Me incorporé y bajé la mirada hacia mi pecho, fijándome en el tatuaje de escorpión en el pectoral izquierdo. «Estás bien», me dije, me recosté en la toalla y caí en un sueño profundo.

A última hora de la tarde sonó mi móvil.

—Hola —dijo Miriana—. ¿Sigues en Malta?

En Golden Beach, tomando el sol. Me siento un poco seco.

Entonces, ¿quieres tomar algo? Nos vemos en el pub Crow's Nest en San Julián. Eres más que bienvenido.

"¿Quiénes somos nosotros?"

"Animales de fiesta", se rió.

Dije que sí y colgamos. Su voz me había conmovido. Era la última hora de la tarde y la playa estaba cambiando como el día anterior. Más temprano, me recordó la Florida que visité en mi juventud; la sensualidad relajada del sol y la piel, del pecado que se llevaba el viento. Había sido embriagador para un adolescente canadiense. En lo alto del sendero, relajados con sus ropas de trabajo, los dos policías estaban sentados en la valla. Les hice un gesto con la cabeza, pero solo me devolvieron la mirada. Habían estado allí todo el día, y el hombre más grande parecía una langosta hervida. Me siguieron de vuelta a San Julián, pero el Volkswagen azul no los seguía. Me di cuenta de que el hombre alto y anguloso no había aparecido en absoluto durante el día. ¿Había dejado de seguirme?

Encontré el pub Crow's Nest frente a la bahía. Pequeño, de estilo inglés, con un imponente cartel de un marinero en la cofa de una goleta. A un lado del mástil, un capitán señalaba el camino, y al otro, un cartel de Guinness. Miriana y una mujer rubia y bajita, de cara ancha y sonrisa aún más amplia, bebían pintas en una mesa en la terraza.

—Lo lograste. ¡Genial! —Miriana sonrió y acercó una silla a su lado. Llevaba pantalones cortos y una blusa informal, pero ahora podía distinguir las curvas de su cuerpo, sus piernas. Sus ojos brillaban—. Parece que has estado al sol hoy. ¿Qué te parece Golden Beach?

—Miriana, que al menos pida algo —dijo la rubia. Se rio y extendió la mano—. Soy Félix.

Ella captó la sorpresa en mi cara y añadió: "Mi padre quería un niño".

Miriana se rió y dijo: «Félix, sigues siendo un marimacho. Supéralo». A partir de ahí, comenzaron las historias. En su adolescencia, Félix llevó a sus amigas a los campos en busca de zorros para que pudieran protegerlos, lo que molestó a la nobleza, que estaba ocupada cazando. Solo para apoderarse de los bares a los que la nobleza regresaba después de la cacería. Jugaba de portera en el equipo de fútbol masculino. De adolescente, engañó a un empleado del bar para sacarle un barril de cerveza y lo llevó rodando por la calle hasta la fiesta. Esto impresionó tanto a la policía que se negaron a presentar cargos.

Les dije que me iba a la Sorbona, y me informaron que no me encontraban. Tampoco les gustaba el dueño del pub. Una vez en la Sorbona, formó un grupo de protesta para que la universidad abriera su propia bodega. La descarada había nacido en Londres y se había criado en los Cotswolds, y siempre pasaba los veranos en Malta, pero encajaba en cualquier sitio. Me relajé y pedí una Guinness.

—Lamento mucho lo que le pasó a Trevor —dijo Félix—. Es horrible.

¿Lo conocías?

—No realmente. Salió de la granja un par de veces. Miriana me llevó a casa de Gracchi, y allí lo conocí, y luego vino a la granja. —Félix miró a Miriana y continuó diciendo: —Hablamos un poco sobre el mundo antiguo. Trabajó conmigo un día porque quería ver cómo hacía ídolos. —Se comprometió y creó un ídolo con sus manos, del vacío—. Los vendo en varios mercados turísticos aquí en La Valeta.

"Lo está haciendo bien", dijo Miriana.

Trevor no los quería. Quería ver cómo los moldeaba... decía que le daba una mejor idea de cómo los hacía el hombre antiguo. Sus ojos brillaron.

Le sonreí. "¿Dejó Martin algo en la granja? ¿Un maletín, una libreta?"

—No, no he visto nada —dijo Félix. Miró a Miriana, quien negó con la cabeza.

"¿Cuándo fue la última vez que lo viste?"

—Justo después de que volviera de Túnez por segunda vez. —Frunció el ceño ligeramente—. Estaba muy preocupado. Me ayudó a empacar. Estaba muerto de la emoción. Pero no llevaba nada consigo y no dejó nada en la granja.

Miré el mar, que se tornaba rojo brillante al anochecer. Varias cabezas de bañistas se mecían cerca de la orilla, y un bote de remos cruzaba el puerto. El pub se encontraba en la curva de la bahía, y en la orilla opuesta, las luces se habían encendido e iluminaban a la multitud de turistas. En esta calle lateral, pasaban turistas con camisas que nunca usarían en casa. Vendedores ambulantes de joyas con sus productos en sábanas y dueños de restaurantes anunciando a gritos los especiales de la cena las trabajaban. Otros estaban sentados en bancos, mirando el mar. Para un hombre que, según Liz Black, podía reconocer el trabajo de los artesanos antiguos, parecía extraño que quisiera entender cómo fabricar artefactos modernos.

Tengo que ir a las piedras. ¿Cómo se llaman?

Félix dijo que Hagar Qim y Mnajdra eran los más famosos.

«Puedo enseñarte el sitio».

No pasa nada. No quiero molestarte.

No te preocupes. La casa está a dos colinas de aquí. Tardo cinco minutos en llegar caminando.

Miriana se rió. «Me pilló». Así que acordé encontrarme con Félix en el lugar al día siguiente.

Un hombre corpulento con camisa de golf y pantalones cortos deportivos se sentó junto a Félix. «Hola, chicos». Félix se giró hacia él y le dio una palmadita en el hombro. Terry, el dueño de la granja, le daba un apretón de manos oso, y su palma era áspera como la piel de un lagarto. Su cabeza rubia no dejaba de menearse al ritmo de la música, los Stones.

Mucho gusto en conocerte. Miriana no para de hablar de ti.

Una joven, de aspecto oriental y vestimenta occidental, se deslizó entre Terry y Felix y se giró hacia la artesana. Le dirigió una repentina mirada coqueta, que Felix correspondió. Se miraron. Aparté la mirada y vi la mirada de Terry, lo que me indicó que la entendía. Se llamaba Topak o Topaki. Nunca lo entendí bien, pues Terry acalló la presentación pidiendo más cerveza. Varias personas más, todas de unos treinta y tantos, se acercaron, y la mesa empezó a rugir.

Me volví hacia Miriana y le dije que Gracchi tenía razón al

llamar a la granja de Terry "la casa de las fiestas". Ella rió. Alastair se sentó al final de la mesa. Un ligero saludo a Miriana y una mueca de desprecio hacia mí. Miró su cerveza y habló un rato. Llegó la comida y la gente se sirvió. Las bandejas de cerveza llegaron a la mesa a un ritmo vertiginoso. Alastair se fue temprano, y poco después, los policías sentados al fondo del bar se levantaron y se fueron. Demasiado café, pensé.

A eso de las diez, me disculpé y volví al coche. Miriana me acompañó.

El asesinato de Trevor atormenta a Leonardo. ¿Cómo murió? ¿Sufrió?

No lo sé. La policía no ha dado mucha información. Si averiguo algo, te lo haré saber.

"¿Entonces te vas pronto?"

"El Ministro de Justicia me ha prohibido salir durante diez días".

—¿Qué? Eso no tiene sentido —dijo ella. Su rostro se contrajo.

Mañana entregaré el ADN. No encontrarán nada, así que el ministro probablemente se tranquilizará. Mientras tanto, estaré aquí.

—Bueno —dijo con una repentina sonrisa—, tendremos que aprovechar el tiempo extra. Me extendió la mano y me dio un largo abrazo, susurrando que me llamaría por la mañana.

De vuelta en el hotel, abrí las puertas del balcón y me senté afuera durante una hora. La gente estaba descansando. Los policías se fueron temprano del pub, indiferentes a mis movimientos. El hombre alto y anguloso no me siguió durante el día. Diez días más de sol y risas surferas con Miriana y Félix, y luego de vuelta a Francia. Había caído la noche, así que me levanté y eché un último vistazo al mar, luego me asomé al balcón. Criaturas nocturnas se deslizaban por las grietas de las paredes; lagartijas trepaban hacia arriba, e iguanas colgaban de la piedra a alturas vertiginosas. Entré. Una brisa repentina entró en la habitación, alborotándome la camisa. Golpeó un objeto en la repisa de la chimenea de un lado a otro: un puro cubano aún con su envoltorio. Lucarelli.

Capítulo diez

A la mañana siguiente, dividí la habitación en cuadrantes y la registré de arriba abajo. Encontré varios dispositivos de escucha en lugares muy obvios, pero ninguno en lugares más recónditos. La intención era acosar, no obtener información. Los dejé donde estaban, pero ya era suficiente. Necesitaba contraatacar. Podría empezar haciendo algunas preguntas.

Caminé hasta el Hotel West End y me encontré con el gerente de día que había abierto la habitación de Martin, fumando en el patio trasero.

—Oye —dijo, señalándome—. Me siento mucho mejor.

"Te ves bien."

Estoy bien. Debería haberme dado cuenta de que había un problema. El personal de limpieza nos decía que llevaba días sin salir de su habitación.

No te preocupes. Le estabas dando espacio. ¿Sigue la policía por aquí?

"Los forenses siguen arriba. El gerente se queja de que se están tomando su tiempo". Se rió. "No es culpa suya. Estaba cerrado por la noche, pero una de las criadas, sin entender que era la escena de un crimen, lo limpió. La policía estaba furiosa". Me reí con él, animándolo todo lo posible. "El jefe se está poniendo histérico.

Quiere que la policía se vaya antes de que los medios le den más importancia. Ya tenemos muchas cancelaciones. Está pensando en bajar las tarifas". Dio una calada a su cigarrillo.

"Bueno, él siempre tiene su seguro", dije.

Ninguna. Anulada porque las cámaras del vestíbulo y del hotel no funcionan. Las instaló como era necesario, pero decidió ahorrar dinero al no conectarlas. Además, las cámaras no tienen película. Es una ganga.

Le hice un gesto de aprobación al recepcionista en silencio y le pregunté si Martin había guardado algún artículo en recepción o en algún almacén. Dijo que no.

La policía dice que tuvo relaciones sexuales antes de que lo mataran. ¿Alguna mujer lo visitó en su habitación?

El empleado negó con la cabeza vigorosamente, con el rostro desencajado, lo cual era la única respuesta que necesitaba. Sin embargo, lo dejé pasar. El tipo resopló un par de veces y luego dijo: «Ya no tengo su tarjeta. Es detective, ¿verdad?».

—Soldado. Listo. —Sonrió y asintió, satisfecho con su memoria de rostros. Continué diciendo: —El otro día me dijiste que alguien más preguntaba por Martin.

—Mierda. Olvidé avisarle a la policía sobre ese tipo. —Tiró el cigarrillo que había terminado y lo apagó.

"¿Alguna idea de quién era?"

No sé su nombre, pero es el dueño de una vinoteca en la plaza principal. No te la pierdas, se llama Shipwreck Wines. También tiene una bodega aquí en Malta.

"Entonces dijiste que él era agresivo contigo."

Me gritó. Estaba trastornado. Dijo que quería ver a Martin ya.

Qué locura. ¿De verdad interactuaste con Martin?

"De nada."

¿Alguien más pregunta por Martin?

—Ahh. —Su lenguaje corporal se retractó; estaba a punto de mentir, pero captó el cambio en mi lenguaje corporal—. Sí, otro chico, pero era más bien algo sobre querer saber si estaba en casa o de viaje.

"¿Tienes un nombre?"

—Para nada. La verdad es que no me causó buena impresión.

¿Puedes describirlo?

Se echó a reír: «Bueno, más o menos. Era alto». Se detuvo, se rió avergonzado y luego dijo: «Un poco delgado. Usaba gafas de sol. Nunca se las quitaba».

Asentí, le di las gracias y le puse diez euros en la mano.

Disipada la tensión, sonrió, se guardó el billete en el bolsillo y encendió otro cigarrillo. Al girarme, una joven morena con tacones y piernas estupendas apareció por la esquina y salió al patio. El empleado dejó caer el cigarrillo y lo aplastó, sonrió ampliamente y saludó a la mujer, preguntándole si su habitación estaba bien. Bueno, yo también tenía que volver al trabajo.

***

Salí de La Valeta más tarde por la mañana, despúes de hacerme las pruebas de ADN. Conduje a través de campos rojizos hacia el interior de la isla, alejándome del mar en una serie de curvas cerradas hasta llegar a un acantilado con vistas al sur de la isla y a la vista de los templos megalíticos de Hagar Qim y Mnajdra.

Felix estaba sentada en un banco frente a la entrada, cabizbaja, con el cabello rubio ondeando al viento, ocupada con su teléfono. Marchaba los pies al ritmo de su voz. En el pub, parecía una chica con ganas de conquistar, con los labios pintados y un delineador de ojos intenso, sin duda para complacer a Topak, pero hoy era la chica de vuelta a la naturaleza, con pantalones cortos y zapatillas deportivas, y el pelo recogido en un moño. Caminaba con determinación, charlando de todo: Malta, el paisaje, la hierba y la desolación de la isla, el mar. Pintaba imágenes con sus palabras.

Me llevó de gira. Su voz cantaba como la de un pájaro, con un tono a menudo irónico, mientras creaba el mundo antiguo ante mis ojos. Me explicó que las piedras eran piedras, no ruinas. Eran manifestaciones de antiguas concepciones de la vida y la muerte, y que la estructura interior simbolizaba a la Diosa, al útero, el centro de la vida. Me guió más allá de una pila de enormes piedras de granito que formaban otra entrada a un largo pasillo rectangular que terminaba en formaciones circulares de piedra, símbolo de la vagina y el útero, las cámaras laterales de los ovarios. Señaló motivos en espiral y me explicó que eran símbolos del ciclo de la vida: nacimiento, muerte y renacimiento. El ocre cubría las paredes, animales y plantas estaban tallados en la roca, y símbolos de órganos sexuales cubrían las piedras. Nos detuvimos en medio del laberinto y miramos hacia arriba, más allá de la piedra que se alzaba imponente sobre el cielo. Altos cúmulos se alzaban hacia el norte. La vista no era diferente a la de siete mil años atrás.

"Gracchi te llamó niña diosa".

¿Niña? Creí que era mujer.

Nos reímos.

"Las mujeres eran las guardianas de los misterios entonces, y sospecho que todavía lo son", dijo.

"Me gusta que me expliquen los misterios".

"A veces no es lo que uno quiere." Su sonrisa se volvió enigmática. "En esta vida, tuve un interés pasajero en Alla. Lo alababa de niño en el coro de la iglesia." Notó mi mirada inquisitiva. "Eres tan norteamericano; tienes tan poco entendimiento. Cuando digo Alla, estaba hablando malti. Es un nombre prestado para Dios de los norteafricanos con los que los malteses estuvieron en contacto. Pero el Alla de los malteses es tu antiguo Yahvé. Aquí casi todos somos católicos."

Bajamos la ladera desde Hagar Quim hasta el segundo templo, Mnajdra. El camino era un sendero polvoriento, bordeado de zarzas, brezos, amapolas rojo sangre y margaritas descoloridas, y nos acercábamos al acantilado, la roca y la maleza. Más allá del templo, la colina descendía hacia un mar que parecía flotar en el aire. Me contó su historia. Padre británico, madre maltesa, hija del desierto, que había vivido en el extranjero y había regresado recientemente al Mediterráneo. «Esta isla puede ser claustrofóbica, así que mi padre me envió a estudiar a Inglaterra. El problema es que, si eres maltés, nunca puedes irte, vivas en cualquier parte del mundo. Siempre estás reflexionando sobre tu hogar. Siempre eres maltés. Regresé, pero vivo en la granja, así que puedo tener algo de espacio».

Caminamos un poco más, a través de la piedra suelta, hasta llegar a un punto donde el mar se desplegaba y una mancha gris, una isla, apareció a la vista: Filfla. El viento arreció y sopló con fuerza —el céfiro que venía del sur y de África—, agitando el mar y azotando la hierba. Refrescaba el sol.

"¿Qué opinas de por qué Trevor Martin estaba tan ansioso?", pregunté. Se puso a especular. Tomé una piedra del tamaño de un balón de fútbol miniatura, me levanté, la levanté, eché el brazo hacia atrás justo por encima de la oreja y la lancé hacia adelante, dejándola resbalar por mis dedos. Era un peso muerto, pero se arqueó, giró en espiral y provocó aplausos emocionados de Felix.

Espiral. Así se llama, ¿verdad? Me dijo que había salido con un chico en París, un adicto al fútbol americano. Asentí.

Martin era amable. Pero dudaba, siempre miraba a todas partes. No sé por qué. Su cuerpo se estremeció ligeramente y añadió: «No era el chico que había conocido dos semanas antes. Nada de bromas». Soltó una carcajada y luego dijo: «Nada de evaluaciones de mi cuerpo».

No dije nada. Me miró con franqueza y luego continuó: «Me ayudó, pero era un poco torpe y no dejaba de meter las cosas en las cajas equivocadas. Como si no me estuviera escuchando».

Así que escuchaba a la gente de afuera. Así que se sintió perseguido.

—Así que te ayudó —dije—. ¿A qué se dedica Terry?

"Preguntas, preguntas, preguntas." Sin embargo, se rió. "Es constructor de barcos. Construye los Luzzo's. Ya sabes, esos pequeños barcos de pesca pintados. Yo pinto los ojos en la proa.

Claro, también construye lanchas motoras, y el año pasado ayudó a varias personas con los cascos de sus veleros." Me miró con curiosidad y, con su amplia sonrisa, dijo: "¿Y ahora viene Alastair? Vive en San Julián. Es amigo de Terry. Viene a la granja los fines de semana."

Asentí.

"Salimos de fiesta todos los fines de semana. Salgan y diviértanse." Una tímida sonrisa se dibujó en sus labios. "Miriana me pidió que te avisara para que vinieras." Bromeé diciendo que el principal atractivo podría ser Alastair, y ella rió a carcajadas, tapándose la boca y la nariz con las manos. Incluso cuando recuperó el control, siguió riendo.

"¿Alcanzó a Dianne?"

Ella negó con la cabeza. «No tenemos ni idea de qué pasa. Tenía una personalidad extraña. A veces estaba en el rayo, y a veces, en el espacio exterior. Pero siempre era amable».

Caminamos de vuelta al estacionamiento, donde nos despedimos. Ella tomó un sendero que subía por una ladera. Corrió por el sendero y cruzó la colina sin mirar atrás. La policía estaba estacionada cerca de mi auto de alquiler. El Hombre de la Langosta estaba de pie junto al auto, trabajando en su quema; su compañero estaba en el asiento del copiloto, con la cabeza echada hacia atrás y la boca abierta.

Capítulo once

Regresé a La Valeta a primera hora de la tarde y tomé un espresso en el Augustine mientras contemplaba el puerto. Mi teléfono vibraba. Liz Black.

—Siento lo del otro día. Me emocioné porque conozco a Trevor desde hace tanto tiempo. —Su voz se volvió tensa y vacilante. Cuando se quedó callada, le di el pésame.

Suspiró y luego dijo: «El tiempo no se detiene. Después de hablar con tu socio el otro día... Hugo, firmé una oferta de un museo en Alemania. No hay dinero hasta que consiga el objeto. Lo consulté con los tunecinos, y lo tienen y siguen interesados en venderlo».

"¿Entonces tienes otro arqueólogo en mente?"

Ella ignoró mi pregunta y siguió parloteando, diciendo: «Fue extraño; el jefe del departamento, Sidi Gharbi, parecía más nervioso que disgustado cuando supo que Martin había sido asesinado». Suspiró. «Por supuesto, no lo culpo. Los alemanes siguen interesados en adquirirlo».

Había notado un crujido de fondo, que había cesado, pero cuando ella volvió a hablar, el crujido volvió a sonar. La llamada estaba siendo intervenida.

"¿Estás todavía en Malta?" preguntó.

"Sí, me han pedido que me quede los próximos días mientras

investigan".

"Tengo dificultades con todo", dijo. "Trevor salió corriendo de Túnez y nunca se comunicó conmigo. Luego lo asesinaron en Malta. Necesito saber si es el mismo artefacto que está en manos tunecinas. Necesito fotos desde todos los ángulos. Una vez verificadas las pruebas fotográficas, los alemanes tomarán el control y enviarán a sus expertos para que estén presentes en cualquier datación por radiocarbono".

"Nuestra agencia puede hacerlo".

Eso es lo que esperaba. Tendré que añadir tu nombre al contrato. Puedo hacerlo hoy mismo.

Le pregunté si las autoridades italianas la habían contactado, pero me dijo que no. Su voz se apagó y luego volvió a sonar, pero el timbre era inestable.

"Tengo que irme", dijo. "La conexión telefónica no es muy buena, ¿verdad? Hablamos luego". Pero luego continuó: "Los tunecinos me están presionando mucho para que termine esto. Avísame si hay otro retraso".

Colgamos, pero me quedé al teléfono medio minuto antes de que se silenciara y volviera a la normalidad. Entonces, ¿a quién de nosotros nos estaban espiando? ¿Y quién lo hacía? ¿A los malteses? ¿A los carabineros italianos? ¿O acaso Lucarelli había contratado una agencia de seguridad para vigilar mis acciones? Volví a mi café y miré el Mediterráneo; no probé el café ni disfruté del mar. Mi mente estaba atrapada en un torbellino de diferentes visiones de Martin, Lucarelli y Crawford, y el artefacto giraba frente a mí. Me llamaba.

***

¿Por qué no un poco de vino? Así que fui en busca de Shipwreck Wines. La encontré a una cuadra de St John's Square. El letrero de la tienda descansaba sobre trozos de madera flotante que sobresalían con la forma de un barco partiéndose, pero sin rastro del santo. Por dentro, la tienda era como cualquier otra vinoteca; estantes con vinos alineados en las paredes, clasificados por países de origen, variedad y color. Destacaban Shipwreck Wines en la parte delantera. Una mezcla de otros vinos malteses, una amplia selección de vinos italianos y algunas botellas de Francia estaban en las estanterías del fondo. Abridores, copas de vino y decantadores llenaban una estantería en la pared del fondo, y en la caja, se exhibían libros sobre vinos.

Le sonreí a la mujer detrás del mostrador y acepté una cata de vinos. Sirvió una muestra del Chardonnay de la bodega, que me pareció compacto, suave y muy agradable. El tinto estaba aún mejor, un sutil vino de estilo Burdeos que me encantó. Le di las gracias, pero ya había pasado al siguiente cliente. Junto a las cajas, encontré tarjetas de visita. «Joseph Sacco», decía. Propietario y viticultor. Le pregunté a un empleado que pasaba si Sacco estaba. «En la bodega», fue la respuesta.

La bodega era una sala rectangular más pequeña, anexa a la zona principal de ventas, donde se almacenaban los vinos más prestigiosos y, por lo tanto, más caros. Sacco destacaba con chaqueta y corbata; un hombre calvo de unos cuarenta y tantos años, con la juventud aún presente, pero que observaba su tienda con el matiz de la mediana edad. Me saludó con un gesto de la cabeza y me preguntó si podía ayudarme. "¿Joseph Sacco?", pregunté, lo cual confirmó con varios gestos de la cabeza. Me presenté y le di mi tarjeta.

La confusión se extendió por su rostro como un sarpullido. Dio la vuelta a la tarjeta, buscando una respuesta, y luego volvió a examinar el anverso mientras un rubor más intenso le inundaba el rostro. Supuse que le habían avisado de mi existencia.

—Estoy confundido —dijo—. ¿Qué puedo hacer por usted?

Le sugerí que buscáramos un lugar más privado, a lo que accedió y me llevó a su oficina, un pequeño agujero en la pared, limpio, con la excepción de unos pocos papeles en su escritorio que inmediatamente recogió y sostuvo en sus manos.

"Tengo entendido que buscabas a Trevor Martin días antes de que la policía lo encontrara asesinado".

Dudó en el nombre. «Martin, Martin. No sé quién sería».

Fue. Lo asesinaron. Se alojaba en el Hotel West End. Saqué mi libreta como para confirmar su declaración, pero le dije con tono directo: «Preguntaste por él hace tres días al mediodía».

—Ah, ese hombre. ¿Se apellidaba Martin? —Se enderezó y regresó a la sala de exposición de la bodega, donde había una pila de cajas contra un mamparo. Sacó varias hasta encontrar lo que buscaba—. Bueno, es Martin. Ya lo recuerdo. Trevor Martin, dice el pedido. Pidió una caja de vino hace tres semanas, la pagó, pero nunca la recogió. Recuerdo que me dijo que se alojaba en el Hotel West End durante un mes. Anoté la dirección y el número de teléfono, así que, como no apareció, empecé a buscarlo.

"¿Entonces querías liberar espacio en el inventario?"

—Claro. Necesito que lo despejen porque recibo pedidos constantemente. Es la única razón por la que lo buscaba.

"¿Gritando, según el empleado?"

—No lo creo. Pero ¿qué más da?

Sacco tenía una mirada de desdén en su rostro que se desvaneció en arrogancia, lo que se volvió cada vez más desconcertante.

—Déjame que te lo explique —dije—. Apareces buscando a Martin, el recepcionista no te da la respuesta que quieres, empiezas a gritarle, y al día siguiente, Martin aparece asesinado. ¿Qué coincidencia tan loca?

—No, no. —Spittle se curvó los labios—. ¿Por qué lo piensas?

—El momento oportuno. —Decidí desconcertarlo—. Lo asesinaron ese mismo día o el anterior. Si fuiste el día anterior, quieres demostrar por qué estuviste allí, así que vuelves al día siguiente y lo haces público. O tal vez simplemente subiste, llamaste a su puerta y lo mataste.

—No lo hice. No eres policía. No puedes hablarme así.

Bueno, dejémoslo. ¿Te contó Martin por qué estaba en Malta? ¿Te habló del artefacto?

La pregunta lo pilló desprevenido y su rostro lo delató. Pero antes de que pudiera responder, un empleado entró en la habitación pidiendo ayuda con un cliente. "Me tengo que ir", dijo y salió a grandes zancadas. Revisé el albarán de la caja de vino, pero confirmaba lo que Sacco me había dicho. La dirección de Trevor Martin era el Hotel West End. El número de teléfono era el mismo al que Liz Black había estado llamando sin obtener respuesta. La verosimilitud de la explicación de Sacco era demasiado simple como para ser errónea. A veces, una pista no sirve de nada.

Sacco me miró fijamente mientras salía de la tienda. Caminé

por la plaza, absorbiendo el calor, y me detuve en un bar de la esquina y me senté. La sombrilla me protegía, pero no me aliviaba de la humedad; solo una cerveza podía hacerlo. Pedí una Tuborg.

Todavía consideraba a Sacco una pista falsa cuando vi una figura doblar la esquina y dirigirse a la vinoteca. Parecía fuera de lugar, pero reconocible por su cabeza quemada por el sol. El Hombre Langosta entró en la vinoteca y salió varios minutos después, seguido de Sacco. El Hombre Langosta empezó a hablar. El Hombre Langosta gesticuló violentamente, apuntando repetidamente con el dedo a la cara de Sacco, con la palma abierta agitando el aire, y luego se giró, dio una vuelta completa y se encontró con la cara del vendedor de vinos, y empezó todo de nuevo. Sacco no dijo nada, pero retrocedió poco a poco.

Estaban demasiado lejos para oírlos. Después de dos o tres minutos, el Hombre Langosta se detuvo y se quedó quieto. El comerciante de vinos había aguantado toda la ira y no se había movido, pero ahora empezó a hablar, su lenguaje corporal delatando una explicación lastimera. No llegó a nada. El Hombre Langosta simplemente lo miró fijamente, levantó las manos y se marchó. ¿Un problema con otra caja de vino? Lo dudaba. La policía probablemente acababa de enterarse de que Sacco había estado preguntando por Martin, pero ¿por qué una reprimenda? ¿Sabían algo?

Todavía lo pensaba cuando Sacco, que se había refugiado en la tienda, salió disparado, con el teléfono en la oreja, y se dirigió hacia el este por una calle lateral. Consideré seguirlo hasta que el Hombre Langosta y su compañero salieron de entre las sombras, alcanzaron a Sacco y lo escoltaron.

Pagué las cervezas, volví a Shipwreck Wines y encontré el camino a la bodega. Antes, había visto bolígrafos, cinta adhesiva y tijeras en un estante cercano. Con las tijeras, rebusqué bajo el albarán de la caja de vino de Martin, lo abrí y saqué el papel. Debajo había un segundo albarán para Karen Lundquist. El mismo vino, la misma cantidad en ambos albarán y la fecha de recogida para la Sra. Lundquist era en dos días. Usé un teléfono junto a un pilar y la llamé, le recordé su pedido, que ya estaba listo para recoger, y recibí un efusivo agradecimiento y la promesa de recogerlo. Lo volví a armar todo con cuidado, pegando el albarán con cinta adhesiva para ocultar los cortes que había hecho, y devolví las tijeras y la cinta adhesiva al estante.

Capítulo doce

A primera hora de la tarde, entré en la entrada de Leonardo Gracchi. Había sido un día largo. Después de hablar con Sacco, conduje hasta Marsaxlokk, en el extremo de la isla, envuelto en la lasitud mientras atravesaba un paisaje de siena tostada.

Caminé por el paseo marítimo, admirando un luzzu tras otro, los barcos pintados con un caleidoscopio de colores, en franjas de diferentes tamaños y, a ambos lados de la proa, un distintivo «ojo de Horus». Me pregunté si estaría viendo alguna obra de Felix. Los barcos se mecían en el mar y los turistas abarrotaban los muelles, tomando fotos. Aunque ya era tarde, el calor abrasaba las colinas circundantes, apagando su silueta y color. El mar centelleaba.

Encontré una cafetería Costa, tomé un expreso y me senté dentro para escapar del calor. El sudor me corría por el cuello. Estaba aburrido, cogí un periódico del Times y lo hojeé. Nada me llamó la atención. Era lo mismo de siempre: insurrecciones por toda África y el sur de Asia, caos en Washington, piratas en el Cuerno de África, aviones de guerra chinos invadiendo Taiwán y Putin sufriendo otra crisis nerviosa. Empecé el crucigrama y sonó el teléfono.

Era Miriana. "¿Dónde estás?" Su voz sonaba como si estuviera en la cuerda floja, y me encorvé hacia adelante.

Se lo dije. Continuó sin respirar: «Necesito tu ayuda. Leonardo me llamó. Apenas podía hablar, así que fui a su casa. Está furioso. No quiere hablar, y creo que alguien le ha hecho daño, pero necesito ayuda. No se calma».

A pesar de no saber qué ayuda podría ofrecer, empujé el coche para subir las colinas bajo una puesta de sol persistente. Las sombras cubrían las casas de piedra. El coche se tambaleaba por la carretera, mecido por una repentina ráfaga de viento. Seguí la carretera mientras daba marcha atrás y se dirigía al oeste, y contemplé la punta de la isla y un mar que parecía estar en llamas. Y entonces llegué a casa de Gracchi, entrando en la entrada.

Estaban sentados en el patio. Miriana se me acercó y me dio las gracias por venir.

Unos hombres irrumpieron en la casa e hicieron preguntas sobre Martín. Adónde había ido Martín, preguntaron muchas veces. Leonardo les dijo que no tenía el artefacto y lo amenazaron.

"El artefacto está en Túnez".

"Buscaban algo más pero nunca dijeron qué", afirmó.

Me condujo al patio. Leonardo era una figura destrozada, sentado en el sofá. Estaba encorvado, con las manos cruzadas sobre las axilas, meciéndose lentamente. Me miró con tristeza y luego apartó la mirada. Me senté frente a él y esperé.

"Forsi", dijo Gracchi murmurando las palabras.

"¿Qué significa forsi?" pregunté.

Miriana dijo: «Es maltés. Significa quizá».

Gracchi me miró pero no dijo nada más.

"Muéstrame tus manos."

Gracchi hundió aún más las manos en sus axilas. Miriana se sentó a su lado, le rodeó los hombros con el brazo y lo atrajo hacia sí. Me llevó un tiempo extraerle la mano derecha. Estaba llena de moretones. El pulgar derecho de Gracchi estaba tan fracturado que se le cayó al suelo cuando Miriana le sujetó la mano. Se le llenaron los ojos de lágrimas, pero no emitió ningún sonido. ¡Qué valentía! Convencí a mi padre de que sacara la mano izquierda. El atacante se había lastimado el anular y el meñique en la articulación con un cuchillo. La amenaza era clara.

En cuanto lo soltó, él se metió las manos bajo las axilas. Miriana encontró unas curitas, le cubrió las heridas de los dedos y salió de la habitación para llamar a una ambulancia y a la policía. Al regresar, le pasó el brazo por los hombros y le frotó la espalda.

"¿Por qué te hizo daño, Leonardo?", preguntó.

—Decía que yo era la clave —soltó. Leonardo palideció del cuello a la cara—. Dijo que necesitaba responder a sus preguntas. Algo relacionado con Trevor. No lo entendí. Forsi.

Gracchi hundió la cabeza en el pecho. Murmuró un torrente de palabras ininteligibles, y Miriana se inclinó para escuchar, asintiendo. Le acarició la espalda y, con voz suave, le dijo que la ayuda estaba en camino.

Le pregunté si podía describir al hombre, pero guardó silencio. Lo intenté varias veces, pero se le llenaron los ojos de lágrimas y se aisló. Miriana le acarició los hombros. Mi presencia no ayudaba, así que me levanté y entré en la casa. Los matones habían sacado cajones, derramado el contenido por el suelo, arrancado cuadros de la pared, rajado los lienzos, rajado la parte inferior de los muebles volcados; un inquietante recuerdo de la habitación de hotel de Trevor Martin. Podía entender por qué Gracchi se negaba a volver a entrar en su casa; un hombre cuyo rostro jamás olvidaría había violado su cuerpo y su hogar.

Regresé a la cubierta y encontré a Leonardo sentado de nuevo. Se giró para mirarme y dijo: «Me preguntó dónde estabas». Me miró con aire lastimero. «No entendí. Empezó a gritarme, y al no responderle, me retorció las manos. Y me golpeó». La voz de Gracchi se volvió temblorosa y no pudo terminar. Se derrumbó y rompió a llorar. Miriana le levantó la camisa, dejando al descubierto moretones ya negros que se extendían desde el vientre hasta el pecho. Me pregunté cómo un hombre de su edad podía seguir vivo.

La noche ya había caído durante nuestra conversación. Las

estrellas florecieron en una brillante madeja, sin fin ni apariencia, iluminando la oscuridad del campo. El aire nocturno era frío, y sugerí que nos mudáramos adentro, pero Gracchi dijo que prefería quedarse. Podríamos perderlo, pensé. Murmuró, y me incliné para sujetarlo. Puso su mano sobre la mía y me observó. Su mirada estaba vacía.

"Les dije que Trevor no tenía oficina aquí. Su oficina estaba en El Cairo. Donde vivía", dijo. "Dijeron que tenía una oficina en algún lugar de Malta". Arrastró la voz y negó con la cabeza. "Aquí en Malta no, le dije. Pero no me escuchó. Seguía preguntando: ¿Dónde está la tienda? Aquí en Malta". Miró fijamente la noche. "Forsi, forsi. Forsi".

Oímos un repentino ruido de pisadas a lo lejos. Sobre las rocas al sur de su propiedad, bañada por la plateada luz de la luna y emergiendo de las grietas como un cangrejo de arena, una figura corriendo, alta y angulosa, saltó sobre las rocas restantes hacia el oeste y desapareció. Nos retiramos al interior y llamé a Crawford para explicarle lo sucedido. Me dijo que enviaría un equipo a inspeccionar la zona. Si pensé que el incidente podría haber incitado a Gracchi a abrir, me equivoqué. Ya consciente, interpretó la repentina aparición de la figura corriendo como una última advertencia, y durante el tiempo que esperamos la ambulancia, no dijo ni una palabra.

Capítulo trece

Crawford me llamó a la mañana siguiente mientras terminaba de desayunar. Me dijo que no me metiera en los sucesos de la noche anterior. El caso era una investigación policial, y ningún detective privado, agente de seguridad, exmilitar o como quisiera llamarme ese día iba a involucrarse. Finalmente, lo despaché usando la frase que había oído por todas partes en Malta, por supuesto. Se calmó.

Volví a mi café y, aunque le dije que no me metería, sentí que necesitaba al menos hacerme una idea de lo que estaba pasando. Tenía la mente muy dispersa, así que llamé a Miriana. Me dijo que había acompañado a Gracchi al hospital y que había pasado la noche en la sala de espera. Gracchi estaba durmiendo en ese momento. Se excusó de comer.

Así que conduje hasta la bahía de St. Paul para pasar el día y me senté un rato en una cafetería. El Hombre Langosta y su compañero ya no me seguían, pero mi pelo erizado me provocó una extraña sensación de estar siendo observado. Almorcé en un quiosco y me di la vuelta de vez en cuando, pero no conseguía nada. Más tarde, nadé un poco, luego caminé por la playa y aproveché para hacer esquí acuático, lo cual disfruté. Fue el ejercicio más intenso en días y me sentí revitalizado al terminar. A primera hora de la noche, cené en el restaurante Gillieru, tomándome mi tiempo. Me senté en el balcón, con su espectacular vista de la bahía. Estaba bordeado de edificios de condominios y barcos fondeados en el puerto que se comportaban como camaleones, cambiando de color al caer la noche y salir la luna.

Tomé una carretera costera de vuelta a La Valeta y, una vez más, sentí que me seguían. Recibí una llamada de Moby, pero la dejé pasar unos kilómetros hasta que llegué a una torre de vigilancia y pude aparcar. El aire era fresco y nadie parecía interesado en mí. Pasaban coches. ardían hogueras más abajo en la playa, y las voces se alzaban por encima del mar embravecido, un repentino rugido de risas y el rugido del mar de nuevo. Bajé a toda prisa a la playa y me quedé en la orilla. Le devolví la llamada a Moby. Los neumáticos de los coches crujieron en la ladera al detenerse.

—Hola, amigo —dijo Moby. Sentí que su sonrisa era tan grande como siempre.

"¿Qué pasa?"

Hugo me ha dado mucha prisa. Me pidió que te pusiera al día.

¿Conseguiste más información sobre Martin?

Me giré y miré hacia la carretera. Varios coches pasaban a toda velocidad, desapareciendo tras los árboles para reaparecer más adelante, con las luces de freno brillando en la oscuridad.

Sí, un poco. Un contacto en El Cairo me llamó y me dijo que un arqueólogo del yacimiento de El Cairo recibió una llamada de Martin varios días antes de su asesinato. Dijo que Martin se comportó de forma extraña durante la llamada. Algo le preocupaba. Parecía ansioso, pero no quiso decir por qué. Martin insistía en que necesitaba volver a El Cairo.

La luz de la luna brillaba sobre el mar embravecido. Nacemos, pasamos la vida intentando comprender las cosas y morimos sin respuestas. Vivimos con ansiedad toda la vida, pero rara vez con miedo. Quienes lo conocieron dijeron que estaba ansioso cerca del final de su vida. Gracchi tuvo miedo la noche anterior. Algo muy anormal los afectó a ambos.

Un coche en la carretera de arriba redujo la velocidad y se detuvo.

"Escucha, mon –"

—Muy jamaicano de tu parte, Mobes.

Me encanta la palabra. Ojalá la hubiéramos tenido en Etiopía. Por eso llamé. Hugo negoció el nuevo contrato con la Sra. Black. Quiere que contactemos a los tunecinos para fijar una fecha para que puedas ver el artefacto y tomar algunas fotos. Ya es contractual.

*A veces Moby puede sonar como Hugo*Pensé. Hablamos del

contrato y los próximos pasos un rato y luego colgué. Volví a subir desde la playa. Me giré y miré hacia el mar. Sentí un repentino hormigueo en la cabeza y, por reflejo, me giré bruscamente para observar la hilera de setos en la cima de la colina, a unos setenta y cinco metros a mi izquierda. Se me erizaron los pelos de los brazos. Alguien me observaba. Caminé hacia la derecha, interponiendo la ladera entre los setos y yo, y me adentré más en la maleza circundante, dejando la mayor distancia posible entre mí y quienquiera que estuviera detrás de los setos.

Caminé a pie por la hierba hasta llegar a la ladera, donde vi un Opal aparcado a unos ochocientos metros detrás de mi coche de alquiler, cerca de la entrada. No estaba allí cuando aparqué. No pude distinguir si había alguien en el coche. Por primera vez desde que llegué a Malta, quise un arma. Me arrastré hasta unos seis metros del coche, y entonces me levanté de un salto y corrí a toda velocidad por la hierba, zigzagueando y tirándome al suelo varias veces antes de llegar al coche. Ningún movimiento tras los setos.

Me subí y miré por los retrovisores, pero el Opal no se movía. Arranqué el coche. Seguía sin moverse. Salí. El Opal arrancó, giró hacia la salida, dio una vuelta y se detuvo. El conductor no encendió las luces delanteras.

Me incorporé a la carretera principal y conduje hacia La Valeta. En la curva, pasé un Volkswagen Escarabajo aparcado.

Mirándome por el retrovisor, vi una figura alta y angulosa que salía corriendo del bosque hacia el coche mientras yo tomaba la curva a toda velocidad.

***

Cuando bajé a desayunar a la mañana siguiente, Crawford estaba sentado en un sillón del vestíbulo tomando un café. Su perfil no le favorecía. Su nariz aguileña y su pelo engominado hacia atrás mostraban signos de la edad. Me senté frente a él y me miró fijamente.

—Ah, ahí estás —dijo. Sonrió—. Tu ADN no apareció por ninguna parte, lo cual es una suerte. Así que aquí tienes tu pasaporte. Le pedí al ministro que se tranquilizara. —Le di las gracias—. Aun así, quiere que te quedes tres o cuatro días por si necesitamos comprobar algo.

"Ningún problema."

Me miró de forma extraña; ladeó ligeramente la cabeza y luego esbozó una gran sonrisa. «Sí, claro, señorita Miriana. No me hagas líos. Pero tengo que irme». Parecía distraído.

¿Qué pasa? Pareces preocupado.

Tengo mucho trabajo hoy. Un vecino se salió de la carretera anoche en la Torre de Vigilancia de Madliena. Murió en el accidente. Se levantó, pero parecía exasperado. El médico forense olvidó sacar su equipo, así que me toca hacer de repartidor.

—Bueno, ten cuidado. Los conductores están locos.

Dudo que este tipo lo fuera. Conducía un Volkswagen Escarabajo. No sabía que hubiera alguno en la isla.

Negué con la cabeza para evitar la sorpresa que se me reflejaba en la cara. "Dios, recuerdo mi época universitaria. Los considerábamos una plaga, tantos en las carreteras. Amarillos, verdes, incluso vi uno blanco con lunares rosas..."

"Azul en este caso." Hizo un gesto para irse, y lo dejé pasar sin decir nada. El humor negro de mis días en el ejército me vino a la mente en un dicho muy repetido: que la Muerte misma bailaba frente a mí, haciéndome señas.

***

La policía se había llevado el coche y el equipo forense ya se había marchado cuando llegué al lugar. Solo habían dejado cintas y marcadores a lo largo del camino.

La zona boscosa no era tan densa como parecía la noche anterior. Vi una línea por donde presentí que el hombre alto y anguloso había salido corriendo la noche anterior. Me abrí paso entre los árboles hasta un punto a tres metros detrás del arcén, donde encontré huellas. Se había agachado en varios sitios, y la huella de su talón parecía agrandada, y una segunda huella estaba a medio metro delante, así que había adelantado la pierna izquierda. Debió de estar fatigado, ya que parecía que se balanceaba. Seguí sus pasos de vuelta por la zona boscosa hasta cerca de la carretera, donde se transformaron en las profundas huellas circulares de alguien corriendo. Las huellas terminaban en el borde de la carretera, donde había visto el Volkswagen Escarabajo la noche anterior.

Caminé por la carretera doscientos metros hasta la cinta amarilla de la policía. Unas líneas de derrape oscuras lo anunciaban todo, desviándose bruscamente desde el lado izquierdo de la carretera, con profundos surcos de neumáticos atravesando los laterales. El repentino viraje a la izquierda mostraba al conductor intentando esquivar otro coche que se acercaba por detrás o a su lado. Las tenues líneas de un segundo vehículo desviándose sobre las líneas más profundas del Volkswagen resaltaban.

Bajé la colina y trepé por las rocas. Pedazos de metal retorcido cubrían la roca. La mayoría de los fragmentos eran irreconocibles. El chasis del Volkswagen dejó profundas grietas en las rocas, las raspó, dejándolas blancas mientras se deslizaba por el terraplén, esparciendo vidrios antes de estrellarse contra la arena y las rocas. Un olor a gasolina me desgarró la nariz.

Habían retirado el coche, pero aún había ceniza y goma quemada sobre la arena. El mar golpeaba las rocas, cubiertas de estrellas de mar que se asaban al sol, caparazones de cangrejo marchitos y algas secas que reventaban bajo los pies. Pasaron varios yates. La vida continuaba.

Regresé a donde había aparcado la noche anterior. La policía había curioseado, pero no lo había marcado. Más adelante, habían marcado el lugar donde estaba aparcado el Opal. El movimiento de las huellas era el que esperaba y confirmó lo que había visto la noche anterior. Se veían las suaves marcas de un coche aparcado y, a cinco metros de distancia, unos profundos hoyos excavados en la grava blanda, testigos de un repentino y potente empujón.

Conduje de vuelta a La Valeta, dándole vueltas a la cabeza. ¿Era yo el objetivo? ¿O era el hombre alto y anguloso? No llegué a ninguna conclusión.

Capítulo catorce

Me enfadé mucho con el almuerzo. Llamé a Miriana, pero no contestó. Me estaba levantando de la mesa cuando Crawford entró en la cafetería.

"Ah, ahí estás. Necesito que me acompañes", dijo. Sin embargo, antes de irse, pidió un café para llevar. El personal me sonrió, pero notó el café en la cuenta. Les agradecí su amabilidad.

"Podemos ir en tu coche". Sin embargo, antes de irnos, dio una vuelta por mi coche alquilado, mirando el cadáver, antes de subir. Habló de todo menos de adónde íbamos. El tiempo, los turistas, el fútbol. Incluso me preguntó de qué se trataba el hockey, mientras me indicaba con naturalidad, disculpándose cada vez que se le olvidaba.

Terminamos en Marsa, un suburbio de La Valeta, justo al sur del Gran Puerto. Marsa significa puerto en maltés, pero nos encontramos entre bloques de edificios sin vistas al mar. Aparcamos frente a lo que parecía una comisaría, pero una vez dentro, supe que era todo lo contrario. Ciertos lugares evocan su propósito; aquí, la austera entrada y los pasillos, el frío del aire, el olor a limpieza a fondo y el silencio ensordecedor me indicaron que había entrado en la morgue.

—Puedes soportar ver cadáveres, ¿verdad? —preguntó, pero

no le interesaba nada de lo que yo pudiera decir. Estaba pensando intensamente.

El funerario sacó la cama del refrigerador y, con despreocupación, bajó la manta hasta el pecho. El cadáver era de un hombre de mediana edad. Tenía el rostro quemado, dejando al descubierto un cráneo anguloso. Era un hombre muy alto. Tenía marcas de quemaduras en el cuerpo. Moretones y cortes en el estómago. Tortura.

"¿Viste a este tipo antes?" preguntó Crawford.

—Es probable que éste sea el tipo que viene huyendo de Gracchi —dije.

—Bueno, está oscuro y a ciento cincuenta metros de distancia. ¿Pero qué te dice tu instinto?

Es él. Un hombre alto, de rasgos afilados y angulosos. ¿Quién es?

—Ni idea. —Lo miró fijamente y luego dijo—: Este es el tipo que murió en el accidente de tráfico la otra noche. Conducía el Volkswagen Escarabajo del que te hablé. En cuanto vi los resultados de la autopsia, presentí que había estado en casa de Gracchi el día anterior.

"¿Licencia de conducir?"

Falso. Lo rastreamos hasta Londres, pero la información

coincidía con el nombre y la dirección de un londinense que falleció hace tres años. Hemos investigado hoteles en La Valeta, pero aún no hemos encontrado dónde pudo haberse alojado.

El funerario empezó a meter el cuerpo de nuevo en el refrigerador, pero Crawford lo detuvo, levantó el lado izquierdo de la tapa y dejó al descubierto su mano. Le habían cortado dos dedos, con la piel desgarrada y ensangrentada. «Según el patólogo, le cortaron los dedos minutos antes de morir. Gracchi tenía los dedos de la mano izquierda rayados, así que creo que podría ser la misma persona».

—Probablemente. —Eché un último vistazo, y entonces el funerario cubrió el cadáver y lo metió de nuevo en el refrigerador.

—Entonces, ¿no se salió de la carretera sin más?

Lo sacaron de la carretera y se fue a un terraplén. Sobrevivió al choque, pero quien lo sacó tenía preguntas para él. Probablemente fue entonces cuando el asesino le cortó los dedos. Crawford me observaba atentamente. Luego le echaron gasolina encima y le lanzaron una cerilla dentro del vehículo. El cinturón de seguridad se le había enganchado al aterrizar en la playa y no pudo salir a tiempo.

Caminamos de vuelta al coche y nos quedamos un rato sentados. No me apetecía conducir. Así que los asesinos buscaban algo. Acosaron a Martin y lo mataron, le dieron una paliza a Gracchi, torturaron al hombre alto y anguloso y lo mataron. Se estaban quedando sin gente con quien hablar. ¿Y qué buscaban? ¿Con qué habían entrado en contacto para que los mataran? Me daba la impresión de que creían que Gracchi simplemente no lo sabía y solo le lastimaron los dedos.

Encontramos un Opal quemado en el estacionamiento de una agencia de alquiler. No era el suyo, claro. El dueño denunció el robo anoche y está cooperando. Crawford se sintió repentinamente cansado. Un trabajo profesional. Les interesaba algo más que la venganza. El coche del muerto había sido registrado. Las cuatro puertas estaban abiertas, el maletero abierto, y había cosas tiradas por toda la playa.

"¿Lucarelli?"

Lo citamos para interrogarlo anoche, pero tenía una coartada sólida. Estuvo en el Casino Marítimo toda la noche. Las grabaciones lo respaldaron. ¡Cuánto me gustaría atrapar a ese cabrón! Pero nunca lo atraparemos por esto.

Regresamos al hotel. Crawford no dijo nada, solo miraba por la ventana, con las manos en el regazo, los pulgares entrelazados, nerviosos. El silencio se hizo más profundo. Finalmente, habló: "¿Cuánto tiempo estarás en la isla?".

—Solo hasta que pueda irme —dije, mirándolo con exasperación—. Firmamos un contrato para ver el artefacto, tomar fotos y confirmar que los tunecinos lo tienen. Anoche me dieron la aprobación. Ahora solo es cuestión de fijar una fecha para verlo.

Sabes que no hemos encontrado nada en la habitación de hotel ni en el coche de Martin. Nada. Alguien lo sacó todo, pero parece que no encontraron lo que buscaban. —Hizo una pausa y luego dijo—: Si tienes alguna sensación extraña mientras estés en Túnez, avísame.

Cuando volvimos al hotel, Crawford me agradeció por ir a la morgue. "Estoy muy frustrado. Solo me autorizaron a registrar la casa de Gracchi. Nada. Su cobertizo estaba vacío. No lo conocía antes de que empezara este lío; ahora se muda de vuelta a Italia y necesito pasarle preguntas a un abogado para conseguir lo que solo es una mirada de muerto".

Le estreché la mano y luego, como si divagara, dijo: «Por cierto, el muerto tenía una prótesis dental norteamericana. Avísame si encuentras algo».

Capítulo quince

El suave sonido de mi teléfono me despertó.

—Señor, ¿dónde está? —preguntó Hugo. Parecía lejano.

"Todavía en la cama."

¡Qué vida la tuya! Recibí una llamada de un amigo de París esta mañana. Hay una extraña situación en torno a este artefacto. No quiso dar más detalles, pero su mensaje es que tengas cuidado.

"Esto se está convirtiendo en un remolino", le conté sobre los acontecimientos recientes y se quedó en silencio.

"Me voy de Malta dentro de dos días, así que estaré fuera de este lío".

«¿Crees que estarás seguro en Túnez?», preguntó.

Debería. Entraré y saldré. No me quedaré más tiempo del necesario para tomar fotos del artefacto.

"Mantén la vista en tu espalda", dijo antes de despedirnos.

***

Más tarde, mientras tomaba un café por la mañana, mi mente se volvió abstracta. Mis reflexiones despertaron un viejo recuerdo. Un sargento del ejército en Afganistán le dijo una vez a nuestra unidad que teníamos el deber de convertirnos en los guardianes de los muertos, que cargábamos con sus vidas y sus muertes. Participar en la muerte de Trevor Martin casi con seguridad traería consecuencias aún más letales, pero sentí la repentina obligación de seguir la cuerda un poco más, tirar de ella y ver qué pasaba.

Los detectives no siempre siguen pistas, sino movimientos. Tenía una buena idea de por dónde empezar. Justo después de comer, conduje por caminos áridos a través de matorrales hacia el oeste desde Mdina. Tomé una carretera cubierta que pasaba junto a casas destrozadas y abandonadas hasta que me encontré entre viñedos que llenaban los márgenes del camino. Diez minutos después, llegué a una puerta abierta con un cartel dorado fijado al travesaño con la representación de un barco del siglo XVII en aguas turbulentas y, en letras exageradas, el nombre Shipwreck Wines. La puerta estaba abierta. El camino ascendía por una ladera, con vides a ambos lados. Al llegar a la cima, las vides dieron paso a la propia finca, la bodega, un conjunto de edificios en primer plano, y detrás, lo que supuse que era la casa de Sacco. Aparqué frente a la bodega y entré en la sala de catas.

"Hola", me saludó una joven desde detrás de un mostrador de catas. Una actitud contagiosa, así que la saludé con entusiasmo. El mostrador estaba sostenido por barriles de vino. Detrás del mostrador, una pared de botellas de vino descansaba sobre un estante. Botellas representativas de cada variedad se alzaban sobre el mostrador. Me dijo que era hija de Sacco y que había crecido en el viñedo, recogiendo uvas en verano, había trabajado en la trituradora durante otro verano y ahora trabajaba en la cabina de catas. Planeaba asistir a una escuela de viticultura en Milán en otoño. Catamos desde blancos hasta tintos; compré una botella y pregunté si podía hacer una visita guiada.

Llamó a un joven para que me ayudara. Sacco estaba en la parte trasera de la bodega, junto a la trituradora, hablando con un capataz. Se giró al entrar y dejó de hablar. Extendió la mano, agarró el codo del capataz y dijo algo. El otro hombre se giró y me miró antes de volver a trabajar con las uvas.

—Mario —gritó Sacco—. Conozco a este caballero. Terminaré el recorrido por él. Puedes volver a lo que estabas haciendo. A pesar de «conocerme» y afirmar que yo era un caballero, no me estrechó la mano.

Me dijeron que eras una persona persistente. Ahora sé que asesinaron a Martin, pero no fui yo.

—Oh, ya sé que no lo mataste. —No se atrevió—. Pero eso de que pidió una caja de vino y nunca la recogió es mentira. Bebió, pero las botellas vacías de su habitación de hotel eran de whisky y cerveza.

"Eso fue lo que hizo."

—No, no lo es. No te creí entonces. No te creo ahora.

Se pasó la mano por el pelo, bajando por un lado de la cara.

Su mirada se centró. «Ven conmigo», dijo. Lo seguí por la parte trasera de la bodega y subimos una pequeña colina. Se giró y contempló el viñedo. Los vendimiadores trabajaban en las vides.

Mira qué pequeño es el viñedo. Estoy produciendo un vino de buena calidad; la demanda aumenta, pero no puedo producir lo suficiente. Tengo cincuenta acres que no producen casi nada. Necesito tierra. Suspiró y me miró con ojo crítico. Ya no puedo comprar más en Malta. No queda tierra disponible salvo en las colinas, y eso no funcionará.

"Está bien, no estoy seguro de a qué te refieres".

Llevo varios años comprando uvas adicionales de Túnez, pero una propiedad se puso a la venta cerca de la zona de Cap Bon y la compré. Estábamos cavando para sembrar las uvas y descubrimos un artefacto en el viñedo, así que el Ministerio de Antigüedades selló el viñedo y comenzó su propia excavación. Encontraron restos humanos antiguos al mismo nivel. Entiendo por qué se apropiaron del terreno por ahora, y tengo que aceptar esa decisión. Entonces descubrí que este tal Martin había visto el artefacto. Quería saber si creía que podría ser real.

Sembraste las uvas, ¿verdad? ¿Por qué cavaste tan profundo?

Si cultivas un tomate, sus raíces solo se hunden medio metro. Las vides de un viñedo en funcionamiento se hunden cuatro metros y medio, así que tuvimos que excavar la tierra para ver si había algún obstáculo. El artefacto estaba tres metros bajo tierra. Compré el terreno y aún lo tengo, pero pasarán años antes de que pueda usarlo para su propósito. Y mientras tanto, no recibo ninguna compensación de los tunecinos.

Metió la mano en el bolsillo de su camisa, sacó unas gafas de sol y se las puso. Estaba empezando a odiar las gafas de sol. Sacco dijo: «Me horroricé al enterarme del asesinato de Martin».

Asentí. "Entonces, ¿cómo supiste de Martin? ¿Cómo supiste que estaba autenticando el artefacto?"

—No lo sé. Acabo de enterarme.

—Mientes otra vez —gruñí. Le di golpecitos en el pecho con los dedos—. ¿Quién te lo dijo?

El sudor le perlaba la frente, se agarró tres dedos de la mano izquierda y tiró. Los nudillos crujieron. «Un inversor que conozco. Había leído un informe empresarial sobre la participación de Martin en la autenticación del artefacto».

"¿Cómo se llama el inversionista?"

Se dio la vuelta y me dijo: «No te lo voy a decir. Irás a acosarlo».

"¿Alastair Davies?"

Tras sus gafas de sol, sus ojos saltaron. Empezó a caminar

de vuelta a la bodega, y yo le puse un pie entre los suyos, y tropezó. Me agaché, lo levanté y lo estabilicé. "Lo siento. ¿Por qué me mentiste cuando hablamos en tu vinoteca?"

—No lo hice. Te dije la verdad porque parecías alguien que podía causar muchos problemas. —Una respuesta fácil, pensé.

Eres un mentiroso de mierda. Le quité la pegatina a la caja de vino y encontré un conocimiento de embarque de Karen Lundquist. Eso indicaría que te habías dado cuenta o te habían dicho que la policía te interrogaría. Anticipaste complicaciones al saber que Martin había muerto.

"Ya terminé de hablar contigo." Liberó su brazo y caminó hacia la bodega.

Podrías haberme contado cómo tu viñedo en Túnez quedó embotellado. En cambio, me contaste una historia descabellada. Eso me lleva a preguntarme si me acabas de contar otra historia descabellada.

No dijo nada y entró en la bodega. No me molesté en seguirlo; en cambio, tomé una salida lateral que rodeaba la bodega para llegar al coche, golpeando el capó al pasar. Miré hacia la puerta principal de la bodega; junto a ella había un hombre bajito con traje de negocios, mirándome fijamente y, detrás de él, la aparición de Sacco que se alejaba.

Capítulo dieciséis

Cené en la terraza del hotel. Miriana me llamó para decirme que Gracchi estaba mucho mejor, aunque seguía sin hablar. Su hermana, que estaba en Italia, insistía en que se instalara con ella en Milán. Prometió llamar en uno o dos días, pero necesitaba un descanso. Lo cual me pareció bien; esa noche, pensaba buscar a Alastair Davies.

Al anochecer, conduje por el paseo marítimo, siguiendo los contornos de la isla desde La Valeta hasta Paceville. La Valeta está en una península, pero la carretera serpentea alrededor del puerto de Marsamxett, pasando por Sliema, que está en otra península, antes de llegar a la bahía de San Julián. Se encendían las luces, algunos navegantes arrastraban sus esquifes a sus cobertizos para pasar la noche, algún bañista aún nadaba en la bahía y la gente buscaba un restaurante. Conduje por San Julián y entré en Paceville, una tercera península, y encontré la calle lateral donde se encontraba la oficina de Alastair, en un edificio a oscuras. Delante de mí, las brillantes luces y la señalización del Casino Libra de Paceville iluminaban el cielo.

Deambulé por el casino. La acción era frenética. Encontré a Alastair perdiendo en Punto Banco. Su cabello rubio enmarañado se desprendía, el sudor le goteaba de la frente, llevaba gafas de sol puestas, y antes de jugar su carta, terminó su bebida y pidió otra. No parecía contento. Jugó su mano, no tuvo suerte, cogió su bebida y se dirigió a la mesa de dados, donde volvió a perder. Sus movimientos por el casino se volvieron erráticos, pasando de mesa en mesa hasta llegar finalmente a la barra. Se sentó y se encorvó. Pidió un trago de whisky.

Me senté a su lado. Miraba fijamente la barra y parecía no darse cuenta de que había alguien a su lado. Pedí dos whiskys y se animó. Se miró en el espejo detrás de la barra, intentando identificarme al principio, así que le quité las gafas de sol y vi cómo sus ojos se enfocaban como puntas de cuchillo afiladas. Volvió a coger las gafas y se las puso.

"¿Qué quieres?", espetó. "¿Qué es?", preguntó mientras miraba el vaso.

El Balvenie. Whisky escocés de pura malta.

"Sólo bebo bourbon".

Tomé su vaso y pedí un trago de Bulleit. Se lo bebió de un trago.

—Te pregunté qué querías. —Se le formó saliva en los labios.

"Dianne, ¿puedo contactarte?", pregunté.

"Que te jodan."

"Eres todo un chico."

"Tipos como tú se entrometen y no hacen nada más que crear problemas".

"¿Conociste a Martin?" Le hice un gesto al camarero para que le sirviera otro trago a Alastair.

Murmuró algo y devolvió el trago. "¿Por qué nos molestas? Déjalo en manos de la policía".

"¿Quiénes somos?" Me miró fijamente y no dijo nada. "Los demás de la granja no tienen problema en que les haga preguntas. ¿Hablas por ellos o por alguien más?"

—Déjame en paz —dijo Alastair con fuerza.

¿Sabes? Es extraño que Dianne desapareciera cerca de la hora en que asesinaron a Martin. ¿Qué vio?

"Vete a la mierda y piérdete."

Se detuvo un momento, como conteniendo la respiración, y luego me dijo que me fuera otra vez, se levantó y se alejó del bar. Lo dejé llegar a la puerta antes de pagar la cuenta y lo seguí. Caminaba bien para ser un tipo delgado que bebía demasiado. Alastair cruzó el aparcamiento y encontró una calle lateral que lo llevó a un pub de estilo británico, se quedó dando vueltas y finalmente se sentó en una mesa al aire libre. Pidió una cerveza, pero mientras la esperaba, el alcohol lo afectó y se cayó de la silla. Intentó incorporarse agarrándose al borde de la mesa, lo que solo le hizo caer la mesa en la frente. El camarero salió y esperó a que Davies se diera cuenta.

Un rugido repentino de coche y el Alfa Romeo de Lucarelli salió disparado por la calle y se detuvo frente al pub. Aparcó en medio de la calle, junto a un coche que ya estaba aparcado. ¿Por qué no? Me detuve, me giré y me escondí entre las sombras. Lucarelli enderezó la mesa, levantó a Alastair y lo sentó. Una conversación en voz baja, varias palmaditas en la mano, una risa, conversación en voz baja, más palmaditas, y luego llegaron las bebidas, beber despacio, y finalmente Lucarelli pagó la cuenta. Arrastró a Alastair con él, lo metió en su coche y se fue tan rápido como había llegado, con el motor rugiendo eternamente en la noche antes de que se apagara y se apagara.

Entré al pub y me senté en la barra. El camarero me miró, negó con la cabeza y dijo: «No soporto a esos dos. Siempre están aquí, y el grandullón siempre está al volante de su cohete».

Tienes amigos interesantes, señor Davies., Pensé.

***

Empecé a observar a Alastair Davies a la mañana siguiente. Encontré una cafetería frente a su oficina. Supuse que no era un gran bebedor de café. Y tenía razón. Bajó por la calle blandiendo su maletín y entró en su edificio sin levantar la vista. Recordé su llegada mentalmente. Tomé un segundo café y reflexioné sobre su aroma: cerezas, algo de tabaco. Lo di un sorbo y noté un buen toque de cerezas, arándanos y, una vez más, tabaco. Con cuerpo. Estás haciendo una cata de vinos con el café, me dije. Las vigilancias siempre me aburren.

Llamé a Miriana. "¿Cómo está Leonardo?"

Mucho mejor. De hecho, vuelvo a la granja esta noche.

"¿Puedo invitarte a cenar en su lugar?"

—No —dijo riendo—. Pero puedes cenar conmigo en la casa de campo. Estoy haciendo lasaña. Me dio indicaciones y le dije que llevaría una botella de vino.

—Dime, ¿ha aparecido Dianne Herto? —pregunté.

—No. Alastair lo está pasando mal.

¿Ha salido de Malta? ¿Sabes su dirección?

Guardó silencio un momento y luego dijo: «Déjame buscar en mi teléfono y te escribiré. Nos vemos esta noche».

***

Veinte minutos después, usé una llave de un juego de operaciones para abrir la puerta principal del edificio de Dianne, subí corriendo las escaleras, abrí la puerta de su apartamento con otra llave del mismo juego y entré. Me apoyé en la puerta y escuché un momento, pero nada se movió. Me encontré en un apartamento

130

vacío; sin ganchos para cuadros, y mucho menos los agujeros para los ganchos, sin estantes para libros ni chucherías, sin cama ni ropa de cama, y con la nevera vacía. No había efectos personales. Ni utensilios de cocina ni cubiertos.

Recorrí su apartamento, pero estaba limpio y olía a lejía. Parecido a la lejía que había olido en la habitación de hotel de Martin. Más interesante fue una cresta en el rodapié de vinilo de la sala y las diferencias de color alrededor de varios interruptores de luz. Con otra herramienta del set de Operaciones, desmonté los interruptores y encontré huecos que permitían ocultar cámaras y grabadoras. Desmonté el rodapié y encontré huecos similares y restos de cableado delgado, que solían usarse para una cámara de clavija. El techo alrededor de la lámpara de la sala tenía arañazos. No me molesté en desmontarlo.

Así que Dianne Herto podría haber estado actuando para recopilar información. Me asomé a la ventana y miré el paseo marítimo, los malteses paseando, los vendedores ambulantes apiñados en las orillas, la bahía de San Julián, repleta de barcos, con algunas cabezas de bañistas meciéndose en el agua. Sin duda, Dianne Herto había espiado a Alastair. ¿O era el objetivo principal usar a Alastair como señuelo para espiar a un amigo o conocido suyo? ¿Como Lucarelli? ¿O era ella quien tenía los ojos puestos en Alastair?

Cerré y me fui, pero me detuve en un puesto cercano donde un vendedor compró anacardos. Luego saqué mi teléfono desechable y le enseñé una copia de una placa de la policía maltesa que había copiado esa misma mañana.

Policía. Necesito información.

"Tengo mi licencia."

—No me interesa. ¿Has visto alguna vez a la dueña de ese apartamento de ahí arriba? —Señalé el apartamento de Dianne—. Ha desaparecido y estamos intentando encontrarla.

Dudó y miró a su alrededor, pero no tenía adónde ir, así que me miró y asintió con la cabeza.

"¿Qué pasó?"

"Mella". Una muletilla maltesa, como ejem, o "bueno". No tiene ningún significado en sí.

"¿La viste irse?"

—Sí. Se fue a toda prisa, una noche tarde, cuando yo estaba cerrando.

"¿Con alguien?"

Negó con la cabeza. «Un tipo vino a buscarla después, hizo preguntas por toda la cuadra».

¿Qué aspecto tenía? ¿Llevaba gafas de sol?

Volvió a negar con la cabeza. «Veía a ese tipo de las gafas de sol todo el tiempo. Un tipo diferente. Un tipo corpulento». Separó las manos para señalar los hombros del hombre. Le pregunté si veía algo más, pero sus manos empezaron a temblar y sus pies se movían de un lado a otro.

"¿Te amenazó?"

No dijo nada, lo cual fue suficiente para mí.

***

Pasé el resto del día trabajando en los correos electrónicos de la oficina. Salí hacia la granja al final de la tarde. Encontrarla fue difícil, aunque estaba justo después de las ruinas de Hagar Qim. Finalmente, encontré un sendero que salía de un camino lateral y lo seguí cuesta abajo. Pasé por delante de más árboles de los que había visto en ningún otro lugar de Malta antes de llegar a un camino de tierra que serpenteaba entre campos sin cultivar hasta una puerta abierta de par en par. Aun así, pasé junto a un cobertizo de madera larguísimo con un montón de ventiladores oxidados tirados en la hierba, atravesé de nuevo un denso bosque, hasta que finalmente me detuve ante una casa de piedra en medio de matorrales y tierra agrietada, sin árboles que dieran sombra. A pesar de ser de una sola planta, era más grande que cualquiera de las que había visto por el campo.

La fiesta estaba en su apogeo. Dejé de esperar a que alguien abriera la puerta y entré. Una mujer alta con camiseta, falda amarillo pálido y zapatillas estaba apoyada en el umbral de la puerta que daba a una sala de estar; cuatro personas, incluido Terry, estaban sentadas en los sofás.

"¿Cómo estás?" pregunté.

Me ignoró y volvió a la conversación. No la volví a ver después de esa noche. Caminé por el pasillo hasta la cocina. Miriana y Félix estaban de pie junto a una bandeja de lasaña humeante, cada uno con un tenedor en la boca. Me miraron con los ojos como platos.

"Espero que sea bueno."

Ambos rieron antes de tragar y arrojaron los tenedores al fregadero. Dejé la botella de vino en la encimera y Miriana me abrazó, me sonrió y me dio un beso en la mejilla. Félix me sonrió y me saludó con la mano.

—Pareces un poco distante —dijo Miriana.

—Para nada. Quizás esté cansado.

Tienes algo en mente. Justo lo que necesito: un chico temperamental.

—Miriana, déjalo en paz. —Terry había entrado en la cocina—. La vida es una mierda cuando te encuentras con una, ¿verdad? —Sonreí. Miriana chilló, pero Terry hizo el gesto de hablar con la mano—. Lo que necesita ese hombre es una cerveza.

¿Tuborg? Asentí, y me lanzó una botella verde.

—Terry, tienes que morir —dijo Miriana mientras salía de la habitación, riendo.

"Qué comienzo tan brillante", dije. Terry sonrió, chocamos nuestras botellas de cerveza y luego volvió a beber.

—Hace un calor horrible —dijo Terry—. ¿Cuánto tiempo llevas en la isla?

"Cinco días."

"Ha sido un infierno."

Ah, sí, pensé. Lo seguí afuera, a un gran patio con una mesa de madera y sillas de ratán dispuestas aleatoriamente alrededor. Una piscina se enmarcaba con los contornos de la tierra sin cultivar y el bosque en pendiente que conducía a un acantilado y luego al mar. Sopló una brisa que azotó los árboles del extremo sur de la propiedad, y las olas rompieron contra el mar. El viento aumentó el calor. Terry se apoyó en la pared. Su musculatura era muy evidente: delgado como una tabla de lavar, con una definición impresionante en los antebrazos y las pantorrillas, que encajaba con su larga melena rubia que enmarcaba un rostro ancho y una mandíbula robusta. Las manchas oscuras en sus ojos azules dificultaban leer sus pensamientos.

Sin embargo, me interpretó bien al preguntarme si era

exmilitar. Me dijo que había sido soldado raso en Afganistán, había cumplido su servicio y se había marchado. Nos reímos mucho con su nombre; en la jerga británica para los talibanes era «Terry Talibán». Sin ofenderse, su risa resonó, y sus músculos ondearon como banderas al viento. Años de penosa lucha por Afganistán y años de construcción de barcos habían dejado huella.

—Te mueves como un boxeador. ¿Alguna vez boxeaste? —pregunté.

Él asintió y dijo: «Sí, amigo, me di cuenta de eso. En el servicio, pero en una clase inferior a la tuya. Debes ser un peso pesado». Me inclinó la cerveza, ladeó la cabeza y la dejó.

Retrocedí, bajé el mío y adopté una posición defensiva. Terry sonrió y se abalanzó sobre mí, lanzando una rápida combinación de golpes de sombra, primero con un jab y luego con un cruzado, pero yo bloqueé, me balanceé y esquivé. Era claramente un luchador y probablemente ganaba todos sus combates abrumando a su oponente, pero la potencia le impedía reaccionar, y yo bloqueaba sus golpes con facilidad. Incapaz de asestar un golpe, retrocedió y dejó caer los brazos.

Entonces, empezó a rebotar y volvió a atacarme, intentando romper mi defensa. Al no lograrlo, fue como si un cuchillo le arrancara una capa de piel, dejando al descubierto la furia que se ocultaba debajo, y arremetió contra mí, golpeándome con fuerza en los antebrazos, antes de lanzar un gancho contundente. Lo esquivé y lancé dos rápidos golpes, que lo empujaron contra la pared. Volví a lanzar un golpe, más bien una finta, y le lancé un cruzado que no vio venir hasta que se posó a un centímetro de su barbilla. La sorpresa iluminó su rostro y dejó caer los brazos a los costados.

"No vuelvas a hacer eso", le dije. Yo medía diez centímetros y pesaba veinte kilos más que él, y nunca había tenido problemas, y él lo entendía. Y ahora sabía que no me gustaba que me pegaran.

Se rio, se encogió de hombros, extendió el brazo y nos dimos la mano. "Lo siento, amigo. Necesitaba saberlo. ¿Sabes a qué me refiero?"

Tomé mi cerveza y dije: «Sí, lo entiendo». Aunque no lo entendía. Pero le di la razón y luego esbocé una media sonrisa para indicar que todo estaba bien.

—Qué bonita propiedad tienes aquí —dije con el tono más amable que pude. Estudié el horizonte.

—Sí. La compré con un dinero que heredé de mi madre. Puse la piscina, pero poco más. La piscina era enorme y rectangular; el agua, de un azul descascarillado. Había tumbonas y mesas torcidas en la terraza, trajes de baño colgados de un perchero y bebidas a medio terminar sobre las mesas. Era un pequeño oasis en medio de la maleza yerma y la tierra agrietada. Señaló el cobertizo de trabajo, donde, a un lado, había cuatro barcos sobre unos percheros. Me dijo que eran para clientes. El solo hecho de hablar de barcos y del trabajo que implicaban lo relajaba; se encorvó un poco, recuperó la sonrisa, su rostro adquirió un tono juguetón y su voz se suavizó.

"Me gusta estar aquí, hay sol todos los días y hay mucho trabajo", dijo.

"No hay nada como el hogar."

Sí, amigo, es mi hogar. La tierra de antes ya no es la misma. La belleza de Malta es para todos. No volveré jamás.

Consiguió un par de cervezas más y me dio una. Nos sentamos junto a la piscina en silencio. Finalmente, dijo: «Así que solo he oído hablar de ti. Estás en boca de todos».

Me reí. "¿De Alastair?"

—Alastair. Miriana, Félix.

—Alastair es un tipo muy peculiar —dije.

Se rió con fuerza. «Está destrozado por la desaparición de Dianne».

Decidí jugar. "¿Sigues desaparecido?"

Sí, sigue desaparecida. Le dije que tuvo suerte de que se hubiera ido. Nunca confió en ella. Siempre fue turbia. Algo tramaba. Simplemente nunca la pillé.

Me encogí de hombros. Bebí un sorbo de cerveza. No dije

nada; solo esperé.

Alastair es un capullo. Lo conocí en un bar, lo invité a volver y nunca se fue. Un loco. Te dirá que es un inversionista, pero creo que se dedica a todo. Siempre tiene dinero en los bolsillos. Pero Dianne escucha demasiado. Su mirada escudriña todo. Nunca confié en ella.

Sonreí y asentí, pero dejé pasar sus comentarios.

Me miró especulativamente y preguntó: "¿Eres del cuerpo regular?"

«Fuerzas Especiales». Lo dejé actuar y luego dije: «JTF2».

—Oh, mierda, podrías haberme matado.

No dije nada, sólo sonreí.

Finalmente, volvimos a la sala. Terry apuntó las puertas que daban a la terraza con piedras para refrescarnos, pero no funcionó porque la noche no trajo alivio, solo aumentó el tormento. Me quemó las mucosas, dejándome la boca seca. Sentía los ojos dilatados porque la humedad se había evaporado. Los ventiladores funcionaban, más o menos, así que Terry se desabrochó la camisa. El sudor perlaba la frente de todos.

Llegó la cena y comimos en una mesa en la sala principal, sentados en pesadas sillas de madera construidas por Terry con madera flotante. Nos dimos un festín de lasaña italiana tradicional, salchichas y una bechamel de nivel medio. Un Nero d'Avola de Sicilia complementó la comida. Al principio, Terry dirigió la conversación, despotricando contra el Manchester United, pero con el tiempo, otros comensales empezaron a hablar de lo que todo el mundo habla hoy en día: el cambio climático, la inacción del gobierno y China, y Terry se quedó en silencio. Finalmente, Terry respondió con un ladrido y la mesa se quedó en silencio. Al rato, se levantó, salió de la sala y salió. Felix se volvió hacia mí y me dijo que a Terry no le gustaba mucho el mundo moderno.

Ayudé a limpiar y me uní a Terry en la terraza.

Conozco esta costa, ¿sabes? La navego todos los días. No veo ningún cambio climático.

"Lo sabrías si alguien lo hiciera."

Él asintió. «Disfruto trabajando con las manos. Es real. Me encanta ensuciarme las manos. Odio quitarme la suciedad. Eso me dice que trabajé duro».

"Lo entiendo."

Terry asintió, pero siguió adelante. «Me enteré de que te mudas a Túnez».

Dentro de unos días. ¿Conociste a Trevor Martin?

Sí. Un tipo simpático, interesado en varias cosas, pero no lo vi mucho. Estaba siguiendo a Félix por todas partes.

"¿Estuvo aquí dos veces?"

—Sí. La segunda vez me cagué del susto.

"¿Cuando fue la segunda vez?"

Apenas unos días antes me enteré de que lo habían asesinado. Estuvo aquí tres días. Como si viviera aquí. Le di una cama. Nos dijo que tenía que regresar a Túnez, pero parecía asustado.

Lo dejé ahí. Hablamos de otros temas. Le encantaban los veranos porque todos volvían a la isla a festejar. Lo mantenían joven. Pero la edad y la bebida le pasaron factura; empezó a bostezar, se levantó, se despidió y entró. Me senté y escuché el zumbido de las cigarras y, más tarde, el batir del mar. Entonces, Trevor Martin, ¿qué te asustó?

***

Más tarde, Miriana y yo hablamos en el coche mientras salían las estrellas. Me preguntó por la repentina borrasca en el patio entre Terry y yo, y le conté la historia. Estaba nervioso al entrar a tomar la segunda cerveza. Me preguntó si podría haber hecho algo diferente, lo que interpreté como que me había echado atrás en lugar de ser tan agresivo. Le dije que era difícil para alguien criado en Canadá que jugaba al hockey sobre hielo al estilo canadiense. Me hizo reír y negó con la cabeza por mi esfuerzo.

"Todo el mundo está nervioso en este momento".

—Lo entiendo. Pero él me atacó.

Hablamos de Terry. Es un chico de East Anglia que todavía está intentando entender las cosas.

Bueno, había descubierto cómo golpear. Y comprar propiedades, construir un negocio y construir una piscina, todo con una vista que la mayoría de la gente nunca tendría. Lo dejé pasar. La violencia es intrínseca a quienes la usan para controlar a otras personas; es intrínseca a quienes la usan cuando cruzan la cuerda trampa que crea una sensación de peligro; es intrínseca a quienes se mueven con rapidez y facilidad, y es intrínsecamente aborrecible para quienes no pueden entender por qué tiene que suceder. Llegué a la madurez en la Liga Juvenil de Quebec, donde la adrenalina impulsaba el rendimiento y la rabia, y luego me uní al ejército, una institución nada benigna. Pero mientras que el hockey es indisciplinado y la violencia común, el ejército es disciplinado y la violencia está en todas partes; una vez que entré en las tropas de élite, la adrenalina solo contaba para el rendimiento. La rabia está mal vista; la rabia no es un derecho, sino un lugar peligroso al que acudir porque la rabia disminuye.

Terry perdió una prueba de voluntad. Le molestó. Así que sucumbió a la ira.

Pregunté por Gracchi. Miriana se animó y me dijo que

parecía estar mucho mejor, aunque los moretones seguían siendo prominentes y le temblaban mucho las piernas. Había empezado a comer con normalidad unos días antes, tras retirarle la vía intravenosa. Probablemente esté hospitalizado una semana más. Lo preocupante era que seguía sin hablar. «No es que no tenga nada que decir. Ha escrito algunas respuestas a preguntas. Simplemente no habla. Le han hecho exámenes físicos, análisis de sangre, y todo el cuerpo —la boca, la lengua, las cuerdas vocales, incluso el diafragma— está bien».

—Es una locura —dije—. Está asustado. Ya lo he visto antes.

¿Quién le hizo esto? ¿El hombre que trepaba por las rocas? ¿Dónde está ahora?

No quería molestarla más, así que no dije nada. Estaba seguro de que Greene no le había roto ni lastimado los dedos a Gracchi; me seguía de vez en cuando, y probablemente me había seguido hasta la casa de Gracchi. «No. Él no. Y no fue Lucarelli. Estaba manipulando a Gracchi. Intentando influenciarlo. No estoy seguro de quién lo lastimó. Los dedos de Gracchi le rompieron el pulgar. No tengo ni idea de qué querían».

"Al menos ahora está a salvo", dijo. De repente, se suavizó. "No quería darte la lata con lo que pasó esta noche. Lo siento". Me abrazó fuerte. Le acaricié la cabeza y la sostuve. Al rato, echó la cabeza hacia atrás y nos besamos. Empezó con un beso casto, pero luego su lengua se deslizó en mi boca y rodó por mi boca antes de retirarse. Nos separamos, pero enseguida volvió a besarme.

Más tarde, estábamos apoyados en el coche. «Eres buena para Leonardo», le dije.

Lo quiero como a un padre. Mi papá falleció el año pasado. Fue un desastre durante años, y se convirtió en una bendición, pero lo extraño muchísimo. —Su mano izquierda empezó a jugar con el cordón de su blusa—. Supongo que Leonardo se ha convertido en una figura paterna.

Es un hombre con suerte. Volvió a la vida el día que entraste en la entrada.

Sus ojos se iluminaron y ella asintió con la cabeza al ritmo de un ritmo interno.

Capítulo diecisiete

Me desperté temprano en la mañana con un mensaje de texto entrante de Moby.

El cliente recibió visitas anoche. Liz Black se escondió en el jardín, pero su casa quedó destrozada. La policía la trasladó a un lugar seguro. Buscan a dos hombres. No hay descripciones. Hugo envió a Roman a Trieste para hablar con la policía.

El resto de la mañana la pasé hablando por teléfono con la oficina central. Mobes llamó antes de la hora del café para decir que Liz Black estaba a salvo y que por fin se había dormido. Su casa estaba destrozada. La policía seguía investigando.

***

Desde temprano por la mañana, había estado sentado en el café de Paceville, con la ira ardiendo en mi corazón cuando Alastair Davies y Lucarelli salieron del edificio de oficinas al otro lado de la calle. Lucarelli le estaba dando la lata a Alastair por algo. Terminó con un gesto del dedo índice y se marchó furioso. Davies se pasó la mano por la cara, secándose el sudor, dio la vuelta y caminó calle abajo en dirección contraria, poniéndose las gafas de sol.

Había entablado conversación con el camarero, asegurándome de que comprendiera que era un turista de visita, preguntándole qué lugares visitar, ignorando el maltés que se hablaba a mi alrededor. Exclamé al oír los pasteles y pedí un segundo café. Ahora, vi a Lucarelli subir a su Alfa Romeo. Ninguno de los dos me había mirado. Supuse que el sol de la mañana probablemente oscurecía la ventana delantera.

Una vez que Lucarelli se marchó, usé a un grupo de turistas como escondite para seguir a Alastair hasta el casino. Estaba hablando por teléfono cuando lo encontré en el bar, y me vio por primera vez cuando me senté frente a él. Colgó.

"¿Qué deseas?"

—Tienes amigos interesantes, Alastair. —Lo dejé actuar. Parecía asustado y empezó a mirar a su alrededor para ver si estábamos solos.

"Largarse."

—Entonces, ¿por qué estaba molesto Lucarelli?

Se levantó a toda prisa, salió furioso del bar y echó a andar calle abajo. Lo seguí, me acerqué por detrás y echó a correr. Se le volaron las gafas de sol. Giró bruscamente a la izquierda y se metió en un hueco entre edificios, pero no había salida. Lo seguí, lo acorralé y le dije que se relajara, que podía ayudarme cuando me dio un puñetazo en la cabeza y luego otro, que paré. Me lanzó un tercer puñetazo, que desvié, y, harto, lo empujé contra la pared.

Intentó lanzar otro puñetazo, pero le clavé el pulgar en la

carótida del cuello y empujé hacia adentro. Sus ojos se ablandaron, se pusieron en blanco y se desplomó contra la pared. Lo sostuve. Siempre es extraño mirar al blanco de los ojos de otra persona.

Volvió en sí varios minutos después, y lo cargué a medias, lo llevé a un borde bajo de la pasarela y lo senté. Davies gimió y su cabeza se inclinó hacia un lado. Tardó unos cinco minutos en estabilizarse y lo acompañé de vuelta al casino. Bajó la vista hacia sus gafas de sol rotas, tiradas en la acera, al pasar. Su cerveza estaba en su sitio. El camarero nos miró con curiosidad.

A Alastair le temblaban las manos al levantar su vaso. Esperé a que se tranquilizara. Pedí un expreso, lo pagué, olí la taza y di un sorbo. Alastair permaneció en silencio todo el tiempo; su mirada estaba apagada y sin vida.

—Empecemos por cómo conoces a Lucarelli —dije.

Él no respondió, sólo me miró fijamente.

"Estaba enojado contigo hoy. No es buen hombre para enojarse." No dijo nada. "Sabes que es de la mafia, ¿verdad? Puede traerte dolor." Siguió sin decir nada. "Déjame explicártelo. Vas al casino, juegas, bebes. Necesitas dinero. Él está aquí para ayudarte. Ahora le debes favores."

Sus ojos hicieron clic, sus ojos cobraron vida, su mano extendió la mano hacia su cerveza. Ladeó la cabeza; empezó a calcular.

"No sé de qué estás hablando."

Claro que sí. La primera vez que te vi en Trubuxi, no parabas de preguntarme por qué necesitaba investigar. Que se lo diga la policía. Recibí el mismo mensaje de Lucarelli cuando visité Gracchi. Ni un loro amaestrado lo habría hecho mejor. Me miró fijamente y apartó la mirada. Continué diciendo: «No sé por qué a un asesor de inversiones le importa si busco un artefacto, pero entiendo por qué a un gánster sí».

Levantó los brazos. «No te metas en mis asuntos. Ami es mi amiga».

—No es amigo de nadie. —Me quedé mirando el vacío en sus ojos, el color deslavado de su rostro y su indecisión sobre si morderse el labio inferior o fruncirlo. La mueca de desprecio no funcionó.

Lucarelli también se hizo amigo de Gracchi. ¿Quería apoderarse del artefacto? —Miró al suelo, sin duda deseando tener algunas fichas en las manos.

Déjame en paz. Yo me encargo de mis asuntos.

¿Qué pasa con la desaparecida Dianne Herto? ¿Dónde está ahora mismo?

"No te lo voy a decir."

—Vale —dije, y luego le arranqué el teléfono de la mano. Lo alargó, y yo le agarré la mano y la empujé hacia atrás hasta que hizo una mueca. Mientras extendía la mano para acariciarla, revisé las fotos de su teléfono y encontré una serie de fotos de una mujer de su edad, rubia, atractiva, con ojos azul oscuro. Se la mostré y sus ojos me dijeron que sí. Envié la foto a la oficina en Niza. Le devolví el teléfono.

¿Crees que Dianne te dejó por tu relación con Lucarelli?

Se quedó petrificado, negué con la cabeza, me levanté y lo dejé. Quise sacudirlo, presionarlo, pero era un lugar demasiado público para manipularlo. Supuse que sabía quién era Lucarelli y que era muy consciente de que el gánster representaba una amenaza mayor para su salud que yo.

***

Llamé a Hugo más tarde esa mañana con un dispositivo que usa un servidor VPN, lo que nos permitió silenciar nuestras voces. Su voz, al otro lado de la línea, sonaba como la de un actor de los años treinta en una película de vampiros que salió mal. Le detallé los acontecimientos recientes y lo visualicé mentalmente: vestido de traje y corbata, con los brazos extendidos sobre el escritorio, las manos extendidas y el rostro inexpresivo.

Pregunté por Liz Black, y me dijo que los Carabineros la habían trasladado a una casa segura y que varios agentes la custodiaban. Me tranquilicé un poco.

"No hay constancia de que Dianne Herto haya entrado o salido de Malta", dijo Hugo. "No hay constancia de su estancia en ningún hotel. Los técnicos siguen trabajando en su perfil, pero sugiero que es un 'fantasma'".

—De acuerdo. —Les expliqué la información actualizada ante un silencio ensordecedor en la línea. Esbocé las conexiones entre Alastair y Lucarelli, y las conexiones entre Gracchi y Lucarelli.

"Eso explica Dianne Herto", dijo.

Sí, así es. Lo que necesito es que Moby y un pequeño equipo vengan a Malta por unos días. Necesitamos meter la bolsa negra en la oficina de Alastair.

Hugo estuvo de acuerdo.

***

Más tarde, ese mismo día, encontré un sendero que conducía a una arboleda. Usé los árboles como escudo y revisé los dispositivos de rastreo del coche de alquiler. Uno faltaba; pensé que se había soltado en la carretera. Dos de los dispositivos se habían quedado sin batería y el cuarto estaba inactivo. Lucarelli no parecía estar monitoreando mis movimientos, quizá siguiéndome de otra manera. Los dejé en su sitio.

Nota Bene

Di marcha atrás por la calle y continué serpenteando por caminos secundarios hacia Mdina. Me encontré con Miriana dentro de las murallas de la antigua ciudad. Mdina, el nombre de los centros históricos de las ciudades del norte de África, fue la primera capital de los Caballeros de San Juan. Los malteses se establecieron en la ciudad en la Edad de Bronce; el gobernador romano Publio se reunió con San Pablo en el sitio donde ahora se encuentra la Catedral de San Pablo. Ofrecía a los Caballeros una vista elíptica de la costa. Situada en una ladera, la ciudad ofrece vistas espectaculares para el peregrino o viajero moderno, pero se obtiene una comprensión profunda de la vulnerabilidad que impulsó a los Caballeros a construir sus fuertes, sus torres de vigilancia, sus caminos costeros, sus murallas para poder enfrentarse a sus adversarios en el mar. Cualquier enemigo capaz de establecerse en la isla por sorpresa habría invadido Malta el mismo día.

Nos encontramos en un pequeño café que antaño había sido el patio interior de la casa de un noble. El suelo y las paredes eran de piedra, del mismo color ocre que se ve por toda la ciudad, con arcos árabes. Plantas con flores brotaban por todo el café y una pequeña fuente brotaba a un lado del patio. Un toque de modernismo se filtraba; mesas y sillas de ratán. El café interior reflejaba la ciudad exterior de Mdina, una ciudad norteafricana de grandes muros inclinados hacia afuera, ventanas sencillas sin diseño y una apariencia uniforme. Muy pocos turistas paseaban por las calles al mediodía. El calor volvía a ser agobiante.

Nos refrescamos con cerveza. Me pasé la botella fría por la frente, lo cual funcionó mejor que el ventilador de techo, y me eché a reír. Miriana llevaba una blusa blanca, con los botones de arriba desabrochados, pantalones blancos que le ceñían las curvas y zapatos abiertos. Llevaba gafas de sol, pero cuando me senté, se las quitó y sonrió.

Me contó cómo había organizado la mudanza de Leonardo Gracchi a Milán para vivir en una residencia de ancianos cerca de la casa de su hermana. Gracchi había volado esa mañana.

La hermana de Gracchi vive cerca. Es viuda y está sola, pero mucho más joven. Leonardo necesitará que alguien lo cuide el resto de su vida. Le dieron una paliza más fuerte de lo que pensaba. — Hizo una mueca, y luego se le quebró la cara—. Está destrozado por dentro. Quien lo golpeó es un monstruo.

—Sí, lo vi. ¿Y su casa?

Ya no está tras las líneas policiales. Empaqué un montón de sus pertenencias el otro día. No volverá jamás. Me miró con extrañeza y dijo: «¿Cuándo vuelves a Niza?».

De hecho, me voy a Túnez. Firmamos un contrato para confirmar la existencia del artefacto.

"Qué locura", se rió. "La vida es tan impredecible. Terry,

Felix y yo planeamos viajar a Túnez dentro de tres días. Vamos a ir en barco".

¿Túnez? ¡Qué casualidad!

Terry tiene negocios en Túnez. Necesita construir barcos para un empresario. Félix y yo pensamos acompañarlo a visitar el país. Ella ya ha estado allí antes, al sur, en el desierto, pero quiere volver.

"Suena divertido". Túnez no sonaba nada divertido, pero sabiendo que acabaría en ese país norteafricano, podía pedir que me llevaran. Tenía que encontrar el camino de una forma u otra, pero si podía seguir a Miriana y trabajar en el expediente, ¿por qué no? Me dijo que Felix y ella querían ver el Bardo, Cartago y Sidi Bou Said. Sentí que me estaba proponiendo ir a Túnez, y me di cuenta de que sonreía solo por el deseo de que esta mujer estuviera a mi lado durante un buen tiempo.

"¿Terry tiene espacio en el barco para mí?"

"Por supuesto."

"Así que necesito encontrar una habitación por un par de días".

—Ven a la granja. Hay muchas habitaciones ahí fuera. — Sonrió cuando asentí—. Aunque tendrás que aguantar las fiestas...

"Me parecen bien las fiestas".

Tenemos una locura próximamente relacionada con el solsticio. Félix las organiza.

Terminamos nuestras cervezas y luego recorrimos la ciudad antigua. Mdina significa "ciudad silenciosa", me dijo. Bromeó diciendo que era porque "la mayoría de los malteses se habían mudado de la ciudad años antes". Caminamos por estrechos senderos y pasamos junto a muros de piedra milenarios. Nos detuvimos frente a un edificio con portales de piedra arqueados y puertas azules, contraventanas azules a pie de calle y más contraventanas azules en el segundo piso. Buganvillas cubrían las paredes. Visitamos la Catedral de San Pablo y contemplamos un fresco que representa la vida de San Pablo.

Miriana dijo: «El gobernador Publio aceptó a Pablo. No sé cómo te soportaría».

—Puedes quitarte esa sonrisa de la cara —dije.

Ella se rió. "O sea, con el pelo más allá de los hombros y esos tatuajes militares, quizá no te considere una profesional. Pareces estar en desacuerdo contigo misma. ¿Para qué dejarte crecer el pelo?"

Durante mi tiempo en las fuerzas armadas, tuve que afeitarme la cabeza constantemente. Una de las razones por las que me fui.

—Lo dudo. Bueno, al menos te lo cepillas de vez en cuando. —Miró mi brazo derecho—. ¿Por qué un tatuaje de serpiente subiendo por el brazo?

"Para mantener alejadas a las serpientes".

Caminamos por el Palacio de Santa Sofía. Mientras las monjas pasaban a toda prisa, los turistas se sentaban a la sombra para protegerse del calor. Encontramos nuestros coches y la seguí hasta la casa de campo. Pasamos junto a decenas de olivos, un campo de patatas tras otro y algunos viñedos, pero el calor del campo ya se había calmado, y quienes trabajaban el campo se cubrían y llevaban sombreros de ala ancha. Conduje con las ventanillas bajadas, y la brisa me ayudó un poco.

No había nadie en la granja. Terry había dejado una nota diciendo que había ido a La Valeta para reunirse con un posible cliente. Felix había llevado a Topaki al aeropuerto para que pudiera volver a Francia a trabajar. Miriana me agarró de la mano y me arrastró por el pasillo, diciendo que quería enseñarme mi habitación, que resultó ser la suya.

Me puso las manos en el pecho y me empujó suavemente. Fingí caerme en la cama, y ella saltó sobre mí y empezamos a besarnos. Enseguida, la puerta se cerró y nos quitamos la ropa. Hicimos el amor, mirándonos a los ojos, mordisqueándonos los labios y los lóbulos de las orejas, y a medida que la pasión se apoderaba de nosotros, nuestros besos y caricias se intensificaron. Había una gracia en sus movimientos que ocultaba respeto mutuo, a la vez que garantizaba un placer intenso. Hicimos el amor casi toda la tarde hasta que se incorporó de golpe y se giró para mirar el reloj. Saltó de la cama como un ciervo acosado.

Me levanté de la cama, me limpié en el baño y me vestí. Caminé por el pasillo, contando las habitaciones, y deduje que la habitación extra era la de Miriana. Estaba cortando tomates en cubitos cuando salí a la cocina.

"¿Qué espacio extra hay?" pregunté.

"Qué tontería", dijo, y se acercó a mí y me besó. Su mano me agarró los genitales y los apretó, y mientras se me ponía duro, me frotó la erección mientras jugaba con mi lengua. Se separó y volvió a picar tomates.

"Toma una cerveza y siéntate en la terraza antes de que me meta en problemas", dijo con un repentino calor en su voz.

Lo hice, pero no antes de girarme hacia ella y decirle: "Gracias por borrarme la sonrisa de la cara". Su mirada era juguetona.

***

Una vez afuera, recorrí la propiedad. Me acerqué a la piscina y me senté un rato en una silla. El agua estaba cristalina; me levanté,

156

metí la mano y percibí un ligero olor a cloro. Metí la cabeza en la caseta de la piscina; la bomba zumbaba, la presión parecía la correcta, los productos químicos estaban apilados contra la pared en una fila ordenada. Estaba impecable. «Terry», pensé.

Me di la vuelta cuando oí un vehículo que venía por la calle. Terry. Salí a la calle, y él redujo la velocidad y se asomó.

Oye amigo, ¿tienes uno de esos para mí?

Levanté mi botella vacía. "Perdón, me la terminé".

"No te preocupes", dijo. Regresó momentos después, con cervezas en mano, y abrió la puerta. El taller coincidía con lo que había visto en la propiedad: herramientas colgadas de sus ganchos, el suelo barrido y la pintura guardada. Ninguna herramienta tirada. Había armarios alineados en una pared, y él los había etiquetado. Había tablones de madera apoyados contra una pared.

Dos barcos de doce metros de eslora descansaban sobre caballetes. Eran del estilo de los barcos pesqueros comunes de Marsaxlokk, con los cascos terminados. La semana siguiente, planeaba desmontar el motor. Sus manos describían las cabinas que planeaba añadir a los cascos. Las describió con las manos. Su entusiasmo era contagioso.

Una tercera embarcación, con forma de lancha rápida, estaba sobre caballetes en la esquina, cubierta con una lona. Terry me dijo que era un contrato con el Ministerio de Seguridad Pública. Dos lanchas rápidas para socorristas en las playas.

—Bien. Así que lo estás haciendo bien —dije. Froté la superficie exterior con la mano—. No sé nada de construcción de barcos —mentí—. ¿Esta fibra de vidrio?

"Epoxi. Le saqué el corazón a ese cabrón y luego usé una estera híbrida. Es una belleza". Se rió.

Al irnos, vi un armario con el cartel "COSAS DE FELIX". Terry vio mi sorpresa y dijo: "Sí, dejé que Felix trabajara en el taller. Construye iconos de madera, escudos y cosas así, y las vende en mercados de toda la isla. Todas esas cosas de la Diosa. Le dejé usar el taller porque limpia mejor que yo".

Lo esperé mientras cerraba. Al sur, se formaban nubarrones en el horizonte. El presagio, una ligera brisa, nos alborotó el pelo.

"Ese tipo, Trevor Martin, debería haber obtenido algo de Félix y haberlo usado", dijo Terry.

Asentí y reí. No había visto maquinaria para moler piedra, así que dudaba que Félix estuviera trabajando en un proyecto así. Lo que había visto era un catamarán de fibra de vidrio con forma de cigarro. La fibra de vidrio estaba unida con epoxi, la resina más resistente, flexible y ligera. Y Terry había usado una estera híbrida con kevlar, creando un bote flexible y ligero. Le había hecho un agujero al bote, reforzando toda su eslora. Había construido un bote que salía de la playa más rápido de lo que tardaba en ponerse las marchas, y nadie usa un bote así para pescar, ni siquiera para los salvavidas. Era el tipo de bote que Lucarelli necesitaría.

Capítulo dieciocho

Regresé al hotel por la mañana, recibí una llamada de Crawford y lo esperé en el restaurante. Tomamos café. Mis maletas, preparadas, estaban a mis pies. El recibo de mi estancia en el hotel estaba en mi cartera. Ahora que me marchaba en cuestión de días, parecía ansioso; sus sonrisas eran breves y vacilantes en otros momentos. No hablamos de nada.

Finalmente, se levantó. «Cuídate», dijo. Lo vi irse, pensando que era la despedida más extraña que le había oído.

***

Estaba cargando el coche cuando una camioneta negra se detuvo detrás del de alquiler, bloqueándome el paso. Lucarelli salió del coche con una sonrisa de suficiencia. Un hombre corpulento, corpulento como un levantador de pesas, con la nariz rota y los brazos y hombros tensos por la camisa, salió del asiento trasero. Su mirada vacía e inquietante. Un hombre de aspecto eslavo permanecía al volante.

"Alguien quiere hablar contigo", dijo Lucarelli. Lo dijo con indiferencia. Podría estar dándole un ejemplo de horario de autobús a un turista.

"Lo siento, no es el momento adecuado ahora".

Lucarelli rió y avanzó. Su rodilla izquierda se sacudió hacia abajo y necesitaba recuperar el equilibrio. Se giró hacia el hombre corpulento con la nariz rota. «Ezio, mete a este payaso en el coche».

—Cuidado, Jack —le dije a Ezio. Se detuvo, mirando a Lucarelli en busca de aprobación, quien asintió, y Ezio siguió acercándose. Me moví a mi derecha, interponiendo a Lucarelli entre nosotros. El conductor me siguió con la mirada como un cazador al acecho de su presa. Lucarelli hizo una pistola con su puño derecho y me disparó balas imaginarias.

—Un poco dramático. ¿Por qué no vamos a ver al Sr. Alguien? —dije. Pensé que solo sería una conversación de advertencia.

—No te hagas el listo. Sube al coche —gruñó. Me senté en el asiento trasero junto a Ezio. El hombretón me disparó dos veces en el costado, pero lo dejé pasar. El conductor me observaba por el retrovisor. Ezio me cacheó. —No tengo nada, Ami.

—Espera un momento —dije—. Ya entiendo. Quieres que te devuelva el puro. El que dejaste cuando viniste a visitarme la otra noche.

Saqué el cigarro, aún con su envoltorio, del bolsillo de mi camisa y se lo tendí a Lucarelli. Me lo quitó de la mano; voló a la cara de Ezio. El hombretón giró en su asiento, pero Lucarelli ya estaba allí, sujetándole el brazo con la mano, diciendo: «Ezio, no. Suéltalo». Le sonreí a Ezio y asentí con la cabeza como un niño en un parque infantil. Lucarelli dijo: «Te estás metiendo en los negocios, y mi consejo es que escuches al hombre con el que te encontrarás. Solo tienes una advertencia». Capté la mirada del eslavo por el retrovisor. Indiferencia glacial.

Me giré, sonreí y asentí a Ezio. "¡Conduce!", gruñó Lucarelli. Condujimos en silencio por La Valeta hacia el noroeste de la isla. Alcanzamos la costa y seguimos la sinuosa carretera durante veinte minutos, con el mar agitado hoy, antes de descender a San Julián y luego a Portomaso. Aunque Lucarelli dijo que solo sería una advertencia, podría no serlo, y planeé las acciones que tendría que tomar. Lucarelli tenía una rodilla mal y sabía que podía con él. Asimismo, Ezio era todo músculo, pero sus movimientos parecían lentos. No pude interpretar al conductor. Incluso ahora, mientras conducíamos, Lucarelli delataba inquietud, girando en su asiento para mirarme y luego girándose bruscamente para mirar por las ventanas. Asimismo, Ezio no podía quedarse quieto, acomodándose, quitándose pelusas de la chaqueta, frotándose las cejas. El conductor, salvo por sus manos en el volante, permanecía inmóvil.

Llegamos a un puerto deportivo en el cabo y aparcamos. Lucarelli se inclinó sobre el asiento y me advirtió una vez más. Ezio me recibió en la puerta al bajar. Me empujó contra el coche y me cacheó un poco más, rasgando los bolsillos de mis camisas y pantalones, pasándome las manos por el cuerpo buscando un cable.

Le dije que me debía dinero, lo que resultó en otro disparo lateral. Satisfecho, retrocedió un paso, me agarró del hombro, me giró hacia un lado y me empujó hacia adelante.

Caminamos hacia el muelle. El conductor iba delante, aún sin nombre, un eslavo de pómulos altos, cráneo plano y una barba incipiente realzada por el tono oscuro de su piel. Tenía hombros anchos, pero era muy ágil y se movía de forma inquietante y desgarbada.

Nos topamos con un yate modesto para el Mediterráneo, si es que eso es posible, y Lucarelli me indicó que subiera por la pasarela. Unas persianas cubrían las ventanas. El mástil tenía unas púas metálicas de aspecto extraño que confundirían a la mayoría de los invitados. Servían para emitir ruido blanco y contrarrestar la vigilancia por audio. En medio del barco, Lucarelli me agarró del brazo y me hizo girar. Dejamos paso a varios hombres de aspecto severo que salían con maletas.

Escucha lo que dice el hombre y te irás a casa. Sin lengua afilada. Nada. ¿Entendido?

Silbé una melodía sin sentido.

—Van Fanculo —espetó. Es la palabrota italiana.

La cabina era enorme, con enormes ventanales, sofás y sillones de cuero blanco, y mesas de ónix negro con tapas de cristal.

Obras de arte adornaban una pared; estatuillas egipcias descansaban sobre mesas auxiliares, y al fondo, una imponente estatua de Anubis, erguido, rígido, con la cabeza de chacal frente a mí, mirándome con ojos velados. Un gran acuario llenaba una pared con una colorida variedad de peces. Mozart sonaba en el tocadiscos. Muy esclarecedor.

No fue tan esclarecedor cuando observé al anciano curtido sentado en un sillón en el centro de la sala. Lo reconocí al instante. Giuliano Tedesco, jefe de la mafia siciliana, denunciado en Italia, buscado por la mitad de los estados miembros de la ONU por contrabando de drogas. Su rostro demacrado, salpicado de manchas solares y lunares, con el único pelo que le crecía por las orejas, las manos apoyadas en el regazo de forma descuidada, como si no supiera dónde ponerlas. Pero eran sus ojos los que cautivaban, firmes, negros e insondables.

Ezio me empujó por el parqué hasta situarme a varios metros de él. Tedesco me miró de arriba abajo. "¿Es este el stronzo... ass...e?"

Lucarelli asintió con respeto. "Si."

Tedesco me miró fijamente un rato más. Le sostuve la mirada. Detrás de mí, oí a los demás arrastrar los pies. Una extraña calma me invadió. Detrás de Tedesco, dos guardaespaldas permanecieron inmóviles como Anubis. Soltó una maldición y me miró fijamente un rato más.

"Pensé que querías hablar."

Lucarelli me dio un golpe en el hombro. «Tú le tienes respeto».

"Cuando me la dé", respondí. Eso me valió un golpe lateral de Lucarelli. El golpe fue ineficaz.

Con el rabillo del ojo, vi al eslavo inmóvil, con las manos cruzadas. Sentí que Ezio se había movido detrás de mí. Pero fue Tedesco quien calmó la situación con un silbido. Todos callaron y la tensión aumentó. Sus ojos brillaron de repente. A punto de perder la compostura.

—Cállate. —Habló en italiano. Se quedó mirando un rato más y luego extendió la mano hacia su vaso de agua de la mesita. Su mano se agitó como un lagarto intentando agarrarse a una roca, y Lucarelli tuvo que extender la mano para sujetar la taza en la mano de Tedesco. Sorbió ruidosamente. Lucarelli le quitó el vaso cuando terminó, y Tedesco volvió a esconder las garras bajo la manta en su regazo.

Me miró fijamente un rato más. Una joven vestida de rosa estaba sentada detrás de él. Una enfermera, supuse. Su rostro no delataba ninguna emoción.

"¿Por qué te metes con Gracchi?" preguntó Tedesco.

"No lo soy."

—Te equivocas, cariño —dijo Lucarelli—. Te dije que lo dejaras en paz, pero estabas allí otra vez la otra noche.

—¿Qué te importa Gracchi? —La sala quedó en silencio—. Aparte del respeto que te brindaría.

Lucarelli murmuró algo a mis espaldas, pero por lo demás mantuvo la calma. Tedesco pasó a la ofensiva. "¿Le rompes las manos? ¿Quieres el artefacto?"

Gracchi sabía que los tunecinos tenían el artefacto bajo llave. Ni siquiera creía que fuera real.

"Me dijo lo contrario", afirmó Lucarelli.

"Entonces él protegía su relación porque cuando hablaba conmigo no sentía que fuera un artefacto real".

"¿Este tal Greene se rompió las manos?", preguntó Tedesco.

"¿Quién es Greene?" Debí haber hablado con bastante sorpresa, porque el silencio se apoderó de todos. Se miraron fijamente. Una repentina incomodidad les impidió actuar. Tedesco encendió un cigarrillo, pero sus movimientos fueron torpes y le temblaban las manos. Se me ocurrió que probablemente Greene era el hombre que me había estado siguiendo y que ahora estaba muerto.

Rompí el silencio y volví a preguntar: "¿Quién es Greene?"

Pero no hubo respuesta. Me acerqué a la mesa de artefactos, con la sensación de andar por la cuerda floja, y dije: «Gracchi solo era un detalle secundario. La acción principal era con Trevor Martin y el artefacto». Miré las estatuas de las tres ninfas, desnudas, en círculo, más que riendo, rebuznando a la luna, tan hermosas como los aficionados al fútbol americano borrachos de un domingo por la noche en un bar de Tennessee.

—El artefacto quedaría precioso aquí —dije—. ¿Es eso lo que quieres? ¿Es por eso que Lukes se hizo amigo de Gracchi? ¿Para llegar a Martin? ¿Lo mataste, Lukes? Me giré y miré a Lucarelli. Empezó a acercarse a mí, pero Tedesco volvió a sisear, y Lucarelli retrocedió bruscamente, como un perro de ataque entrenado que escucha a su amo.

Miré hacia la mesa. Varios cuencos, recién limpiados, mostraban la pátina del tiempo: amarillo deslavado, pinceladas horizontales marrones, ahora líneas quebradizas, los bordes rotos, rayados, y un cuenco desintegrándose. Volví a mirar a Tedesco. Su mirada era firme, su rostro enrojecido por la furia.

—Qué demonios, no me cuadra —dije—. Si Lucarelli hubiera matado a Martin, lo habría hecho en otro sitio. Demasiadas cámaras en el hotel. Demasiado personal de apoyo. Tu interés en Gracchi es otra cosa. —En voz baja, continué—: ¿Pero qué?

Nadie reaccionó a la mención de las cámaras. ¿No se dieron

cuenta de que no tenían película? ¿O estaban siendo evasivos?

Tedesco se incorporó. "Escucha, stronzo. Aléjate de todo y no te metas en nuestros asuntos. Nota Bene".[6]Deja de meterte en nuestros asuntos. Aléjate de la policía. Si te metes de nuevo, haré que te tiren al mar. ¿Capeche?

No dije nada, pero le seguí la mirada. Lucarelli se acercó y dijo: «Si no, te mueres».

Llevo muerto desde Afganistán. Cada mañana, al despertar en afgano, pensaba que este era el día, el día de mi muerte. La pura suerte me permitió volver a casa sano y salvo, y cada día desde entonces ha sido una bendición. Me giré y vi al eslavo mirándome fijamente. Todavía en silencio. Todavía de pie, con las piernas abiertas y las manos cruzadas. Pero sus ojos ahora delataban comprensión.

—Sáquenlo. Le hizo mucho daño —dijo Tedesco—. Merda. —Alcanzó su vaso, pero el movimiento le provocó una punzada en el estómago y empezó a toser. La bilis le escapó de la boca. La enfermera se acercó y le agarró el brazo, dándole palmaditas y acariciándolo. Se giró hacia mí, con el rostro lleno de malevolencia mientras se llevaba el dedo índice al párpado inferior derecho y lo

---

[6]Nota Bene: Tomar nota

bajaba. En siciliano significa «muerte».

***

Me acompañaron fuera del barco y a través del estacionamiento hacia el coche. Me sentí listo para actuar, pero luego retrocedí al sentir una extraña sensación, y me di cuenta de que Lucarelli tenía la misma sensación mientras levantaba la cabeza bruscamente como un perro que olfatea el peligro en el viento. La policía salió en tropel de detrás de los barcos, los talleres y los callejones que conducían al puerto y nos rodeó a los cuatro. Se desató el caos; la policía empujó a todos al suelo. Las esposas sonaron, patearon las costillas, les dieron esposas en la cabeza, confiscaron los teléfonos y se llevaron las carteras.

Crawford y su grupo de detectives irrumpieron. Miró alrededor del muelle, me vio y dijo: «Ah, ahí estás. Me preguntaba dónde te habías metido». Ahora estaba todo sonrisas, el estrés de la mañana se había ido. Lucarelli me miró fijamente y siguió diciendo «Estás muerto» varias veces.

Pero fue la aparición repentina de una mujer alta y hermosa lo que detuvo el movimiento del aire.

Crawford se estaba divirtiendo demasiado. «Caballeros, seguro que muchos de ustedes ya han estado de fiesta con el teniente Buttanesco».

Así que Lucarelli había olfateado a los Carabineros, y había acertado al ver cómo hombres con uniformes azul marino salían de detrás de sus escondites, sin armas por motivos diplomáticos. Buttanesco parecía casi frágil en comparación, pero dominaba el aparcamiento. Su rostro tenía líneas delicadas, su cabello rubio recogido bajo una gorra de policía, su rostro inexpresivo y carente de cualquier emoción, y sus ojos brillaban con una profundidad inconmensurable.

Se giró hacia Crawford. "¿Quién es Brown?"

Ya estaba de pie junto al Hombre Langosta, pero ignoré a Buttanesco y me volví hacia Crawford. "¿De quién es este yate?"

"Por qué."

Lucarelli volvió a insultarme y a decirme que me callara.

"Yo miraría dentro", dije.

Crawford levantó la cabeza bruscamente para observar el yate, pero Buttanesco ya corría. Un pequeño grupo de oficiales especiales malteses la seguía. Lucarelli empezó a gritarme amenazas de muerte, y un policía se inclinó y le gritó que se callara. Al no hacerlo, le dio una fuerte patada en la cabeza. La cabeza de Lucarelli se estrelló contra el pavimento y perdió el conocimiento.

Ya era demasiado tarde. La policía bajó a Tedesco por la rampa y lo llevó por la plataforma de madera hasta el hormigón.

Estaba furioso y seguía volteando la cabeza e insultando a los dos policías. El teniente Buttanesco lo observó fijamente durante un buen rato. Luego le dedicó una sonrisa maliciosa y asintió a Crawford.

"Giuliano Tedesco, está arrestado". Crawford concluyó con advertencias legales y dijo: "El estado italiano ha declarado que se enviará de inmediato una solicitud de extradición contra usted y, una vez que nuestros tribunales la concedan, lo escoltaremos de regreso a Italia para ser juzgado".

La enfermera se lanzó hacia mí, siseando, con los dedos azotándome como garras. El Hombre Langosta fue más rápido, la jaló hacia atrás con una mano, la esposó con la otra y la empujó hacia un policía cercano. En un estridente arrebato de malti, le dijo que se la llevara. Los policías sacaron del yate a los guardaespaldas de Tedesco esposados. Ambos sangraban por la cabeza, y al parecer uno de ellos tenía la mandíbula rota.

Tedesco gruñó, pero Crawford le dedicó una gran sonrisa y, una vez más, con voz melodiosa, preguntó: "¿Nos vamos?". Tedesco lo miró con asco y luego giró la cabeza hacia mí y me lanzó una mirada asesina antes de escupirme.

***

Crawford me llevó a Floriana, una pequeña ciudad en el extremo sur de la península que domina La Valeta. Habló de trivialidades por el camino y lo dejé. Quería mirarlo a los ojos cuando lo viera. Su escritorio era demasiado grande para el espacio reducido. Una torre de archivos reposaba sobre un armario, y más archivos descansaban sobre una mesa apoyada contra la pared del fondo. Muchas de las pilas tenían archivos rayados unos sobre otros. Crawford me contó que estaba reorganizando archivos. Una pila de informes al azar en la esquina de su escritorio parpadeaba cada vez que el ventilador giraba en esa dirección, pero todos estaban sujetos por pisapapeles. La oficina estaba calurosa, a pesar del ventilador, y cuando abrió la ventana, el aire salado la inundó. Acerqué una silla al escritorio.

—Cuidado —dijo Crawford—. Las sillas están rotas.

Parecía agotado; cubría la silla con los brazos, dejando al descubierto sus axilas empapadas. El cabello estaba despeinado. El sudor le perlaba la frente como una corona rota. El detective me miró con extrañeza, sin duda preguntándose por qué observaba sus acciones. Sostenía un voluminoso expediente en la mano, que abría y cerraba. La incertidumbre flotaba en el aire.

Aquí está el informe que necesitarán. El informe del forense está ahí. También incluí algunos comentarios generales de la investigación. También incluimos un resumen de lo que no encontramos en la habitación ni en su coche de alquiler: ni cuadernos, ni ordenador, ni archivos. Tampoco encontramos ningún teléfono móvil. Revisamos la casa de Gracchi, pero no encontramos nada. Consultamos con los tunecinos y el objeto está a salvo en sus bóvedas. —Hizo girar un lápiz sobre su escritorio y luego dijo—: El coche había sido revisado, así que alguien lo revisó antes y los descartó.

¿Dijeron los tunecinos por qué Martín regresó a Malta pocas horas después de aterrizar en Túnez?

—No. El Director de Antigüedades de Túnez y su asistente están de permiso en el sur del país, y nadie ha podido contactarlos. Creo que puedes preguntarles y, por favor, avísanos. —Se rió. No le devolví la risa—. ¿Qué pasa? Parece que no estás en tu mejor momento.

"Me tendiste una trampa."

Gimió. Echó la cabeza hacia atrás y exhaló. "Se me fue de las manos", dijo. Se levantó, se acercó a la ventana y se recostó contra el marco, de espaldas a mí, mientras contemplaba La Valeta. "Lo siento. Hace semanas supimos por los italianos que Tedesco estaba refugiado en Malta, pero no sabíamos dónde. Buttanesco ofreció ayuda de los Carabineros, que la ministra aceptó, y en un abrir y cerrar de ojos, lo tenía en vilo."

"¿Entonces fue idea suya dejarme colgado?"

Extendió la palma de la mano para decir, claro, lo

conseguiste. «Ella pensó que eras lo suficientemente fuerte como para sobrevivir. O sea, podrías haber limpiado el suelo con ellos, por lo que supimos. Y estábamos en posición».

Podrían haberme liquidado en cuanto entré al yate. Al menos podrías haberme avisado.

Bueno, ya está todo terminado. Tienes tu informe y te vas a Túnez; todo irá bien. Lo mejor de todo es que no encontramos tu ADN ni tus huellas dactilares donde no debían estar. —De repente, pareció enfermo—. El ministro, por cierto, está en la oficina y quiere verte.

Asentí. Crawford había recibido órdenes de retirarse y dejar que Buttanesco dirigiera la operación, y sin duda había recibido órdenes de no decirme nada. Supuse que necesitaría su ayuda en el futuro. Déjalo pasar, me dije. Al salir de su oficina, le pregunté si el yate era de Tedesco. Negó con la cabeza y no dijo nada.

***

Crawford me acompañó por el pasillo hasta una sala de conferencias. Al frente, el Hombre Langosta conversaba con el hombre bajito que había visto mirándome fijamente al salir de la bodega de Sacco. Vestía un traje oscuro, con corbata y zapatos de vestir. Otros dos hombres estaban sentados en sillas junto a la pared, con las chaquetas abiertas y las armas en la cintura. Me observaban como si fuera una mosca en la pared. Otro hombre, calvo, salvo por unas pocas canas, preparaba café.

El hombre bajito se volvió hacia Crawford y le preguntó: "¿Es usted Brown?"

Crawford asintió. «Sí, ministro».

Se giró hacia mí y me miró de arriba abajo. Levantó el dedo en señal de advertencia y habló con voz suave, casi aterciopelada, diciendo: «Soy el ministro de Justicia, David Camilleri. Escuche lo que tengo que decir. No hable».

Se me acercó sigilosamente. Tuvo que levantar la vista, pero sus ojos no perdieron el contacto. Su voz volvió a ser suave. «Has causado tanto caos en esta isla que no puedo con todo».

No he creado nada. Ya estaba sucediendo.

"Te dije que no hablaras."

Mi madre siempre me decía que era mi peor hábito en la escuela. Todos los años, los profesores se quejaban de que hablaba en la escuela.

"¡Callarse la boca!"

Martin ya había muerto antes de que yo llegara a Malta. Quienquiera que golpeó a Gracchi lo hizo cuando yo no estaba. Y a Greene lo sacaron de la carretera cuando ya estaba de regreso a Malta.

"Su investigación obligó a los malhechores a matar y golpear a estas personas." Sacó pecho. "También han perseguido a empresarios legítimos. Sí, sabemos que han interrogado dos veces al comerciante de vinos Sacco." Señaló con el dedo. "Un empresario legítimo, un gran miembro de la comunidad."

Siempre he dejado esas investigaciones en manos de tus oficiales. Pero, por curiosidad, ¿qué pasa con la investigación de Martin ahora?

Me dirigió una sonrisa maliciosa, se volvió hacia Crawford y preguntó: "¿Cuál es la situación?"

Crawford parecía agotado. "Archivado por ahora".

"Todo eso está mal", dije.

Camilleri irrumpió y dijo: «Un vago ambulante. Estaba con una prostituta que podría haberlo matado; se alojaba en un hotel abandonado, viviendo de la explotación de otros». Se irguió y adoptó un aspecto sombrío. «No digo que se lo mereciera, pero fue el autor de su propia muerte».

La ira me enfureció, pero en lugar de responder a la provocación específica, dije: "Se merece algo mejor".

"Asunto nuestro, no suyo. Su casa en El Cairo era un hotel. Iba de un trabajo a otro". Se detuvo, se irguió y dijo: "Tiene tres días para salir de Malta. Firmaré la orden hoy mismo. Y debe abandonar sus investigaciones. Si esto continúa, haré que lo arresten y lo acusaré de incumplimiento de las órdenes del gobierno. Y no diga nada ni aquí ni en Francia, o también se enfrentará a cargos. Obstaculizaría nuestra investigación".

¿Qué investigación? La cerraste.

Lo que he dicho en esta sala no debe salir jamás de aquí. De lo contrario, pasarás gran parte de tu vida en prisión.

Me volví hacia Crawford, pero su rostro se había convertido en piedra.

"¿Entiendes?", gritó Camilleri. Sonreí ampliamente y negué con la cabeza, sin apartar la vista de él. Camilleri dio un paso adelante e intentó abofetearme, pero Crawford se anticipó y le enganchó el brazo por el codo para contenerlo. Camilleri forcejeó. Me di la vuelta y me fui. Siguió gritándome mientras abría la puerta, gritando mientras seguía por el pasillo hasta la calle.

El Hombre Langosta me alcanzó afuera y me dijo que me llevaría de vuelta al hotel. Parecía solícito. Una vez en el coche, se quedó callado al principio, pero luego se aclaró la garganta y me miró.

El teniente está muy frustrado con el ministro Camilleri. Está hecho un lío.

"Lo tengo."

El ministro está encubriendo. Supimos hace semanas que Tedesco estaba en la isla. La teniente colaboró con Buttanesco en esto, localizó a Tedesco, pero ella tomó las riendas. Sin embargo, el ministro se vio sorprendido, porque el yate en el que Tedesco estaba paseando es propiedad de un amigo. Guardé silencio, observando la escena, dejando pasar los segundos. Continuó diciendo: «Un comerciante de vinos aquí en La Valeta». Guardó silencio un momento, se volvió hacia mí y, al ver que no mordía el anzuelo, dijo en voz baja: «Vinos de Naufragio».

El enojo de la policía hacia el Ministro Camilleri no podría ser más claro.

"¿Quién era el otro traje?"

—El Comisario —resopló—. Está apoyando esto y mintiéndole al primer ministro.

¿Conocen la conexión entre Alastair Davies, Lucarelli y Alastair Davies y la granja? Como era de esperar, asintió. Y esa Dianne Herto, que andaba con Alastair, ha desaparecido.

Se quedó en silencio por un momento y luego dijo: "No sabía que estaba desaparecida".

"¿Era solo una novia de Alastair o estaba interpretando un papel?"

"No hemos podido resolverlo".

Guardamos silencio el resto del viaje. Al bajar del coche, me dijo: «Cuidado con las espaldas».

Capítulo diecinueve

Conocí a Miriana en Sliema, en Piccolo Padre's, un restaurante junto al agua. La anfitriona nos sentó en el balcón, sostenido por suelo de madera y barandillas de hierro fijadas a la roca caliza, sobre un mar embravecido que golpeaba las rocas. Mientras tanto, las palomas posadas en el acantilado, sobre nosotros, se pavoneaban, graznaban y realizaban vuelos cortos para relajarse. Me sentaba bien con mi estado de ánimo.

—Te ves amargada —dijo Miriana.

Le conté sobre mi mañana. Se puso seria y empezó a rascarse la cutícula del pulgar. Mi mente se desvió hacia la conversación con el Hombre Langosta; me dio información para ayudar en una investigación que un ministro del gobierno había paralizado. Esto después de que le tendieran una trampa para descubrir a un malhechor. Concluí que la policía no había allanado el yate porque su orden judicial tenía condiciones previas que limitaban su acción, así que necesitaban a alguien que lo desenmascarara. Habiendo hecho su trabajo, estaba solo. Me volví hacia Miriana y sonreí.

Parecía inquieta. «Si el ministro cree que ha creado problemas, no debería seguir investigando».

"Es un riesgo, pero lo haré, y la agencia enfrentará un riesgo mayor si no descubrimos qué está pasando".

—También podría causarles problemas a los demás. —Parecía preocupada—. Vas a Túnez a trabajar. Olvídate de lo que está pasando aquí.

"Te mantendré a salvo."

La llegada de la pizza y una botella de Nero d'Avola me salvó. El camarero nos llenó las copas, asintió y siguió adelante. Observé su rostro mientras bebía el vino, y ella empezó a animarse y luego sonrió. Le pregunté si le gustaba el vino.

"Muy bien."

"Sabes que esta conversación ha sido más estresante que la que tuve con Tedesco".

Se rió a carcajadas. El vino que le quedaba en la boca se esparció por el plato. Se tapó la boca, sin dejar de reír. «Lo siento, lo siento mucho».

—No pasa nada. Sabor mejorado. —Le agarré la mano y le dije—: No te preocupes. Los gánsteres están todos bajo llave.

—Lo sé. Me equivoqué. Tienes que hacerlo. —Abajo, el mar se estrellaba contra las rocas, fragmentando su voz.

***

Conduciendo por la campiña maltesa, reflexioné sobre el yate de Sacco y la gran cantidad de artefactos que iluminaban su interior. No tenía sentido que fueran de Tedesco. Eran de Sacco.

Entonces, ¿estaría interesado en adquirir el artefacto? Le di vueltas durante varios minutos, pero llegué a la conclusión de que no tenía el valor de hacer otra cosa que gritarle al recepcionista.

El coche de Miriana era el único vehículo en la entrada cuando entré en la casa de campo. Se quedó de pie junto al coche, oliendo a madreselva que se extendía sobre la carretera. Tras dedicarme una breve sonrisa, se acercó y me dio un beso poco casto. Encontramos una nota de Terry en la cocina diciendo que volvería sobre las cuatro. Como si se le ocurriera después, garabateó otra nota diciendo que Félix se había ido a "las rocas".

Miriana abrió dos cervezas, me dio una y luego se recostó contra la nevera. Tenía una mirada soñadora. Bailé un poco. Dejó la cerveza, se dio la vuelta y caminó hacia el pasillo, se detuvo, me miró por encima del hombro y su sonrisa se iluminó. Caminó tranquilamente por el pasillo. Insinuante. La seguí a su habitación, pasando por encima de su vestido de verano, su sostén y su tanga. Se subió a la cama, se tumbó de lado, se apoyó en el codo y me vio desnudarme. Su respiración se volvió entrecortada, se pasó la mano por las piernas, y luego me subí encima de ella y abrió las piernas.

Más tarde, dormitamos. Miriana se quedó dormida y se acostó boca abajo, emitiendo suaves ronquidos con la boca abierta. Le acaricié la espalda y los costados. Es hermosa. Me sentí como un novato con ella. La mujer oscilaba entre la calma extrema y un tenaz sentido de lo correcto, pero sus encuentros amorosos habían demostrado curiosidad, ternura y aceptación del placer mutuo. Me quedé dormido y desperté con Miriana describiendo suaves patrones en mi pecho con su dedo índice.

"Buenos días", dije, y su risa fue como el arrullo de una paloma. Un ruido repentino en la cocina y pregunté si Terry estaba en casa. Oímos pasos repentinos en la puerta, dos voces, ambas en voz baja, y luego alguien dijo: "Salgamos". Miriana me dedicó una sonrisa radiante y articuló: "Félix".

Nos volvimos a dormir, pero me despertó Miriana, que estaba medio levantada, inclinada y pasando la lengua por el tatuaje de escorpión que tengo en la pierna izquierda. Sonrió y me guiñó un ojo. Más tarde, cuando se levantó, me quedé un rato en la cama y llamé a Hugo. Hablamos de pasada. Me dijo que el equipo volaría en cuestión de horas.

***

A primera hora de la tarde, Terry y yo montamos el patio. Me llevó a un lateral de la casa, donde una puerta lateral daba a un sótano. Estaba hecho un desastre; todo estaba desperdigado por todas partes. Terry curioseó. Saqué media docena de sillas de jardín y las llevé al patio. Cuando volví, Terry había sacado el ahumador, así que lo llevé al patio. Volvimos al sótano y juntos sacamos la barbacoa de tres metros y medio, la subimos al patio, la alineamos con seis agujeros perforados en el cemento y la colocamos en su sitio. Yo sudaba a mares; Terry parecía un náufrago con el pelo de punta, la cara roja como un tomate y un brazo sangrando por el golpe que se le había dado con un tornillo.

Tengo que limpiar. Voy a traer cerveza.

Asentí, bajé al sótano y subí las parrillas, las briquetas y más sillas. Terry regresó mucho después con una cerveza. También tenía un cubo de agua hirviendo, jabón y varios utensilios para fregar, me dijo que volvería enseguida y se marchó tranquilamente, cerveza en mano. No esperaba que volviera. Fregué la barbacoa, lo cual fue difícil porque estaba cubierta de moho. Para cuando terminé, me dieron ganas de darme un baño. En cambio, me apoyé en la barbacoa y me di dos tragos enormes de cerveza. Abrí las briquetas y las extendí a unos cinco centímetros de altura. Terry seguía sin aparecer. Froté las parrillas con un cepillo metálico y luego usé agua y jabón para desinfectarlas lo mejor posible. El calor intenso mataría las bacterias. Extendí las parrillas, que se encajaron en la base metálica. Retrocedí un paso y miré la parrilla que se extendía por el patio. Pensé que se esperaba mucha gente fiestera.

Miriana salió de la casa, se me acercó, me dio un beso, echó un vistazo a la barbacoa y dijo: «Esto se ve espectacular. Qué limpio. Deberíamos animarte a hacerlo siempre».

"Cobro por mis servicios."

Recibí otro beso. "Pagaré todo", dijo. Luego me dijo que las cafeteras estaban en el trastero de la parte trasera de la casa. Sonreí, pero las busqué y encontré a Terry y a Felix sentados en el sofá, fumándose un porro. Me preguntaba cuándo aparecerían las drogas. La picazón era evidente. Felix me saludó con la mano.

Sonreí y bajé por el pasillo hasta un enorme cuarto de servicio, aunque abarrotado de gente. Una lavadora y una secadora ocupaban casi todo el espacio. Las urnas estaban en el trastero cerrado con llave. Sin llaves. Estantes alineaban el resto del pasillo, llenos de cajas con etiquetas transparentes. Terry, el organizador. Garantías, manuales de equipos, escrituras de propiedad, y luego cajas para Miriana, Felix, Topaki y para nombres que no reconocí, y una caja con la etiqueta "lo que dejaron los invitados después de la fiesta", lo cual tenía mucho sentido. Tenía las llaves del coche, las de casa, varias carteras, una llave dentada sujeta a un llavero naranja, un móvil sin batería y timbres. La fiesta iba a ser una locura.

Finalmente encontré la llave y arrastré las cafeteras al patio, colocándolas en los rincones. Solo faltaban los invitados. El primero en llegar, muy temprano, fue Terry, quien se dejó caer en una silla de jardín y miró al cielo con ojos distantes.

***

Félix salió un rato después, bebiendo cerveza. "Tengo unas cajas de producto que necesito trasladar al almacén antes de que empiece la fiesta. Un distribuidor las recogerá en un par de semanas, pero quiero asegurarme de que no se dañen. Son algo pesadas", dijo. Lo que no dijo fue que la fiesta se volvería un poco loca.

Los paquetes estaban en el cobertizo; no eran tan pesados como ella había dicho, pero eran una docena, y había que caminar mucho hasta la furgoneta en la entrada. Conduje hasta el almacén mientras ella me daba indicaciones improvisadas. Al cabo de un rato, nos encontramos en un camino sin asfaltar, atravesando una zona boscosa durante unos minutos. Llegamos a un claro donde una planta industrial en ruinas sobresalía tras la maleza que había crecido a su alrededor. Un enorme cartel, despintado, colgaba sobre la puerta principal.

"¿Estás seguro de que este es el lugar?" pregunté.

Ella rió y asintió. Llevamos una caja cada uno y caminamos por un pasillo lleno de escombros. Había puertas metálicas a un lado del pasillo. Se detuvo en una y sacó su llave, que llevaba enroscada en la mano, y al hacerlo, mis ojos se clavaron en ella; coincidía con la llave que había visto en la caja del lavadero de Terry. Una llave naranja. Extrañamente dentada. Miré el número de la puerta: el 19. Me miró con una repentina mirada interrogativa, sonreí y ella abrió la puerta.

Una habitación enorme con varios niveles de estanterías que se extendían a lo largo de dos paredes. Me costó un par de viajes guardar todas las cajas, pero entonces Félix empezó a revisar sus facturas. La inquietud me invadió; salí de la taquilla y caminé por el pasillo, me paré frente a diferentes taquillas, volví y me di la vuelta. Félix me miró y se rió, pidiéndome que llevara varias cajas a la furgoneta. Cuando volví, había sacado una enorme máscara de madera con correas ovaladas, con pelo acanalado cincelado en la madera y una cara de furia, con la boca abierta para gritar.

—Llévate la máscara —dijo ella—. Yo traeré el candelabro y esto... —sonrió—. Látigo.

"Félix, ¿qué carajo va a pasar durante esta fiesta?"

Ella cantó en un repentino tono de soprano,

"Saldré bailando del inframundo

Y te tentaré a unirte a mí,

Para que podamos volver juntos a las sombras".

Salimos del cobertizo riendo. La llevé de vuelta y la ayudé a guardar las cosas que habíamos traído. Entré en la granja, no me encontré con Miriana, recuperé las llaves de mi coche de alquiler y volví al lavadero. Me puse guantes médicos y luego un segundo par sobre el primero. La llave dentada seguía en la caja. Plana y larga, con formas únicas y profundas hendiduras a lo largo de la parte superior y la parte plana. Sería imposible abrir cualquier cerradura que hubieran diseñado para esta llave. En la parte de atrás había una etiqueta con el número 14. No tenía ni idea de a quién pertenecía la llave, pero estaba seguro de que abriría una taquilla en el trastero donde acababa de estar. Lo cual era curioso. Terry parecía guardar todo en la granja. Metí la llave en un bolsillo delantero, me quité los guantes y también los guardé en el bolsillo.

Le pedí a Félix que le avisara a Miriana que tenía una reunión repentina en La Valeta con un representante de la oficina de Niza. Conduje de vuelta al almacén, vigilando la espalda todo el camino. De pie en la puerta principal, esperé y observé. Sin embargo, no pasó ningún otro coche por la calle, así que me puse unos guantes nuevos y caminé hasta la unidad 14, metí la llave y la cerradura se abrió con un clic. La habitación estaba vacía, salvo por una mesa en el rincón más alejado. Una maleta y un maletín estaban encima, con una bolsa de ordenador apoyada contra la pata de la mesa.

Dentro del maletín, encontré una carpeta con el contrato de alquiler de Martin para el almacén. Lo había firmado Martin un día antes de su asesinato. Debajo, enterrado, estaba su billete de avión de vuelta desde Túnez, rellenado a toda prisa, recibos de hotel y comida del Hotel Cartago, un recibo de taxi, los papeles de su alquiler de coche en Malta y las comidas. El billete de avión de vuelta original de Túnez a Malta estaba enterrado en el fondo. Debajo había un cuaderno lleno de fotografías del artefacto, notas detalladas con términos arqueológicos que no entendía y un boceto del artefacto. Era tal como lo describió Liz Black: algo corpulento, con pechos prominentes. Lo había sombreado con líneas horizontales: una Diosa Negra, supuse. Junto al dibujo, Martin anotó el largo y el ancho del artefacto. Estimó su valor en un millón de euros.

Saqué la computadora de la bolsa y revisé dentro. No encontré notas y la dejé a un lado. Los técnicos podrían revisarla.

Lo siguiente fue la maleta. Era pesada, probablemente llena de archivos y herramientas. Seguramente llevaba sus herramientas consigo todo el tiempo. La maleta tenía cerraduras estándar. Empecé con los diales del interior, girándolos hasta oír un suave clic. Los dejé en su sitio y pasé al siguiente dial y luego al tercero hasta que se abrieron. Levanté la tapa y miré el dinero: mucho dinero. Saqué un fajo y revisé los billetes. Eran billetes de 100 euros, naranjas, con arquitectura renacentista, la marca de agua y la banda de seguridad incrustada. La imagen de Europa estaba en su sitio, legítima, por lo que pude ver. Revisé varios fajos más abajo en la maleta, pero también eran legales. Conté los tres fajos, luego el número de fajos e hice los cálculos. Eran poco más de doce millones de euros.

Cerré la tapa lentamente, cerré el maletín con llave y miré a la pared. ¿De dónde había salido el dinero? Liz Black dijo que el pago sería por transferencia bancaria. Las transferencias bancarias eran habituales. El efectivo contaba otra historia: que se trataba de un delito. Y la cantidad era mucho mayor de lo que Liz Black había sugerido que valía el artefacto. ¿Se habría vuelto Martin rebelde? ¿Planeaba comprar el artefacto para otra persona? Eso carecía de sentido, a pesar de que solo conocía a Martin muerto.

¿Cuándo lo recibió? ¿En una visita nocturna a casa de Gracchi? Probablemente no. Gracchi me había dicho que Martin ya estaba nervioso. Porque ya tenía el dinero. ¿Pero cuándo lo recibió? La repentina salida de Túnez, un billete de avión comprado a toda prisa en el aeropuerto de Túnez y la desaparición al aterrizar en Malta fueron quizás un intento apresurado de distanciarse del dinero. Así que le habían dado el dinero en Túnez. Entonces, ¿estaba tramando algo más? ¿O este pago era para algo más? Las preguntas que rondaban mi mente se convirtieron en una tormenta creciente.

Dudaba que estuviera involucrado, pero en cuanto entendió lo que había en la maleta, debió de sobresaltarse. Lucarelli y Tedesco cobraron sentido de repente. Lucarelli me esperaba en casa de Gracchi porque se había enterado de que faltaba el dinero. Eso también explicaba el asesinato de Martin. Explicaba la repentina aparición de Greene. Y, con toda probabilidad, explicaba el asesinato de Greene y, muy probablemente, el de Dianne Herto.

¿Qué hizo Martín al saber que la maleta estaba llena de dinero? Había ido a la granja y estaba visiblemente ansioso. ¿Le contó a Terry lo sucedido? Lo dudaba. ¿Sabría Terry siquiera cómo abrir la maleta? Terry estaba demasiado absorto en su propio mundo como para haber participado en él. Felix me contó que Martín la ayudó a trasladar sus productos al almacén. Una vez que se encontró con un gran alijo de dinero, supo dónde guardarlo.

La verdadera pregunta era: ¿para qué era ese pago de dinero y dónde lo recibió en Túnez?

Pensé en llamar a Crawford, pero decidí no hacerlo porque no estaba seguro de a quién pertenecía ni de cómo reaccionaría Camilleri. La posibilidad de incriminarme era real. Pero tener el dinero podría darme la ventaja para detener lo que estaba pasando.

Tomé la maleta, dejé el maletín y el ordenador para más tarde, y me detuve en la puerta, olfateé el viento, observé las laderas, busqué movimiento tras los árboles y, cuando estuve seguro de estar solo, bajé al coche. Conduje por la carretera de la costa y me dirigí a La Valeta. Encontré un banco fuera de las murallas de la ciudad. Usé la dirección de Terry y le dije al empleado que me había mudado recientemente a Malta y que no tenía ningún documento de identidad maltés. No hubo problema. Me copió el pasaporte canadiense. Solicité una caja de seguridad y añadí el nombre de Hugo a la cuenta. En la sala de clientes volví a examinar el dinero, pero una vez más concluí que era legítimo. Me llevé las llaves.

De vuelta a la granja, me preguntaba constantemente a quién pertenecía realmente el dinero. La pregunta me persiguió durante todo el viaje. No encontré una respuesta mejor.

Miriana, Terry y Felix estaban tomando sol en la piscina mientras disfrutaban de bebidas en el happy hour cuando regresé.

"¿Cómo te fue?" preguntó Miriana.

Buena reunión. Voy a refrescarme.

—¡Adelante, chica! —gritó Terry. Las mujeres se rieron.

Una vez dentro, usé un cuchillo del cajón de la cocina, desatornillé un enchufe en la habitación de Miriana, escondí las llaves del banco y de la taquilla y volví a atornillar la placa. La recuperaría más tarde.

Me refresqué, me puse unos pantalones cortos, tomé una cerveza, sonreí y me uní al grupo en la piscina. "¿Qué tal mi pintalabios?", pregunté.

Se rieron a carcajadas y levantaron sus cervezas.

Capítulo veinte

Terry y yo empezamos a preparar la comida para la fiesta temprano por la mañana, o la fiesta del solsticio de verano, o el solsticio de la Madre, como insistía Felix. Encendí el ahumador y seguí a Terry a su cobertizo y a su cámara frigorífica, donde un cerdo entero colgaba del techo. Lo subimos a la cocina y lo pusimos en una mesa cercana, donde le aplicó un toque de azúcar y especias antes de meterlo en el ahumador. Regresamos a casa para lavarnos y tomar un café, y estábamos sentados en el patio cuando apareció Alastair. Salió del coche, con la mirada fija en mí.

"Me preguntaba cuándo iba a aparecer", comentó Terry mirándome con humor. "No le caes bien".

—¡Qué locura! Voy a tener que hacer un curso de sensibilidad.

Todavía se reía cuando Alastair se acercó. Parecía decepcionado. Con pantalones y chanclas manchados y rotos, era un Alastair de antes, de finales de la adolescencia. No me miraba, nervioso, con el cuerpo dando sacudidas, girando la cabeza para mirar por encima del hombro. Saludó a Terry, y cuando Terry sugirió que necesitaba saludarme, solo asintió. Terry tomó las riendas de la situación.

Bueno, necesito vigilar la carne. Alastair necesita instalar su equipo de música. Es el DJ de las fiestas. ¿Puedes ayudarlo?

—Eso suena genial. Miles Davis, ¿verdad?

Alastair se volvió hacia mí, con el rostro enfurecido, y escupió que no. Terry se alejó con una sonrisa de oreja a oreja. Llevamos el equipo a un terreno elevado cerca de la granja y lo colocamos sobre unas almohadillas que Alastair sacó de sus bolsillos traseros. Después, sacó una mesa del cobertizo y la colocó entre los altavoces. Luego corrió hasta el coche y regresó con un receptor y un tocadiscos, con los brazos temblorosos. Lo conectó todo y probó la música, subiendo el sonido y luego apagándolo. Se giró y me miró fijamente.

—¿Y qué tal Lucarelli? —pregunté. Se tambaleó de lado como si le hubiera dado un martillazo—. Eres un tipo raro, Alastair. Te juntas con un mafioso. Como los gánsteres siempre se salen con la suya, estas relaciones nunca son buenas. ¿Acaso Lucarelli creía que Martin había conseguido el artefacto?

"No sé de qué estás hablando."

Lucarelli será trasladado a Roma a la fuerza esta semana. Tiene múltiples cargos federales. Estará fuera por un largo tiempo. ¿Viajaba Lucarelli a Túnez con frecuencia?

La cabeza de Alastair giró bruscamente como si alguien lo hubiera ahorcado. El miedo se apoderó de su cuerpo e intentó mirarme con la mirada perdida, pero sus ojos flotaban en su interior y se le formaba saliva en los labios.

"Nunca podrás escapar de ellos", dije.

Se rió, pero sonaba como un hombre dando sus primeros pasos hacia el infierno.

***

Los primeros fiesteros aparecieron después de comer. A Miriana se le iluminaron los ojos al ver un descapotable acercarse por la carretera, levantando polvo. Un australiano alto y rubio se bajó con dos chicas del pueblo. Una risa repentina y prolongada mientras abrazaban a Miriana. Me las presentó y se pusieron a reír, pero pronto olvidé sus nombres. Poco después, Jackie, una azafata de una aerolínea de bajo coste que volaba a Malta, estaba a mi lado preguntándome si sabía dónde estaba Alastair. Me di cuenta de que la música no sonaba. Le dije que no lo sabía y se fue. Parecía que ya estaba drogada.

Llegó más gente, inundando el patio, algunos se acomodaron en la terraza de la piscina en grupos pequeños. La cerveza corría y se escuchaba el murmullo de las conversaciones. Jackie pasó de nuevo, con Alastair a su lado, fumando un porro, y deduje que el profesional de inversiones invertía en una amplia gama de productos. Se lo pasaron entre ellos.

Aún más gente entró en la propiedad. Miriana me presentó rápidamente a un huésped tras otro. Una pareja de Gozo, pavoneándose como pavos reales, y un amigo de Terry, ya colocado como la mayoría, estaban sin vida cuando nos dimos la mano. Pasaron muchísimos más, incluyendo un policía destinado en San Julián, ya borracho, pero que se unió a la multitud de los fumadores de marihuana. Lo encontré dormido en la cama de Terry a primera hora de la tarde. Miriana chocó contra un Lord de la Cámara de los Comunes, que estaba de vacaciones en el Reino Unido, y que llevaba a una mujer treinta años más joven. Myles, un antiguo socio de Alastair, apareció, pero no se quedó mucho tiempo, y Terry me dijo que era un estirado. Un grupo de mujeres jóvenes en bikini se paseó entre la multitud y encontró un espacio vacío para sentarse a beber. Arrastraron a unos jóvenes, como si fueran atados a una cuerda, claramente en celo. Dos parejas francesas que estaban de vacaciones en la isla también aparecieron; los hombres encontraron drogas más fuertes en algún lugar, y sus esposas encontraron hombres más jóvenes en otro. Las mujeres abandonaron la fiesta en algún momento de la noche; sus hombres seguían durmiendo en el campo a la mañana siguiente. Al anochecer, había más de cien personas en el patio, en la casa, apareándose en el campo, consumiendo drogas entre los árboles en los límites occidentales de la propiedad, y bebiendo como si fuera el fin del mundo.

Al caer la noche, Alastair empezó a tocar a los Stones y a

Led Zeppelin, volviendo dos veces para poner de nuevo Light My Fire de The Doors, y un rato después, empezó con Metallica, y el baile se volvió frenético... varias chicas se quitaron las camisetas... el Lord de Gran Bretaña ahora solo llevaba calzoncillos y bailaba con desenfreno... la mujer más joven parecía pegada a su piel... Terry bailó como un loco, siempre el pirata, con los ojos buscando en la pista de baile hasta que se encontró con los míos cuando brindó con su cerveza y gritó la letra, "The rains down in Africa"... luego música de The Wall de Pink Floyd... después servimos la comida, yo puse pollo a la parrilla, Terry trinchó el cerdo, Felix y Topak repartieron patatas y verduras, Miriana volvió a llenar la ensaladera... Alastair de repente puso Steppenwolf... Terry miraba fijamente a Alastair y gritaba la letra de "Hit the Road Jack"... después vi a Terry tambalearse de chica en chica, y luego no estar cerca... un tipo estaba dirigiendo la fiesta de la cocaína en el sala de estar... Sky Pilot a todo volumen, la canción favorita de mi padre... una joven que se acerca sigilosamente a un tipo de California y le arranca el culo con las manos... el olor a citronela de las bengalas... Terry vuelve de repente a la pista de baile y se cae de inmediato... Alastair circulaba por los bordes exteriores de la pista de baile con un norteafricano... voces que venían de la piscina y encontró a Terry en el suelo de la piscina saludando a dos mujeres que se sujetaban al borde... Terry subiendo a la superficie, las mujeres chillando cuando reían... gente acoplándose en el bosque... el calor envolviéndolos a todos... Terry había vuelto a la fiesta con una Sambuca llameante, sonriendo, devolviéndola, apagando el fuego con el labio inferior, vapor de dragón subiendo por las comisuras de su boca... mujeres bailando con abandono, ciegas, sus manos moviéndose al ritmo mientras acariciaban sus cuerpos, subiendo y bajando sus pechos por los torsos de sus parejas... buscando a Miriana en la granja, y en su lugar encontrando a Topak corriendo al dormitorio tras Felix.

Un tiempo después, la música cambió y se convirtió en un rap implacable de una intensidad impactante. Los bailarines se separaron, y las mujeres se negaron a elegir pareja. La música se detuvo y entonces, al comenzar la batería, Félix saltó al círculo. Desnuda, con el cuerpo brillante por el aceite, una ristra de conchas de cauri colgaba de su cuello y llevaba la máscara de madera. Empezó a representar un antiguo ritual, imitando los movimientos de diferentes animales: un leopardo, un simio, el cocodrilo, y luego personificó a los dioses, heroica, con los pechos al descubierto, explotando con sus saltos y giros. Se retorcía en el suelo como una serpiente y arañaba el cielo como un tigre. La batería volvió a sonar, y ella golpeó los brazos hacia abajo a un ritmo feroz mientras sus caderas se sacudían lateralmente al mismo ritmo. Empezó a golpear el suelo con los pies, deslizando los brazos por el aire. Al otro lado del círculo, Topak se movía al ritmo de la melodía, con sus brillantes ojos fijos en Félix.

Nota Bene

Una pausa repentina con sutiles acordes en el piano, y ella aminoró su ritmo frenético y dio pasos de caja alrededor del círculo, golpeando los pies, extendiendo los brazos, moviendo los dedos en un elaborado juego de palabras. El saxo empezó a sonar a todo volumen, y Felix aceleró sus movimientos frenéticos, golpeando los brazos, golpeando los pies, cubierto por la repentina luz de la luna. Ahora se convirtió en los elementos, moviéndose como el viento y el fuego, y luego se volvió erótica, bailando frente a un hombre, pero él no era quien ella quería porque se apartó antes de que pudiera saltar al centro y volvió a dar vueltas hasta encontrar a Terry, pero siguió adelante, bailando frente a un tercero y luego a un cuarto hombre, hasta que su cabeza giró bruscamente hacia un lado y me miró fijamente.

Ella se abrió paso entre la multitud. Giró frente a mí y me hizo señas como solía hacer con los demás, pero siguió haciéndome señas, así que salí corriendo y empecé a bailar al ritmo de ella. Sin embargo, ella tomó la iniciativa, fingió una unión sexual, me dirigió una mirada feroz y luego tomó mi cabeza entre sus manos y simuló besarme en los labios. Yo tenía un cepillo de madera, y entonces, al comenzar la coda de la melodía, ella saltó del círculo y desapareció en la noche.

Distinguí a Miriana entre la multitud. Sus ojos eran negros y oscuros como la noche. Me miró con la mirada perdida por un instante, y luego se dio la vuelta y se dirigió a la granja. La tensión me recorrió la espalda.

El silencio invadió a la multitud. Se me secó la boca. Y entonces, como una ameba que cobra vida, todos dieron un paso, movieron un brazo o una pierna y dieron un sorbo a su bebida. Se escuchó un murmullo de voces, y entonces los Stones empezaron a rockear. Terry se acercó, me dio una cerveza y siguió adelante. Caminé hacia la casa de campo, siguiendo a Miriana hasta la cocina, donde dejé la cerveza. Me esperó en la puerta de su habitación, me tomó de la mano y me hizo entrar, cerrando la puerta. Nos besamos. Su forma de hacer el amor fue diferente al instante; su boca se abrió como una orquídea, y nuestras lenguas se movieron como serpientes, sus mordiscos y mordiscos eran intensos, y ella gritó al correrse. Nos quedamos allí un rato, escuchando la música de afuera. No hablamos. Al rato, se vistió y salió de la habitación. Me quedé un buen rato.

***

El silencio reinaba en la granja por la mañana. La música se había apagado al final de la mañana y los asistentes a la fiesta dormían en ese mundo intermedio entre el sueño y la vigilia. Camas improvisadas llenaban el patio exterior y los claros de las zonas boscosas, mientras algunos se acurrucaban en sillas de jardín. Varios chicos, sin duda drogados, se habían tumbado en el patio de cemento y habían dormido donde habían jugado.

Miriana seguía durmiendo, así que bajé por el campo hasta el acantilado. Encontré unas escaleras que cruzaban las rocas y bajé hasta la playa. Madera a la deriva, algas y restos de peces y conchas de moluscos cubrían la playa. Encontré un tronco y me senté un rato. Sonó mi móvil. Era Moby. El equipo estaba en su sitio. No había visto a Alastair, pero supuse que estaría durmiendo la mona en algún sitio. Así que decidimos irnos al anochecer.

Para cuando regresé a la granja, Miriana ya se había levantado. Se movía despacio. Me miró, parpadeó, negó con la cabeza y se rió. Me dio un abrazo y pidió un café. Terry sacó unos pasteles y los dejó en la mesa. Varios de los asistentes entraron en la cocina, olieron el café, miraron los pasteles, se pusieron pálidos y desaparecieron.

Tomé la llave que escondí en la cerradura y la guardé en el bolsillo. Encontré a Miriana sentada en una tumbona, hablando con Topak. Acerqué una silla y me senté a su lado. Miriana se giró hacia mí y sonrió.

"¿Cómo estás esta mañana?"

Estoy bien. Tengo que reunirme con un agente de una agencia en La Valeta esta tarde. Llegaré tarde.

La sorpresa se apoderó de su rostro, transformándose en frustración. "¿Qué quieres decir? ¿Tiene que ver con Túnez o con la muerte de Martin?" Me miró fijamente.

No la muerte de Martin. Eso es para la policía; necesito recoger los papeles para las negociaciones en Túnez.

Tengo la sensación de que nos estás poniendo a todos en peligro. No deberíamos ir a Túnez.

"¿De qué estás hablando?"

—No lo sé. —Se puso nerviosa—. No lo sé. Supongo que necesitas irte, ¿no?

"Mi agencia firmó un contrato y tengo que cumplirlo".

Ella asintió, se recostó en la silla de jardín y cerró los ojos. ¿De dónde había salido eso?, me pregunté. Poco después, se inclinó y dijo: «Estoy ansiosa. Pero estaremos a salvo. Lo sé». Esbozó una gran sonrisa, se levantó, giró el cuerpo y caminó hacia la parte menos profunda de la piscina. La seguí, lanzándole agua con patadas y luego salpicándola. Se giró y me devolvió el agua, pero me reí y me acerqué a ella, atrayéndola hacia mi pecho y besándola.

Capítulo veintiuno

Llegué a Paceville, aparqué y caminé calle abajo hacia el hotel donde Moby había abierto su tienda. Un agente de la agencia estaba sentado en la terraza del café de enfrente jugando con su teléfono mientras observaba la calle, y otro y otro encontraron cosas que hacer en las tiendas cercanas.

Moby estaba sentado en un escritorio en la habitación del hotel, tomando notas. Le apreté el hombro. Se rio y dijo algo en amárico. Roman observaba la calle frente a él. Nos quedamos hasta el anochecer, enviando sándwiches para la cena. El equipo se acomodó en sus puestos. Un equipo vigilaba la fachada del edificio; otro equipo custodiaba la parte trasera, y un tercero jugaba a la mancha con Alastair cuando se marchaba. Se sentaron varias mesas más allá mientras él comía en un restaurante de pescado en St. Paul's. Solo y abatido, su estado de ánimo decaído mientras una mujer tras otra pasaba por su mesa era la última comunicación del equipo.

Moby es un nubio, un viajero del norte de Etiopía, un exsoldado y ranger que encaja con nosotros, un hombre que rastrea a sus objetivos sin ser visto. Lo llamamos el «fantasma amistoso». Tiene el rostro regordete, las mejillas cetrinas, la nariz ancha y el pelo corto, con entradas. Era casi de mi estatura, con hombros anchos.

Moby era meticuloso en su planificación, y sus detalles de los movimientos recientes de Alastair eran minuciosos. Este era un hombre que entendía los ritmos de la vida y sobrevivió gracias a ese conocimiento. Ocultas bajo su camisa, se veían dos cicatrices de un tiroteo con un ruso que intentó matarlo en un mercado de Yibuti. Se mudó a Francia poco después. Varios años después, me encontré con un miembro del equipo Seal estadounidense que me dijo que el ruso involucrado en el intento de asesinato había sido encontrado flotando en la piscina de un hotel varios días después. Había sido estrangulado.

El conserje se fue poco después de las ocho, al caer la noche sobre la ciudad. Moby y yo entramos en la oficina de Alastair diez minutos después. Entramos por la puerta lateral, recorrimos un pasillo con cámaras fijas en ambos extremos que los «técnicos» habían inutilizado ese mismo día, subimos por las escaleras traseras y, con una llave de acceso prestada, entramos en la oficina de Alastair. Dejé caer nuestra bolsa de trabajo, abrí unas cortinas opacas y las colgué sobre la ventana. Eso nos permitió encender una lámpara de escritorio, aunque mantuvimos las mascarillas puestas. Su ordenador estaba a un lado, pero lo dejé así; no quería activar un interruptor de seguridad que pudiera haber instalado. Una foto enmarcada de una joven rubia descansaba en la esquina de su escritorio. A pesar de sonreír, sus ojos eran cautelosos y calculadores, y los músculos de su garganta parecían tensos. Al fondo, se alzaban las ruinas de Hagar Qim. «Dianne», pensé. «¿Dónde demonios estás?». El escritorio estaba vacío, salvo por una Smith & Wesson .45 cargada, que dejé intacta. Busqué en sus armarios, que también estaban vacíos.

Moby tuvo más éxito. Abrió la caja fuerte y sostuvo una serie de discos duros en la mano. Saqué nuestro portátil y descargué los archivos. Le pedí que le tomara una foto a la mujer que pensé que podría ser Dianne Herto. Después, Moby colocó varios billetes de avión de ida y vuelta de Malta a Túnez. Su regreso de ambos días había sido a las pocas horas de aterrizar en Túnez. El último viaje había sido el día antes de que Martin volara a Túnez para presenciar la datación por carbono. Tomé fotos de los billetes. Y eso fue todo. Moby devolvió los discos duros y los billetes de avión de Alastair a la caja fuerte; apagamos las luces de la oficina, bajamos la cortina opaca, bajamos por el vestíbulo inferior y salimos del edificio.

***

Trabajamos solo con los archivos de la memoria USB, tomando notas a la antigua usanza, con papel y tinta. La mayoría del equipo se fue a las habitaciones de hotel, excepto quienes siguieron a Alastair del casino al bar y a casa. Los archivos estaban bien organizados hasta que los abriste. Alastair había archivado la información de forma desordenada. Supuse que era efecto del alcohol.

La memoria USB enumeraba más de cien empresas. Alastair usaba sus símbolos bursátiles de la Bolsa de Londres como identificadores en las carpetas de las empresas específicas. También usó su propia abreviatura para algunas empresas al azar que no cotizaban en bolsa. No es que ayudara. Intenté encontrar Shipwreck Wines, pero no parecía estar en la lista. Así que empecé por la primera lista y encontré Shipwreck Wines organizado en veinte o más líneas, lo que me llevó al archivo. Eché un vistazo a la lista de miembros de la junta directiva, pero estaba vacía. Las juntas generales anuales solo ofrecían las fechas de las reuniones, pero ninguna información sobre dónde, quiénes asistían y qué se trataba. Los comunicados de prensa eran inofensivos y, una vez más, no se mencionaba a los directivos. Después de revisar una cuarta parte de los archivos, me relajé. Me vino a la mente el nombre del Ministro de Justicia, así que busqué el de Camilleri, pero tampoco aparecía, al igual que el de Sacco.

Frustrado, revisé varias otras empresas que Alastair representaba y encontré información completa y archivos muy bien organizados. Estaba claro que iba en la dirección correcta: había ocultado los archivos de Shipwreck Wines en otros archivos de la empresa. El impacto del Artefacto no se reflejaba en los archivos.

Nos fuimos a descansar a las dos de la mañana. Empaqué los discos duros, metí las llaves de la taquilla y de la caja fuerte, y se lo entregué todo a Moby.

Lleva esto a Niza. Las llaves son para Hugo. Tiene que guardarlas en Suiza. Que la oficina haga un análisis detallado de los discos. Lo revisaré todo cuando vuelva.

Moby me entregó los documentos representativos que Liz Black había preparado. Los revisamos. Levanté la vista y lo vi mirándome fijamente.

¿Estarás bien?, preguntó Moby.

"Por supuesto."

Sonrió, chocamos los puños y salí a la noche. Sin sombras, lo cual me pareció genial para variar.

***

No volví inmediatamente a la granja, sino que conduje de vuelta a Sliema, aparqué en una calle lateral y caminé por calles vacías hacia el paseo marítimo hasta llegar al edificio de Dianne Herto. Su nombre seguía en la placa de la puerta principal. Llamé al timbre. No hubo respuesta. Había un cartel de "No se alquila" colgado en la puerta exterior. Entré en el edificio y revisé la puerta, pero la cerradura parecía ser la misma, así que usé mis llaves para abrir y entrar en su apartamento. Me moví usando solo la luz de mi móvil hasta que supe que no había nadie. Cerré las persianas y encendí las luces. El apartamento olía a limón.

Olía a pintura fresca. Los colores eran los mismos, y

entonces me di cuenta de que habían repintado el zócalo. Así que un equipo había limpiado. Ya lo había visto antes. Dianne dirigía una operación contra Alastair. ¿Para quién trabajaba? ¿Y quién era el objetivo? La verdadera pregunta, sin embargo, era si había escapado o si la habían secuestrado y luego asesinado.

Regresé a una tranquila granja y me metí en la cama con Miriana. Murmuró algo incoherente, se dio la vuelta y empezó a ronronear.

Capítulo veintidós

Al anochecer siguiente, solo quedábamos unos pocos en la granja. El calor diurno había desaparecido, así que Felix cambió la música y puso algo de Keith Jarrett, su concierto improvisado en Osaka, según recuerdo. Las notas graves resonaban con dolor mientras leía en voz alta la versión de Homero de la narración de Odiseo, con un tono entrecortado, melódico, resonante y áspero a la vez. El grupo guardó silencio; varios cerraron los ojos y se balancearon en sus asientos. Otros sirvieron más vino y se dejaron llevar por la atmósfera. Ella paseaba de un lado a otro por la sala de estar y leía sobre Calipso, quien sedujo, capturó y retuvo a Odiseo durante siete años.

Esa noche, el viento, el Xlokk (Sirocco), se levantó en un instante, primero como un suave susurro, luego como el murmullo de un amante, azotando la hierba, creciendo lentamente, muy lentamente, haciendo vibrar las puertas, antes de convertirse en una vieja y chillona puta. El viento cortaba las esquinas de la granja con el sonido de una cuerda retorcida en un barco, lanzaba arena contra las ventanas y tiraba sillas de la terraza.

Félix estaba de pie en medio de la habitación, sus pies descalzos zapateando al ritmo de Homer y luego de Jarrett. Frente a mí, en el sofá, Miriana me lanzaba miradas acaloradas que me quemaban. A su lado estaba Topak, pensativo, observando a Félix y luego a mí. No pude encontrar a Terry, pero lo sentí detrás de mí, ligeramente a mi izquierda, sin duda sonriendo a pesar de no ser aficionado al jazz ni a la literatura, sino un tipo al que le encantaba estar rodeado de fiesteros.

***

Los cuatro salimos de Malta a la mañana siguiente. Condujimos hasta San Julián y aparcamos cerca del paseo marítimo en un aparcamiento de larga estancia. Luego caminamos hasta el puerto, donde Terry guardaba su yate en un cobertizo. Había cobertizos a lo largo de las murallas de la ciudad; estaban instalados dentro de los diques de hormigón y rampas de piedra sobre la arena y las rocas. El interior del cobertizo estaba, como esperaba, impecable. Terry, puede que seas un fiestero y un borracho, pero te lavan bien. Cargamos el barco con mantas, una cesta de comida para el día y nuestras maletas y bolsos.

Era un crucero de dos niveles con fondo marino y un aseo, una zona de asientos común abierta y un camarote elevado. Salimos del puerto lentamente, reduciendo la velocidad varias veces debido a la congestión. El agua cambió de verde a azul; la superficie ya no estaba cubierta de petróleo. El barco fue azotado por olas repentinas. El rostro de Terry estaba inmóvil, sus ojos inyectados en sangre estaban hinchados por la fatiga, y reaccionó mecánicamente. El barco describió una lenta media luna en el agua antes de que Terry acelerara. El barco saltó hacia adelante y navegamos a toda velocidad por la costa, rumbo al noroeste en busca de aguas profundas.

Recorrimos la costa norte de la isla: el casino, la atalaya, la iglesia de San Pablo. Después de San Pablo, los asentamientos se dispersaron, y una repentina irregularidad emergió de un paisaje de álamos y matorrales, interrumpido por una iglesia o una granja. Nos alejamos de Malta, y Terry giró un grado y mantuvo la trayectoria al pasar Comino, la siguiente isla del archipiélago maltés. Las gaviotas volaban en círculos y picoteaban sobre la superficie. «La Laguna Azul está al otro lado. Zona turística», dijo.

Bordeamos Gozo, la segunda isla más grande del archipiélago. Tiene enormes acantilados de tiza y un mar embravecido, largas playas deshabitadas y algunos edificios de piedra, muchos abandonados. Al llegar al extremo norte de la isla, Terry nos acercó a un acantilado ahuecado por el embate del mar. Parecía una pierna marchita metiéndose en el agua. Parecíamos tener menos control del barco, y tuve la sensación de que nos arrastraban hacia las rocas, una sensación que desapareció en cuanto Terry volvió a virar el barco hacia el mar. Las nubes se desplazaron hacia el norte, las primeras que se veían en una semana, y los rayos del sol se dispersaron, creando un tablero de ajedrez en el agua. La desolación era total.

"Todos dicen que fue allí donde Calipso practicó sus artes de seducción con Odiseo", afirmó Félix.

"Y se quedó", dije.

"Siete años", dijo riendo. Me volví hacia Miriana. La Calipso moderna se humedeció los labios con la lengua.

Terry señaló los paisajes que reconoció: Marsalforn, que se extiende desde el mar, un puerto y ahora un pueblo turístico; las arenas rojas de la playa de Ramla. Varios fuertes romanos solitarios que yacían en ruinas sobre los acantilados. Sabía poco sobre los paisajes que presentaba. Sin embargo, era un hijo del mar, y su conocimiento de la costa era completo, ya que señalaba rocas y bancos de arena ocultos, hablaba de las corrientes y las peligrosas formaciones rocosas y advertía sobre las bahías que se aproximaban. No entendía nada del interior de la isla; cuando Felix y Miriana hablaron de Gigantica y el Círculo de Brockendorff, se sorprendió al descubrir que eran antiguos templos de piedra. No supo nada de Rabat ni de sus madrigueras en la ciudadela. Terry era una auténtica criatura marina, concluí.

Al salir de Gozo hacia el estrecho de Sicilia, pasamos por la punta de Reqqa, donde entramos en una confluencia de vientos y una corriente perpendicular a la costa. Sin embargo, en el horizonte se veía Túnez, a doscientas millas náuticas de donde estábamos, me dijo Terry. Cenamos mientras veíamos caer la noche. Terry durmió varias horas mientras yo tripulaba el barco. La luna había salido e iluminaba el mar. Al amanecer, preparé café y le subí uno a Terry. Me señaló Linosa y Lampedusa, dos islas que conforman el extremo sur del estado italiano. Nos encontramos rodeados de marsopas, que corrían entre las olas.

Al caer la tarde, estábamos a varios kilómetros de Túnez, y el repentino follaje fue suficiente para que todos nos levantáramos y nos pusiéramos en marcha. Nos estiramos, intentando disipar el cansancio de estar tanto tiempo sentados. Giramos hacia el norte y seguimos la costa una vez que llegamos a cien metros de Túnez. Una lancha patrullera se acercó y nos exigió pasaportes, pero al darse cuenta de que era Terry, se relajaron. Unas risas mientras revisaban los documentos antes de devolvérnoslos. Llegamos flotando al puerto deportivo de Sidi Bou Said, acercándonos al muelle. Estaba anocheciendo.

¡Señor Terry! ¡Señor Terry! Una voz estridente, varias octavas más aguda de lo posible, intercalada con el suave ruido de pies corriendo. De la oscuridad, un adolescente con el pelo rapado a la altura de la cabeza le arrebató la bolina a Miriana y la enganchó. Se acercó a mí con cuidado, miró a mi alrededor para comprobar el nudo, frunció el ceño, me observó un instante y luego subió corriendo al bote. Buscaba a Terry. Seguimos su progreso por los portazos de las cabinas y el golpeteo de sus pies. Se oyó un estruendo, seguido de una risa repentina cuando el chico y Terry se encontraron.

"Jamal, qué niño tan lindo", dijo Félix. "Terry nunca te lo dirá, pero le encantaría adoptarlo. Que Dios te ayude. Es huérfano. Aun así, es de gran ayuda. Puede encontrarte lo que quieras o necesites, de día o de noche". Su sonrisa se volvió pícara. "Oh, puede que sea un espía de la policía, así que ten cuidado con él".

Miriana me miró con malicia. "Sí, ten cuidado con lo que dices cerca de él". Su voz era quebradiza, lo cual me sorprendió, pero para entonces, Jamal ya había vuelto a cubierta. Terry lo siguió. Hablaron en árabe, en breves ráfagas entrecortadas, y entonces Terry sacó un fajo de euros; desaparecieron tan rápido que parecía como si Jamal hubiera usado un truco de magia. El chico subió nuestras maletas por la pasarela hasta la aduana. Un gato chilló, y Miriana dio un salto y se rió para disipar su nerviosismo. Había mostrado signos de nerviosismo creciente durante el viaje, y ahora que estábamos en Túnez, parecía agitada. Le puse la mano en el hombro para calmarla, pero se apartó.

Nuestras maletas estaban frente al mostrador de aduanas. Miriana fue la última en pasar. Extendió su pasaporte con mano temblorosa. El agente sonrió, ajeno a su nerviosismo. El agente miró dos veces el pasaporte y su rostro, cada vez sonriendo a Miriana, y finalmente lo selló y le deseó felices vacaciones. Su agitación aumentó. «Inshallah», le dijo. «Si Dios quiere».

Afuera, en la calle, nos encontramos rodeados de policías. Estaban pegados a las paredes de la aduana, fumando, observando a las chicas y hablando en voz baja. Sus ojos nos seguían bajo sus boinas y por encima de sus hombros, atravesando el humo de los cigarrillos, descarados e indiferentes, muchos hostiles. No eran los ojos de los barcos pesqueros malteses que ahuyentaban el mal. Eran ojos planos, sin sentimentalismo, tan inertes como los de un pez sacado del mar. Las chicas siguieron adelante a toda prisa. Más policías salieron amontonados de un edificio al otro lado de la calle, lo que explicaba por qué parecía haber policías por toda la calle. Cambio de turno. Todos los delincuentes del pueblo pondrían sus relojes en hora.

Caminamos por las calles, pasando junto a cafés con poca luz, con hombres sentados en pequeños grupos afuera hablando en voz baja. Unos chicos jugaban al fútbol en un patio, y el penetrante olor a pollo asado flotaba en el aire. En otros cafés, jóvenes conversaban y miraban sus teléfonos. Nuestro hotel era el Morimba, en lo alto de la colina con vistas al mar. Tenía una mezcla de suelos de parqué modernos y orientales en la planta principal, paredes blancas mediterráneas con detalles azules, y palmeras bordeando los pasillos y las entradas de los restaurantes. Pasamos por el restaurante y el bar de camino a la recepción.

Tras registrarnos y dejar las maletas, volvimos al restaurante. Un sexteto de jazz creaba otra versión del jazz mundial, con la fusión de notas frescas y sonidos repetitivos y atemporales del Oriente Medio como telón de fondo, y el ritmo como fuerza subyacente. Un músico tocaba un laúd. Luego, por supuesto, interpretaron la Noche en Túnez de Gillespie.

El público era mixto: europeos y tunecinos; los hombres vestían chinos y polos, las mujeres llevaban faldas y tacones. Los camareros nos hablaban en francés sin parar, sugirieron vinos para los platos que pedimos y fueron muy puntuales en su servicio. La conversación fue improvisada y espontánea. Félix parecía agotado, y comimos a toda prisa. Luego, todos nos retiramos a nuestras habitaciones.

Miriana compartía habitación con Félix. Terry y yo teníamos habitaciones individuales. No podía dormir. El teléfono sonó toda la noche. Nadie contestaba cuando lo descolgaba; solo oía un silencio absoluto o, a veces, una estática estruendosa. Intenté llamar a recepción, pero sonaba una eternidad, así que bajé a recepción. Un guardia de seguridad me siguió hasta allí. La recepcionista jugueteó con los diales un rato y luego me dijo que el personal técnico revisaría el sistema telefónico por la mañana. Me deseó una feliz estancia en Túnez. Hablaba como si lo hubiera aprendido de memoria. Fue un espectáculo buenísimo.

De vuelta en mi habitación, olí lavanda y talco para bebés, un segundo olor. Untarse talco para bebés en la frente detiene el sudor; es útil cuando entras en la habitación de alguien. Habían registrado mi habitación mientras yo estaba abajo. Revisé mi maleta en el perchero y noté un ligero movimiento en mi ropa. Vacié la maleta y palpé mi ropa en busca de dispositivos de rastreo. Desarmé mi neceser, corté el tubo de pasta de dientes y no encontré cables, pero lo tiré de todos modos. Tiré todas las aspirinas, el antiácido y las mentas para el aliento por el inodoro. Tiré todos los bolígrafos de la habitación a un contenedor de basura y lo puse en el balcón. Mantuve mi pasaporte conmigo, así que no se vio comprometido. No encontré ningún cable cosido a la malla de mis zapatillas de correr. El teléfono no sonó durante el resto de la noche, pero no pude dormir.

Jamal comentó que me veía cansada y luego me preguntó si había estado "jugando con las chicas". Parecía querer jugar con Miriana, observaba cada uno de sus movimientos con una admiración que rayaba en la insolencia; sus hormonas lo traicionaron. Miriana se me acercó y me tomó del brazo, y una nube oscura cubrió el rostro de Jamal.

Tomamos un café en el restaurante. El grupo se dirigía a Túnez para pasar el día y yo pudiera registrarme en un hotel. Eso me permitiría registrarme con el Departamento de Antigüedades para organizar el programa de los próximos días. Así que la mañana estaba libre.

Subimos por una carretera estrecha pasando por edificios blancos con puertas azules, contraventanas azules y barandillas azules.

—Entonces, ¿piensas regresar a Francia desde Túnez? —preguntó Miriana—. No tienes muchas opciones desde que el ministro de Justicia te expulsó del país.

—Tendré que hacerlo. Termina el archivo. —Una sombra oscura salió de una puerta y pasó corriendo junto a nosotros: una mujer con burka. Olía a limones calientes desde detrás de una puerta, muy penetrante, y luego a romero—. Siempre podrías darte una vuelta por Niza.

—Podría —dijo, con una sonrisa que le invadió el rostro. Metió el brazo bajo mi codo.

Bien, tortolitos, tenemos tiempo en Túnez. ¿Qué quieren ver? —preguntó Terry.

Miriana quería ver el Bardo, que era lo último que Terry quería hacer, pero insistió, así que tomamos un taxi y recorrimos la costa norte a toda velocidad, atravesando verdes laderas salpicadas de los restos del imperio púnico, hasta que las colinas y la maleza se abrieron a un conjunto de magníficas ruinas extendidas a lo largo del Mediterráneo. Entonces descendimos de nuevo a un laberinto de calles. "Túnez", dijo Terry, lacónico. Llegamos al centro y nos quedamos atascados en el tráfico denso. Jóvenes tunecinas caminaban por las calles con vaqueros y camisetas que dejaban al descubierto sus vientres, el pelo al descubierto y gafas de sol de diseño cubriéndoles los ojos.

Una vez en el palacio del Bey, el Bardo se encuentra en un parque junto a un cuartel militar. Los soldados pululaban por todas partes. Ya hacía calor, sin sombra, el hedor a sudor humano nos seguía dentro del museo, que no tenía aire acondicionado. Su empalagosa presencia nunca nos abandonó.

Félix hizo de guía turístico. Nos topamos con un mosaico de un imponente romano, un procónsul sentado, con el pelo recogido como un solideo. Era Virgilio, el poeta romano, cuya intensa mirada nos observaba mientras estábamos frente a él. Seguimos adelante, con la mirada errante de Virgilio siguiéndonos. Félix nos guió de mosaico en mosaico, explicándonos lo que estábamos viendo. Nos topamos con la narración de Odiseo atado al mástil, escuchando a las sirenas mientras sus hombres, con algodón en los oídos, guiaban el barco hacia un lugar seguro.

Félix dijo: «La historia era una sabiduría universal para todos, mucho antes de Homero. Adoro al Odiseo de Homero. Es un hombre natural que vive en su propia locura. Violento, sin piedad ni remordimientos. Los romanos lo convirtieron en un traje. Orden y buen gobierno. Detesto lo que Ovidio le hace». Hablaba con pasión, pero una gran pérdida por la distancia que nos separaba del pasado se filtraba en su voz.

Más tarde, tomamos un café y Terry una cerveza en una cafetería de una callejuela. Miriana se había vuelto sumisa, callada y no me tocaba. ¿Me veía como el Odiseo de Homero? ¿Violento, sin piedad ni remordimiento?

***

El Departamento de Antigüedades se encuentra en la Medina de Túnez. Es un pequeño edificio cuadrado con colores árabes, cuyas paredes lucen un estilo caligráfico. El guardia me revisó la identificación, me permitió entrar y me condujo por el pasillo hasta la recepción principal. Un joven sentado en el mostrador me miró con una extraña mezcla de desconcierto y miedo.

"Mañana tengo una reunión con el director de Antigüedades, Gharbi", dije. Le tendí el pasaporte, pero el empleado no lo tomó.

"Él no está aquí", dijo.

"Sí, pero la reunión es mañana."

—No estará aquí —repitió. El sudor le perlaba el labio superior. Volvió a tomar la pluma, y le temblaba mucho la mano.

¿Cómo que no estará aquí? ¿Está enfermo?

No está aquí. Y no estará mañana ni pasado mañana.

Teníamos una reunión programada para mañana sobre un

artefacto. Planeábamos iniciar negociaciones para su venta a un museo en Europa.

El artefacto está guardado para su posterior consideración. Su rostro estaba firme, y pude percibir el penetrante olor a miedo que emanaba de él. Retrocedí.

Insistí, diciendo: «Viajé desde Malta para asistir a esta cita. No me avisaron de la cancelación».

El empleado entrecerró los ojos. «No se reunirá con usted». Se inclinó sobre su escritorio y dijo en voz muy baja: «No está». Se levantó, se sentó más cerca y susurró: «Su asistente tampoco ha venido en los últimos días». Sudaba como si hubiera terminado una maratón. Me acompañó hasta la puerta, la abrió y me indicó que saliera. En el pasillo, el guardia se apoyó en la pared, me sonrió y le dirigió al empleado una mirada dura.

El guardia me acompañó hasta la puerta principal, me dejó salir y cerró la puerta de golpe.

***

Quería llegar a un espacio abierto donde pudiera llamar a la oficina y luego a Liz Black, pero Miriana me agarró fuerte mientras caminábamos por el zoco, con ambos brazos agarrados a mi brazo. Estaba demasiado cerca por el calor, la piel demasiado pegajosa, y me solté con una sonrisa mientras ella se ponía juguetona. Hizo un puchero. En cuestión de minutos, se me pegó como una lapa, y con el tiempo, me solté de nuevo. Nos detuvimos en el puesto de la joyería y me apartó para enseñarme las pulseras y los collares. Cada vez que me acercaba, se echaba sobre mis hombros. Le temblaban las manos. Tomamos té de menta en una terraza. Me pasó el pie por la pierna.

"Pasa algo extraño", dije.

—¿Por qué? —preguntó. Su voz sonaba hueca.

Su comportamiento, pero en lugar de eso, le conté sobre mi visita al departamento de Antigüedades.

Extendí la mano, le tomé la suya y le dije que no se preocupara, que yo la cuidaría.

Seguimos caminando. Miriana se adelantó a toda velocidad; la vi doblar una esquina entre varios edificios, desaparecer y luego volver a aparecer. Se rió y me hizo señas para que me acercara. Una sirena la llamaba. Sonrió en cuanto dobló la esquina, señal inequívoca de que me acercaba. Seguí su rastro, preguntándome si habría una brigada de la policía moral en Túnez. Me encontré en un pequeño recinto; Miriana estaba de pie contra una pared a tres metros de mí. Giró la cabeza, me dedicó una sonrisa radiante, me hizo una seña, se volvió para mirar algo en la pared y luego se volvió hacia mí. La sonrisa había desaparecido. Su rostro estaba inexpresivo. Sus extremidades habían perdido la vida.

Nota Bene

Sentí, más que oí, un movimiento detrás de mí, y al girarme, alguien me tiró al suelo con un golpe tremendo. Sentía el cuello descoyuntado. Un dolor irradiaba por todo mi cuerpo como un relámpago bifurcado. Vi estrellas durante unos breves segundos, y luego mi visión se corrigió. Alguien me jaló los brazos hacia atrás y me esposó. Miré a Miriana; sin sonrisa, su rostro se volvió de mármol y sus ojos de piedra. No había vida en sus extremidades. Seguía de pie contra la pared, pero ahora me miraba con una mezcla de horror y curiosidad. Se dio cuenta de que la estaba mirando y sus ojos se quedaron en blanco como si hubiera perdido el foco. Sus ojos se pusieron vidriosos, y solo pude ver el blanco de sus ojos. Pasó junto a mí, sin apartar sus ojos de los míos. Nunca gritó. Nunca les pidió que se detuvieran.

El tiempo se detuvo. Un segundo golpe me golpeó y me desvanecí en la nada.

Capítulo veintitrés

Regresé de la oscuridad a la oscuridad. No había forma ni luz. Me di la vuelta y vomité. La sequedad me abrasaba la boca, y un dolor intenso me obligó a hacerme un ovillo. Me dolía muchísimo la cabeza. Caí de nuevo en el pozo de la oscuridad.

Desperté de nuevo, con náuseas y caí hacia adelante. Alguien maldijo en árabe y me golpeó en un costado del cuerpo. Recuperé el aliento y cerré los ojos, pero el dolor no desapareció. Intenté llevarme las manos a la cabeza, pero seguía esposado, y alguien a mi lado me apartó la mano de un manotazo. Murmuró algunas palabras entrecortadas en árabe, pero no pude entender lo que decía.

Perdí la consciencia en un mundo crepuscular sin forma ni sonido. Entonces desperté con dolor. Mi cabeza se apoyaba contra la ventanilla de un coche. Sentí el movimiento y quise vomitar de nuevo, pero solo salí saliva. Íbamos en coche por la Corniche de Túnez, junto al mar. El Mediterráneo brillaba bajo el sol del mediodía, centelleando. Había gente de pie al borde del mar, algunos metiéndose en el agua, y varios pescaderos vendían marisco al borde de la carretera. Observé la escena, pensando que había algo importante en lo que veía, pero no sabía qué. Nos alejamos del mar, encaminándonos hacia unas colinas pardas. No quería perder de vista el mar, pues tenía un significado que no podía identificar, y al mirar atrás, vi un nudo de alambre enredado en un poste de alta tensión que no llevaba a ninguna parte.

Alguien me empujó con el hombro y me giré para ver a un hombre pequeño que me observaba. Sonrió. «Déjame ayudarte», dijo, se inclinó y me pinchó el brazo con una aguja. Me dormí.

***

El dolor era intenso al despertar y estuve tumbado de lado un buen rato. Volví a dormirme. No sé si soñé, pero en un momento oí a alguien gritar y luego no oí nada más que el viento impetuoso.

***

Dolor. Me dije que no era parte de mí, pero mis terminaciones nerviosas no cooperaban. Intenté imaginar que era un día normal, que tenía los músculos relajados y la piel enrojecida, pero mis nervios no me escuchaban. Me di la vuelta, pero el dolor me persiguió. Me dolía el cuello. Me froté la espalda y encontré un bulto en la nuca. Era del tamaño de una pelota de béisbol. Lo froté y al retirarlo, noté los dedos pegajosos y un olor a sangre que me provocó náuseas. Me di la vuelta y volví a dormirme.

***

Abrí los ojos por primera vez hoy; pudo haber sido el mismo día o meses después. No vi nada al despertar. Tenía la vista borrosa y me froté los ojos. Volví a sentir frío y temblores; me di la vuelta y miré fijamente la oscuridad. Un perro aulló en alguna parte. Un olor fétido flotaba en el aire. Me recorrí el cuerpo con las manos. Casi todo estaba bien hasta que me toqué las costillas, y el repentino dolor punzante me hizo jadear y contener la respiración. La oscuridad me envolvió y se desvaneció a medida que el dolor disminuía. Costillas magulladas, lado izquierdo.

Extendí la mano, tomé un cubo y la sumergí en el agua. Tenía los dedos entumecidos. «Tienes que beber», me dije, así que ahuequé la mano y bebí todo lo que pude. Luego, seguí los protocolos de entrenamiento de mi época en las fuerzas canadienses. Me sumergí en mi interior, aparentando inconsciencia ante los demás, pero tan profundamente dentro de mí que el dolor se convirtió en una abstracción. Era una respuesta primitiva a los actos violentos.

Necesitaba poder entrar en ese estado a voluntad. Los próximos días no serían agradables.

***

De nuevo de noche. Oscuridad permanente, pero podía distinguir la noche del día; el sudor me cubría por el calor durante el día, pero al bajar la temperatura por la noche, mi piel se congelaba. El cambio de temperatura también me indicó que estaba en algún lugar del desierto. El bulto había sanado. ¿Cuánto tarda en sanar un bulto? Me toqué las costillas del lado izquierdo del cuerpo, pero un ligero dolor me recorrió las costillas. Las pasé la mano buscando una fractura, pero no la encontré.

Más tarde, miré fijamente la nada. Con el tiempo, apareció una estrella, una sola estrella, centelleando. Extendí la mano, encontré una pared y la pasé por ella hasta tocar unas frías barras de metal. Me rodeaban paredes. La repentina comprensión me sobresaltó. Me pregunté si había comprendido que estaba en prisión y lo había olvidado. Rodé sobre mi espalda. Así que estoy en una prisión de tierra en el desierto. Estoy bajo tierra, me dije. Me puse de pie y caminé por la pared con las manos hasta que encontré un catre. Me acosté un rato.

Un hedor horrible me inundó la nariz. Me pregunté si sería yo. ¿Vómito? Se habría secado y el olor se habría disipado. Heces, probablemente. ¿Cuándo fue la última vez que defequé? Sentí un repentino anhelo de comida en el estómago. ¿Cuándo fue la última vez que comí? Palpé mi estómago y luego mis costillas, aturdido por mi delgadez. El hambre repentina se convirtió en un dolor corporal abrumador.

No había olor a comida por ninguna parte, solo a descomposición y tierra. Encontré el cubo y bebí un poco más de agua. Mentalmente regresé a un lugar profundo, y el dolor del hambre se desvaneció.

***

El olor era peor que nunca. A animal muerto. Tenía la sensación de ser el último hombre vivo. Me rocé la barbilla con la mano. La barba era espesa. Me pasé la lengua por la cara interna de la mejilla; ampollas y llagas me cubrían la boca. Sentí hambre al instante. «No te metas en lo profundo», me dije. No quería quedarme quieto. Necesitaba moverme, moverme, moverme. Usaba la mano para recorrer las paredes debido a la oscuridad, la omnipresente noche. ¿Por qué siempre era de noche? ¿Por qué no había luz? ¿Estaba muerto? ¿Estaba en las sombras?

Me quedé dormido, pero al despertar, aún era de noche. Y no había estrellas. Hacía tiempo que no las había. Me pregunté por qué no mientras me movía por la celda. Localicé el lugar aproximado donde había estado, saqué el catre, me subí al colchón y levanté las manos, tocando el techo. Tenía que haber una abertura, pensé, y pasé las manos en círculos hasta que toqué madera. La empujé y la madera salió volando. La luz del día entró a raudales. Volví la cabeza. Me ardían los ojos y me los froté, pero en cuanto paré, seguían escociendo, e incluso al cerrarlos, veía medialunas de luz bajo los párpados.

Olvida el dolor; entra en tu cuerpo, Me lo dije, y lo hice hasta que mis ojos se recuperaron, y entonces bajé la cabeza y abrí los ojos. La celda se materializó frente a mí. Una celda más pequeña de lo que había pensado, de solo dos metros y medio por dos metros y medio, un estante por cama. Estaba vacía de basura; el olor venía de otro lugar.

Me senté en el catre, me recosté y volví a cerrar los ojos. Miriana apareció frente a mí, con su sonrisa radiante, sus dientes brillando, sus ojos animados antes de fundirse en piedra. Abrí los ojos, observé la celda, los cerré, y Miriana regresó a mí, sonriendo de nuevo, como una diosa. La vi alejarse una vez más. El horror y la curiosidad se reflejaron en su rostro. ¿Por qué me había tendido una trampa? Me di cuenta de que hacía tiempo que no pensaba en ella.

***

Desperté con la luz. Un hombre pequeño, de cabeza redonda, sonrisa simplista y mirada inquisitiva, estaba de pie frente a los barrotes de hierro, esperando entrar. «Soy el Dr. Habibi. ¿Me recuerda?». Me vino a la mente el recuerdo de él en el coche, conduciendo por la cornisa. Quise extender la mano y aplastarle la tráquea. Un guardia apareció detrás de él, abrió la puerta de la celda para dejarlo entrar y luego la volvió a cerrar.

El Dr. Habibi se alejó de mí. Se giró, me sonrió radiante y se quedó allí un momento, con el maletín médico apoyado en la parte delantera de sus piernas. "Qué alegría conocerte por fin. He oído hablar mucho de tus actividades en Malta".

Ignoré su comentario y pregunté qué era el olor. Descomposición, me dijo, y se apresuró a decirme que quería revisar mi estado. El General, explicó, quería interrogarme en los próximos días, y esta evaluación me aseguraría poder responder a sus preguntas.

"Aquí también huele mal", repetí.

—No te preocupes —se sentó—. La vida es dolorosa, pero soy médico, así que déjame ver las heridas. Ahora, recuéstate. Así es. ¿Te duele esto?

Me manipulaba el brazo derecho, moviendo la muñeca en círculos. Le sonreí a pesar del dolor en el codo. Desconcertado, extendió mi brazo, sujetando mi puño con la mano, y me empujó hacia atrás con una fuerza repentina. El dolor me recorrió el hombro. Mi sonrisa se ensanchó. Se sintió inseguro, soltó mi brazo y me palpó las costillas con fuerza. Reí, a pesar del dolor insoportable, y le pedí que dejara de hacerme cosquillas. Se recostó en su asiento, con aspecto muy confundido.

"¿Tu gente mató a Martín?" pregunté.

Me miró fijamente un buen rato y luego dijo: "¿Estás hablando otra vez de cosas que no te deberían preocupar? Estás como, ¿cuál es la expresión... qué... qué...? Ah, ya sé, como un perro con un hueso. Aprendí ese dicho de una pareja horrible y aburrida del Medio Oeste durante mis años de estudiante. Me animaron a usar sus palabras. Eres como ellos".

"¿Fuiste a la universidad en Estados Unidos?"

Universidad de Illinois, Licenciatura en Ciencias, 1985. Disfruté mucho de mi tiempo. Los estadounidenses entrenan al mundo. Los odiamos, pero apreciamos su educación y su fútbol americano. ¿Quién creen que ganará este año? Espero que sean los Bears. Son a quienes apoyo. —Negó con la cabeza—. Pero los odiamos, a ustedes que lo tienen todo, a ustedes que nos oprimen, a ustedes que nos menosprecian. Quieren saber por qué los arrestamos. Porque creyeron que podían vencernos. Sin embargo, a diferencia de otros, ustedes tienen algo nuestro que pueden usar para salvarse.

Me miró con repentino disgusto. Su mirada se había vuelto voluble, la ira lo invadía. «Les dije que ya no podían golpearte, que necesitabas descansar. Si no les das las respuestas que quieren, no puedo detenerlos».

"Entonces, ¿cuánto tiempo llevo aquí?"

Una cuestión sin importancia. El tiempo no tiene valor ante lo eterno.

Caminó hacia los barrotes y el guardia abrió la puerta de la celda. El Dr. Habibi me miró y le pidió al guardia que se asegurara de que comiera. Me miró detenidamente de nuevo y se fue.

Sabía lo que quería. Los diez millones de euros de la caja

fuerte en Malta. Me cortaría los huevos para conseguirlos, e incluso después de conseguirlos, seguiría cortándolos. No era médico, al igual que yo; era un psicópata con la valentía del conocimiento y el estatus suficiente para masacrar a la gente. Yo correría la misma suerte que Martin.

Tenía dificultad para dormir, mi mente no descansaba.

***

El guardia regresó con un plato de salchicha y queso de cabra, con menta espolvoreada. Me dolían las encías al comer. El único sabor que percibí fue el de la menta. Era de mañana otra vez, y el Dr. Habibi estaba sentado frente a mí, observándome comer. Usaba las manos para hablar, describiendo arabescos y patrones cilíndricos que parecían fluir de su voz suave.

"Tienes algo nuestro. Lo queremos de vuelta", dijo el Dr. Habibi.

"¿Qué es eso?" Mi voz sonaba como si estuviera haciendo gárgaras.

"Sabes lo que queremos."

"¿Estás hablando del artefacto?"

Eso es un comienzo. Trabajabas para alguien que quería venderlo. Ahora está a salvo.

No dije nada, y en cambio, temí de repente por la seguridad

de Liz Black. Ya no podía hacer nada al respecto.

—Sobre el dinero. ¿Por qué lo cogiste? —Su voz era como piedras cayendo sobre el agua del estanque.

"¿Qué dinero?"

"Por favor." Parecía paciente. Continuó diciendo: "Eres el único que pudo haber tomado el dinero. Tienes las habilidades que hemos aprendido. Sin duda, mataste a algunos de nuestros hermanos en Afganistán, y hablaremos de eso más tarde." Me miró fijamente, pero continuó diciendo: "Entraste en la casa de Trevor Martin, quien había robado dinero que no era suyo, y te lo llevaste después de matarlo."

Entré en la habitación después de que llevara muerto tres días. Estaba en Niza cuando lo asesinaron. Los malteses me tomaron muestras de ADN y huellas dactilares, me dieron el visto bueno y me permitieron irme.

"Hablamos con los malteses", dijo el Dr. Habibi con voz firme. Su mirada era firme. "Están seguros de que fuiste cómplice del asesinato de Martin. Eso es asunto suyo. Queremos que nos devuelvan el dinero".

"¿Cómo llegó tu dinero a Malta?", pregunté.

"Martín lo tomó."

¿En lugar del artefacto? Esto no tiene ningún sentido.

—El dinero. ¿Por qué lo cogiste?

Me quedé en silencio. El Dr. Habibi dijo: «Esto es muy triste».

Su voz sonaba lejana. Se recostó en su silla. Era una silla negra y afelpada con ruedas que los guardias traían a diario. Le permitía no solo interrogarme, sino también explorar sus vanidades. Era un actor que probaba diversas posturas, según su estado de ánimo o el mensaje que quería transmitir, así que creó una ficción en la que llegó a creer.

Rara vez se sentaba erguido, más a menudo encorvado, con las piernas cruzadas, el brazo apoyado en el asa de la silla y la mano doblada a la altura de la barbilla. Creía tener el control. A veces, modificaba la posición de los dedos, que descansaban sobre la mejilla o la barbilla. Cuando colocaba el pulgar izquierdo bajo la barbilla y extendía el índice de la misma mano hacia la sien, dejaba entrever una sonrisa; a esto le llamaba su rostro compasivo. Cuando ponía cara de estudio, colocaba los dos dedos de la mano derecha contra la sien y el pulgar contra la mandíbula. En esos momentos, su mirada perdía intensidad, como si estuviera considerando lo que yo decía. ¿Incertidumbre? Arqueaba las cejas, fruncía el ceño y luego comenzaba a frotarse la frente. El Dr. Habibi expresaba mucha incertidumbre.

Comenzaba cada interrogatorio preguntando por mi familia,

por la salud de mi madre o si mi padre se encontraba bien. ¿Podía hacer algo? Me preguntaba si tenía esposa e hijos. Todos son muy civilizados. Pero la frustración se convertía en ira, y los días terminaban con una paliza de tres o cuatro guardias. El Dr. Habibi terminaba cada día expresando su compasión por la paliza y luego me daba una palmadita en el hombro, pero no había cortesía en su contacto.

***

"Recuerde, no hay lealtad más que a la nación", dijo el Dr. Habibi. Lo dijo en respuesta a mi negativa a decirle dónde estaba el dinero. Cuando le pregunté si tenía algún derecho sobre él, me dijo que pertenecía al Estado.

"Es extraño que el Estado permita que las tenencias de moneda extranjera salgan del país de esa manera", dije.

Fue entonces cuando se refugió, como solía hacer, en la retórica. "¿Por qué me odias tanto?", preguntó. Reí, y él me miró alarmado. "Mi padre me enseñó a amar al prójimo, pero tú no amas a nadie. Cuando aprendemos la lección, vemos la importancia del Estado y la lealtad; debemos proporcionársela. Si liberas tu odio, también habrás aprendido la lección". Pronunció el sermón con un estallido controlado de aire caliente.

Eso fue todo por hoy. No hubo nada mejor esta noche. En cambio, solo tuve mis sueños. Pensé en Miriana por primera vez en semanas; sus labios se separaron, la cabeza giró para mirarme, su cabello satinado ondeó y giró para sonreírle al hombre frente a ella, el ministro Camilleri. Entonces Alastair Davies estaba allí, entre ellos, con gafas de sol cubriéndole los ojos, la boca abierta, rebuznando como un caballo mientras se inclinaba sobre una mesa.

Necesitaba dejar de soñar narrativas, me dije.

Capítulo veinticuatro

El Dr. Habibi entró en la celda a la mañana siguiente acompañado de un hombre corpulento con una cabeza de forma irregular y la cara picada de viruela. Sin embargo, no había duda de quién estaba al mando. El doctor lo presentó como el general Choibi. El general le hizo un gesto para que se apartara, el guardia colocó una silla para que se sentara el general, y todos parecieron contener la respiración. Me resultaba familiar; lo había visto en alguna parte.

—Nos has creado dificultades —dijo el general. Su voz era un gruñido profundo.

¿Trevor Martin no vino?

Me miró fijamente un buen rato. Los guardias arrastraron los pies. «Es contigo a quien hablo. Martin murió hace mucho».

"¿Lo golpeaste? ¿Lo mataste?

Me miró fijamente. De repente, atacó, un golpe que vi y pude esquivar fácilmente, pero lo dejé golpearme.

-Entonces, ¿qué quieres?

Se quedó sin palabras, se volvió hacia el Dr. Habibi y le dijo: «Felos. ¿Cómo se dice en inglés?».

"Dinero."

No dije nada, y el Dr. Habibi intervino: «Tiene que decirnos dónde está el dinero. El estado necesita saberlo».

¿El Estado? Esto no es una operación estatal, te lo hayan dicho, Habib, amigo. —Hice una pausa y estudié su rostro, pero no parecía comprender—. Si Túnez quisiera el dinero, estaría en el juzgado con un fiscal preguntándome por él.

"¿Por qué te importa?", preguntó el General. "Solo tienes que decirme dónde está el dinero". Su sonrisa era amplia y luego se rió entre dientes. Los guardias sonrieron y rieron como le habían indicado. El Dr. Habibi empezó a sudar, y se le formaron medias lunas oscuras en las axilas.

El general escupió: "Te ocuparás de mí".

Nos quedamos en silencio un rato y luego dije: «Supongamos que tengo el dinero. ¿Qué puedo comprar con él?».

"Nada."

"Entonces no tengo dinero."

La sala quedó en silencio. Me miró con el ceño fruncido, observándome como un lobo que se deleita con la presa acorralada. Sin embargo, no me encogí ni puse cara de estoico, y él se sintió inseguro. Los guardias cambiaron de postura y miraron hacia otro lado. El Dr. Habibi, presa del miedo, palideció y luego cambió de color como un camaleón. El general se levantó, le gritó al Dr. Habibi y salió furioso.

Me vino a la mente un viejo recuerdo de patrones. Cuando tenía once años, mi padre me llevó de viaje a los bosques de Maine. Allí, un amigo suyo tenía una cabaña junto a un río rodeado de bosque. Una mañana, caminé hasta el arroyo y me senté bajo un árbol. A mediados del otoño, una capa de hojas muertas cubría el suelo del bosque. Un movimiento repentino me llamó la atención. Un grupo de hojas al pie de un álamo, a tres metros de distancia, se agitó de nuevo. ¿El viento? No, pensé. El viento era suave y no veía mucha fuerza. Me levanté, me acerqué a las hojas y las observé. Hojas marrones, algunas con tintes amarillos, otras rojizos, pero ahora las hojas no se movían.

Pero los patrones existen con patrones, y al observar las hojas, distinguí un patrón interno amarillo dentro de la capa exterior marrón y roja. Mis ojos siguieron el patrón unos metros hasta que se extendió entre mis pies. Noté hojas más profundas con tonos más oscuros. Me hice a un lado y me acerqué a la orilla del río, y una serpiente salió deslizándose de debajo de las hojas.

Mi mente cambió y volví a ver al General, pero esta vez estaba sentado en una mesa al aire libre en un café de La Valeta, con los hombros enormes torcidos al girarse para mirarme. A su lado, un hombre delgado con cicatrices profundas se quejaba de que una mujer no le devolvía las llamadas. El día que encontré el cuerpo de Trevor Martin. ¡Mierda!, murmuré.

***

Los siguientes días se convirtieron en una pesadilla sin fin. La primera mañana, el Dr. Habibi trajo limones y naranjas cortados y los colgó en varias partes de la celda. Un poco de música, un filete, una copa de vino, y sería casi civilizado. No me lo creí. Los limones eran para disipar el hedor a descomposición que impregnaba la planta baja de la prisión. La situación se iba a poner muy sombría.

El Dr. Habibi inició la conversación, y mientras lo hacía, el General Choibi observaba mi rostro, mis manos y mi cuerpo, intentando ver la verdad. Ahora tenía un aspecto muy peculiar, con sus ojos oscuros salpicados de gris y su nariz fina como el papel, reposando, esperando mi decisión.

Queremos lo nuestro. El dinero que tienen es nuestro. Esperó, y el Dr. Habibi se sonrojó, y entonces sus brazos comenzaron a sacudirse.

"Ese dinero del que sigues hablando –"

"Nuestro dinero", ladró el general.

En tono apaciguador, el Dr. Habibi dijo: «El Director de Antigüedades le dio a Trevor Martin una maleta con dinero la última vez que estuvo en Túnez. La policía de Malta ha declarado que Martin no la llevaba consigo cuando falleció. El General quiere que le devolvamos el dinero».

Nota Bene

¿Para qué era el dinero?

"Se lo había entregado al Director como pago por la antigüedad encontrada".

¿Por qué le dieron dinero? Cualquier pago debía hacerse mediante transferencia bancaria al Departamento de Antigüedades. Las antigüedades no se compran en efectivo.

—Eso no nos corresponde a nosotros —gritó el General. Cerró el reposabrazos de golpe y se levantó—. ¡Queremos nuestro dinero!

"No sé de qué dinero estás hablando".

La mano del General llegó rápido, aunque fue solo un golpe rozando, pero luego se abalanzó sobre mí y empezó a estrangularme, golpeándome la cabeza contra el catre. Conseguí apartar una de las manos del General de mi garganta con el codo mientras me apartaba de la otra para que solo pudiera golpearme. Me cubrí la cabeza con las manos, pero entonces uno de los guardias me levantó y me estrelló contra la pared, golpeándome en la parte baja.

La paliza comenzó con fuertes golpes en el torso. Me moví lateralmente para proteger mi caja torácica izquierda, lo cual solo fue efectivo por un instante. Me desvanecí y me refugié en lo más profundo de mí mismo. El general se aburrió enseguida y se fue. El guardia se sentó en el catre, sin aliento. El Dr. Habibi parecía dudar entre quedarse o irse. El concepto de brindar ayuda basándose en el Juramento Hipocrático parecía ser un principio que no observaba.

***

De nuevo en la oscuridad. El dolor era menor, pero primero sentí mi cuerpo con la mente, moviéndome mentalmente de un lado a otro y de arriba abajo, luego explorando las zonas importantes: las costillas, el estómago y los brazos. Dolorido, pero sin huesos rotos. Respiré hondo y el dolor aumentó en mi costado y luego disminuyó al exhalar. Sentí una abrasión en el pómulo donde me golpeó el General.

Mi madre me hacía beber leche de niño, cuando lo que quería era un refresco. Me dijo que necesitaría huesos fuertes. Seguro que pensaba en cuando fuera mucho mayor. Mi entrenador de boxeo en el ejército me puso sal en la frente para que no se me partiera, y mi compañero de entrenamiento me golpeó el estómago durante horas. Mi entrenador me dijo que era para desarrollar mi capacidad de aguantar golpes. Seguro que pensaba en mi tiempo en el ring. Mi entrenador de hockey me hacía patinar y luego patinar un poco más. Me dijo que era para que pudiera patinar para siempre, para poder enfrentarme a los tiburones. Seguro que pensaba en mi tiempo en el hielo.

Lo que aprendí de mi madre y mis entrenadores fue a comer y entrenar para estar listo cuando lo necesitara. Me di la vuelta e hice más de veinte flexiones antes de que el dolor me atormentara. Me di la vuelta y logré hacer tres abdominales antes de que el dolor se volviera insoportable. Me sentí como Superman.

***

Dormí. Al despertar, la palabra «felos» resonó en mi mente. Dinero. Dinero. Dinero. Leonardo Grachi lo había malinterpretado y pensó que el hombre intentaba decir «forsi». Ambas palabras suenan parecidas. Pronunciadas con el acento sureño propio de los mediterráneos, habría sido fácil malinterpretarlas. Así que fue el general quien irrumpió en la casa de Grachi, lo golpeó y le lastimó los dedos.

Mentalmente seguí adelante, dándome cuenta de que era hora de planificar cómo salir.

***

El Dr. Habibi se sentó frente a mí en el catre. No había dicho nada desde que entró en la celda hacía diez minutos. Miraba al suelo. Interpreté su silencio como que el General había expresado su insatisfacción con el progreso del interrogatorio. Habibi estaba desorientado y no parecía comprender que el General fuera tan despiadado como aparentaba. Había apostado un caballo del que no estaba seguro.

Sabes que tendrás que decírselo. Te lo exigirá.

¿Por qué molestas a Habib, viejo? El General solo quiere saberlo hoy para poder matarme mañana.

El Dr. Habibi me miró como si hubiera perdido a un familiar. Su inocencia se desmoronó; por un instante, la verdad se manifestó en sus ojos, pero luego respiró hondo y recuperó la fe en mi salvación. Asintió.

Me levanté y caminé alrededor de la celda. "¿Por qué lo ayudas? Eres el acólito de un hombre malvado. Eres un apologista; justificas sus crímenes y luego los promueves. Te quedas de brazos cruzados y dejas que mate. ¿Qué clase de hombre eres?"

No me respondió, se quedó mirando al suelo un momento y luego, sin decir palabra, se levantó y llamó al guardia. Salió de la celda, pero se detuvo y se volvió hacia mí. «Me preguntas por qué sirvo a un hombre como el General. Para ver otro día». Ya no había sonrisa, ni aire altanero. La cruda realidad le enmascaraba el rostro.

***

Soñé con Miriana sentada desnuda en una roca junto a un charco, esperando a que saliera a la superficie. Salí del agua, con la intención de arrastrarla conmigo, pero me agarró la cabeza entre las pantorrillas y me retorció boca abajo.

Desperté y saboreé la tierra. Medio dormido, me limpié los labios y se me desprendió arena de los dedos. Me limpié con fuerza y se me desprendió más arena. Me pasé los dedos por las encías y saqué más arena. Escupí el resto. Me encontré tumbado en el suelo de la celda, en una zona donde el hormigón se había roto. No sé cómo acabé en el suelo en lugar de quedarme en la cama.

Alguien había excavado en la arena, y debajo había capas sucesivas de sedimento, cada una más oscura y rica que la anterior. Era la historia del norte de África de los últimos diez mil años, desde el jardín hasta el desierto.

Me di cuenta de que el Dr. Habibi me observaba a través de la puerta, y al verlo, el guardia lo dejó entrar. Una vez dentro, su sonrisa se ensanchó y me dijo que mi caso estaba siendo decidido por los hombres más eminentes de Túnez. Me contó que los eruditos sentían compasión por quienes se quedaban en el camino. Me contó que había hablado con el ministro personalmente y le había explicado los hechos, atribuyendo la incomprensión como motivación de mis acciones. «El ministro lo entendió. El ministro puede perdonar, aunque advirtió que las sanciones por tales actos deben ajustarse a la ley».

Dudaba mucho que hablara con el ministro. El general Choibi lo tenía bajo control. El Dr. Habibi no paraba de hablar de cómo Occidente había perdido la brújula moral. «La ley de la selva». Su risa era amarga. «Imagínense, inventaron una nueva palabra para bosque y la llamaron selva. Crean una imagen de anarquía, sin reconocer que fueron ustedes quienes crearon esa anarquía. Sus crímenes no son crímenes, pero acciones similares de sus adversarios sí lo son».

"Ese es un punto trillado."

"Para nada. No entiendes nada." Contó una historia de sus años de estudiante y una fiesta a la que asistió en casa del decano, organizada para estudiantes de países en desarrollo. La esposa de uno de los profesores había entablado conversación con él. ¿Qué pensaba de Estados Unidos ahora que estaba aquí? ¿Qué beneficios esperaba su nación de su educación? Avanzó torpemente, expresando sus ideas, impulsado por su exuberancia juvenil. Sus ojos se nublaron con sus primeras palabras.

Me contó que había reflexionado sobre ese recuerdo toda su vida. Ella solo quería una frase corta, claro. Quería que dijera algo bonito sobre Estados Unidos y cómo Habibi aplicaría los conocimientos adquiridos para beneficiar a su pequeño país norteafricano. Se dio cuenta de eso mucho más tarde. En aquel entonces, tenía el idealismo de la juventud. Una incomprensión fundamental del mundo.

Era una mujer extraña. Se pavoneaba frente a él, alisándose el pelo, estirando las manos para mirarse las uñas y ajustándose los tirantes finos. Se alisó los hombros bronceados. «Estaba completamente absorta en sí misma». Incluso ahora, veinte años después, la amargura teñía sus palabras.

Así que seguiste hablando de cosas que no le importaban, porque querías tenerla a tu lado. Para poder llevarla a la cama.

—Imbécil —espetó la palabra—. Siempre es así contigo.

—Vamos Habib, cariño, eso es lo que querías hacer.

Me sostuvo la mirada, pero el repentino ardor en su mirada vaciló y apartó la mirada. ¿Vergüenza? Lo dudaba, más bien como un secreto más profundo que no había revelado en todos estos años.

"¿A qué sabía?" pregunté.

"Melones blandos." Su voz era baja, casi reverente.

"¿Cuánto duró el romance?"

"Cuatro meses, cinco."

Así que le hiciste el amor a esta mujer, pero ella nunca entendió de qué hablabas ni siquiera qué pretendías. Solo entendió lo que podías hacer por ella.

Él asintió. Nos quedamos en silencio. Finalmente, habló con voz quebradiza: «Era una auténtica occidental. Solo se preocupaba por sus necesidades».

Al igual que usted, Dr. Habibi, Pensé, pero en lugar de eso, dije: «Eso es cierto en todo el mundo». Me miró con recelo. «Pregúntales a las chicas del bar de Beirut sobre el fervor de los saudíes visitantes. Occidente ha llegado a un acuerdo. Naces, vives y mueres. Puede que haya un Dios, pero si existe, será muy diferente de lo que las enseñanzas han enseñado que podría ser. Puede que haya vida después de la muerte, pero si la hay, será diferente de lo que hemos aprendido que podría ser. La mayoría de la gente en Occidente vive como agnóstica. Puede que sí, puede que no. Así que uno se aferra a lo que quiere porque después, es una apuesta arriesgada».

—Eres un tonto. —Su boca hizo unos movimientos extraños, como si su mente estuviera lidiando con un montón de ideas, y luego escupió—: Lo único que quería decir era que había estado con un chico árabe.

No dije nada. El dolor en sus ojos era palpable. Le hice un gesto comprensivo con la cabeza y extendí las manos en señal de apaciguamiento. Nos quedamos allí sentados un rato hasta que hizo ademán de levantarse para irse.

"Hablaré nuevamente con el ministro", dijo.

"Estoy seguro de que el General también está haciendo gestiones".

Sí, claro. Ha habido algunos malentendidos, así que necesita resolver este asunto pronto. Un repentino agotamiento se apoderó del Dr. Habibi. Se frotó la frente (creí que le dolía la cabeza), se volvió reflexivo y luego habló con repentina claridad.

La vida no es el universo agnóstico que crees. Es una ecuación mediada por Dios. Como en una ecuación, sumas y restas cantidades en un lado del problema. A veces, multiplicas las diferentes cantidades, y en el otro lado de la ecuación, tienes la solución. El ministro es un siervo de Dios, y Alá revelará la solución a través de la ecuación. Dijo esto, mirándome, con el rostro surcado por rayos de luz y lágrimas oscuras brillando en sus mejillas.

***

Algo se me escabulló por el pecho y, medio dormido, lo aparté de un manotazo. La luz entró a raudales. El General llegaría enseguida. Noté un movimiento en las sombras o en la celda y me incorporé. Me quedé paralizado, alerta, atento a cualquier movimiento, pero la criatura percibió mi interés y permaneció inmóvil. Me levanté y me dirigí hacia la zona donde se produjo el movimiento, pero se había alejado, aprovechando la oscuridad.

Mientras caminaba alrededor de la celda, busqué grietas en las paredes o en la base por donde pudieran entrar las plagas, pero no encontré nada. Consideré los motivos de Miriana para traicionarme, pero no obtuve respuesta. Miré fijamente la oscuridad durante un largo rato. Lucarelli apareció, sentado en una silla que flotaba dentro de la celda, con bourbon en mano y las piernas cruzadas. A sus pies yacía una máscara mortuoria de faraón de oro, y se agachó para ponérsela por encima de la cabeza. Un agujero de bala le creció en el pecho como un grano irritado, y la sangre brotó a borbotones, cubriendo el suelo a borbotones. Me moví de lado, pero mis piernas no pudieron atravesar la marea de sangre que subía por la celda. Cuando me llegó a las caderas, intenté flotar, pero me hundí. Me tapé la boca y me apreté la nariz, pero la sangre me llenó la boca y me atraganté, tosiendo sangre. "¡No es mía!", grité. Una corriente repentina me arrastró hacia abajo, y no supe nada.

***

"Está recobrando la consciencia. Alabado sea Alá." Sentí unas manos sobre mis hombros, alguien dándome una palmadita en el pecho. Giré la cabeza y el Dr. Habibi me miró con preocupación. "Nos diste un buen susto", dijo. Su tono era sincero. Se giró hacia el guardia y dijo: "Todavía tiene los labios morados. Tendremos que vigilarlo un día."

El guardia gruñó, metió la mano bajo mis axilas y me arrastró hasta mi camilla. El Dr. Habibi dijo algo en árabe; el guardia gruñó y me subió a la camilla.

Un escorpión te picó en el pecho. Un escorpión de cola gorda. Venenoso. Pero hiciste tanto ruido que el guardia te oyó arriba y vino a ver cómo estabas. Es un hombre del desierto y se dio cuenta de inmediato de lo que había pasado.

Miré hacia arriba, incapaz de decir nada. El Dr. Habibi sonrió y me dio otra palmadita tranquilizadora en el pecho. «Te succionó el veneno de la herida y luego me llamó. Te puse una inyección de antídoto. Deberías poder hablar más tarde. No estoy del todo seguro de cómo entró en tu celda. El General no te visitará».

Se levantó y recogió su maletín. «Este es un ejemplo de la misericordia que Alá otorga a los infieles que hablan mal de Él. Si te convirtieras y entendieras lo que Alá nos enseñó, entonces el ministro podría tener más cosas que considerar. Solo una idea».

Capítulo veinticinco

No vi al General durante tres días. El Dr. Habibi me visitaba dos o tres veces al día y exclamaba lo rápido que mejoraba. Cuando llegó el General, al principio parecía extrañamente inseguro, pero a medida que el Dr. Habibi detallaba mi estado, su lenguaje corporal cambió.

—Bueno, hablemos de dinero —dijo el General. Se sentó frente a mí—. Tienes el dinero. Hemos buscado por toda Malta. Ahora necesito el dinero.

"Consiga una orden de registro internacional para el dinero".

Escúchame. ¿Dónde está el dinero?

Lo miré fijamente. El General se giró y le hizo un gesto al guardia que se me acercó y me golpeó en el cuello. El General empezó a gritarle órdenes al Dr. Habibi. La paliza continuó, pero yo ya tenía más fuerza, así que levanté los brazos, recibí algunos golpes en los antebrazos y me aparté de otros. Gracias a mis habilidades de boxeo, logré esquivar los golpes mientras el guardia jadeaba y me lanzaba golpes desesperados a la cabeza. No había devuelto el golpe, y pensé que todo había terminado. Un par de golpes más y podría derribarlo... pero el General interpretó la situación, sacó su arma y la apoyó contra mi sien.

El guardia se burló y me golpeó en el estómago, y caí al suelo con fuerza. Me quedé allí tendido un rato. El General merodeó la celda y le gritó al Dr. Habibi antes de irse. El guardia salió de la celda y cerró con llave. El Dr. Habibi se inclinó. «Debes decírselo al General. Ha perdido la paciencia contigo. Anoche me dijo que te mataría si no le decías dónde está el dinero. ¡Rápido, rápido!».

En cambio, me di la vuelta y lo ignoré. Con el tiempo, el Dr. Habibi se levantó y el guardia lo dejó salir. Un recuerdo de Félix me asaltó. Estábamos al pie de la colina el día después de la fiesta, y le pregunté por qué me había elegido para besarlo. Me había dicho que me había convertido en el Macho Alfa o líder de la tribu. «Eres más fuerte, más rápido y más duro que nadie», había dicho. «Le arrebataste el manto a Terry. Pero ten cuidado porque, con el tiempo, te convertirás en objeto de odio y envidia, y la gente buscará la manera de destruirte».

Puedes controlar esto, Me dije a mí mismo. Necesitaba aprovecharme del General para poder salir de la prisión. Dentro, me matarían en algún momento. Fuera, podía controlar los acontecimientos. Puedes controlar esto, me dije. Tienes el control de ti mismo. Si vives o mueres dependerá de ti. Giré la cabeza, cerré los ojos y dormí profundamente por primera vez en días.

***

El General regresó a la mañana siguiente. El Dr. Habibi estaba a su lado, con un rostro comprensivo y compasivo, pero hacía mucho tiempo que lo había reconocido como un suplicante, un hombre más enérgico en la defensa del estado que el General. El General me miró fijamente a los ojos, buscando mi debilidad. Había dolor, pero me senté en mi interior, endurecí mi exterior, deseando que mis ojos se transformaran en mármol obsidiana. Pude ver que el General se había vuelto inseguro. Así que, tírale un hueso.

Me quedé en silencio un momento y luego dije: «El doctor Habibi me ha dicho que es usted un hombre razonable». El general no dijo nada, no se movió ni parpadeó.

Dijo que, a cambio de información sobre el dinero, estarías dispuesto a negociar las consecuencias. Que la necesidad de llegar a un acuerdo era una cualidad que transmitías a tus subordinados.

El Dr. Habibi se había quedado completamente inmóvil. El General no me había quitado los ojos de encima, pero ahora, sin cambiar de expresión, ladeó la cabeza para observarlo. El buen doctor temblaba como un electrocutado, con los labios y la garganta moviéndose de una forma extraña y abultada, como una rana toro.

"Es bueno que pienses que soy razonable", dijo el general.

"Veo que no hay posibilidad de liberación", dije.

"Ninguno."

Pero acúsenme de robo, unos años de cárcel y luego la expulsión. Mientras tanto, les daré información precisa sobre cómo pueden conseguir el dinero.

Se sentó con las manos cruzadas delante de la barbilla y resopló. "Dime por qué debería hacer esto".

El Dr. Habibi dice que usted es un hombre de la revolución. Dijo que su compromiso goza de gran prestigio en los círculos gobernantes. Lo considerarían como alguien que cumple con su deber al llevar a un criminal ante la justicia. El Dr. Habibi estaba sudando de nuevo, lo cual era mala señal, pero yo no tenía otra opción. Seguí adelante. «Pero sospecho algo que ni siquiera el Dr. Habibi sospecha. Que usted es un hombre modesto. Lo considerarían como alguien que ha cumplido con su deber».

"¿Qué te impediría rescindir cualquier acuerdo?"

"Estoy seguro de que tu brazo puede llegar a cualquier prisión y silenciarme".

"Podría silenciarte ahora."

"Fracaso entonces."

Se encogió de hombros. Su mirada no vaciló. "Conseguiré el dinero".

"Pero esto facilitaría las cosas y pondría fin a cualquier situación embarazosa para su gobierno por la desaparición de un canadiense en el país".

Nadie ha preguntado por ti. Ni tu gobierno canadiense. Ni el gobierno maltés. Ni tu agencia.

Lo dudo. Tenemos horarios de facturación, así que la agencia debería haber empezado a hacer preguntas tanto en París como en Túnez.

Él negó con la cabeza.

—Lo entiendo —dije fingiendo resignación.

Él asintió como si simpatizara.

Se levantó y deambuló por la celda. La mirada del Dr. Habibi siguió al general. Recuerdo que mi abuelo pasó un día conmigo cuando era muy pequeño. Sentados sobre troncos junto a un lago, allá en el norte de Maine, nos contó su pasión por cazar patos; cómo tenía que ser paciente para que se posaran en el agua, se asentaran, sumergieran la cabeza para pescar, antes de asustarlos para que alzaran el vuelo y así poder dispararles. «Ten paciencia, ten paciencia, y se entregarán a ti».

El General era un pato, que había alzado el vuelo mientras caminaba de un lado a otro. Me miró con benevolencia escrita en su rostro.

"¿Dónde está el dinero?"

"Si te lo digo aquí, me matarás".

Su sonrisa era lobuna. Disfrutaba tener el control. Aquí, lo tenía; afuera, no.

"Todos podríamos viajar a Malta y conseguir el dinero".

Se rió como una hiena, un poco nervioso, y supe que estaba a solo unas palabras de la tortura. Hasta ese momento, solo había sido paliza, pero la electricidad sería lo siguiente.

El Dr. Habibi intervino: «Deberías creerle al General. Dígale lo que necesita saber y se compadecerá. Conozco a este hombre. Es bueno».

El General me dedicó una sonrisa torcida. Nos habíamos convertido en hermanos de fraternidad, hombres de mundo que aceptaban la realidad de la situación. Imité su sonrisa, asentí y me encogí de hombros.

"El dinero está en una caja de seguridad en La Valeta".

"Dime cómo puedo conseguirlo."

"Deja que tu gobierno lo solicite."

Los ojos del General se iluminaron y la risa le brotó a borbotones. «Bien. Bien, ahora entiendes tu peligrosa posición. Esto es bueno». Miró por encima del hombro al guardia, riendo, y luego a mí. Estaba en la recta final. «No podemos hacer eso. Los malteses tardarían años en devolver el dinero. Si es que alguna vez lo hacen. Son los malteses».

"Está bien, entonces viajamos ambos a La Valeta y lo conseguimos".

¿Para qué te necesito? Dime en qué banco.

"Porque guardé el dinero en una caja de seguridad de un banco", le dije el nombre del banco. "Necesito una identificación con foto. Se necesitan dos llaves, una de las cuales es la del gerente de la sucursal. Su llave abrirá la caja hasta la mitad y la mía terminará de abrirla".

—¿Y dónde está tu llave? —Se giró y miró al guardia—. ¿Tenía la llave cuando lo detuvimos?

Tanto el Dr. Habibi como el guardia menearon la cabeza y salieron de la entrada, ambos muy ansiosos.

El General se volvió hacia mí y me preguntó: "Entonces, ¿dónde está la llave?". Continuó sonriendo.

"En un sobre en una caja fuerte."

"¿Y la caja fuerte?"

En la embajada canadiense en La Valeta. Se me cayó allí antes de zarpar. Mantuve la compostura.

Me miró fijamente un buen rato. Parpadeó. Luego me gritó, se levantó, tiró la silla de una patada y salió de la celda. El Dr. Habibi se escabulló, pero el general lo esposó al pasar. El guardia me miró y cerró la puerta de la celda con manos temblorosas.

***

Nota Bene

Nadie vino a verme durante dos días. Ni comida ni bebida. Pero tres días después, el guardia regresó, seguido de otros dos guardias; uno de ellos me trajo una muda de ropa, un juego de cadenas y una mesa. Un guardia me dijo que me cambiara. Me iba a casa, dijo. El otro guardia colocó la mesa frente a mí y el otro bajó las cadenas al pie de la camilla. El Dr. Habibi entró en la celda, miró detrás de mí y asintió. Llevaba su maletín y sacó gasas, vendas, antiséptico y unas tijeras pequeñas.

Los otros dos guardias me agarraron por las axilas y me sentaron en la silla, extendiendo mi brazo izquierdo y sujetándolo sobre la mesa. El hombre a mi izquierda me desenrolló la mano y me extendió los dedos. El General apareció, abriéndose paso hacia adelante y parándose frente a mí. Extendió la mano y sacó un cuchillo táctico. Los guardias me sujetaron con fuerza; dos de ellos me sujetaron la mano, extendida.

—No quiero que olvides esto. Porque haré algo peor si nos jodes —dijo el General. El cuchillo reposaba en el meñique de mi mano izquierda y lo arrugó ligeramente—. Quiero que recuerdes esto.

Entonces, presionó el cuchillo hacia abajo, empujando con fuerza. Mi cabeza se echó hacia atrás y apreté las mandíbulas. Tenía que ver el hueso para agarrarse antes de poder abrirse paso. Me balanceé hacia adelante y hacia atrás, jadeando y me abalancé hacia adelante. Vi cómo mi dedo se separaba de mi mano, se deslizaba por la mesa y luego, como en una mala imagen, se caía de la mesa. Los guardias me sujetaron fuerte, y pensé que el General se disponía a cortarme otro dedo, pero retrocedió y envainó el cuchillo. El Dr. Habibi estaba a mi lado, coagulando la herida y luego envolviéndola en gasa médica. Seguí balanceándome, el dolor me arañaba como un cangrejo furioso. El buen doctor me dirigió una sonrisa de horror. "Se cumplió tu deseo. Nos vamos. A Malta". Se movió con velocidad, un hombre ahora en control.

—No nos va a estafar con el dinero, ¿entiende? —rugió el General. Lo miré, levanté mi mano izquierda vendada y le mostré el dedo. Me miró fijamente, sin comprender el gesto. El Dr. Habibi me bajó la mano. El General miró mi dedo amputado tirado en el suelo y dijo: «Ya no lo necesitará». Lo lanzó de una patada contra la esquina de la celda.

"Nos vamos en cuarenta minutos", dijo el General, y luego salió. Una rata apareció de la nada, encontró mi dedo y lo arrastró por la pared hacia un hueco en la esquina. Seguí su avance. Lo último que vi de mi dedo fue el muñón ensangrentado desapareciendo en una grieta de la pared.

El Dr. Habibi se inclinó y dijo: «El General es un gran hombre. Les da dolor y sufrimiento a los demás para que cambien su maldad. Siempre piensa en los demás y los ayuda a ser mejores personas». Por un instante, estuve seguro de que tenía la boca abierta antes de que el dolor aplastante me hiciera volver a balancearme en un vano intento de librarme de él.

Le hice una seña obscena al Dr. Habibi, pero solo hizo una mueca y me puso una inyección. Me dejó inconsciente al instante.

***

Un rato después, los guardias me sacaron de mi celda y me acompañaron por el pasillo. Habían encendido las luces. Las demás celdas estaban vacías, salvo por los restos de vidas que habían quedado atrás: camisas rotas, mierda, un solo corredor en una celda, sangre cubriendo los barrotes, las paredes, los catres. Nos detuvimos en la novena celda.

"Esta gente no quiso ayudarnos", dijo el General. "Estamos luchando contra fuerzas del mal. Lo que hemos hecho por el hogar es fortalecer, fortalecer y eliminar a quienes solo quieren hablar. Garantizar los derechos humanos a terroristas y enemigos del Estado es un error".

"Los europeos y los estadounidenses ya no tienen respuestas", afirmó el Dr. Habibi.

"Nos dicen qué hacer, nos dicen lo que necesitamos saber", dijo el General. "Este hombre no nos decía lo que queríamos saber".

El cuerpo en la celda colgaba de las vigas, retorciéndose.

Desnudo, le habían aplicado un soplete en la espalda, dejándola roja como el fuego, y al retorcerse, me di cuenta de que era norteafricano. Tenía el rostro gris, encorvado hacia un lado de la soga, y la lengua le colgaba fuera de la boca como un cucharón negro. Le habían marcado el pecho y el vientre con un cuchillo, y la zona de la ingle era una masa de sangre apelmazada. Me tambaleé hacia los barrotes de metal y me quemé el esófago con ácido al darme cuenta de que no era su lengua la que le colgaba de la boca.

"Este hombre no quería decirnos dónde estaba el dinero. Es dinero tunecino." Me sonrió. "Pero usted aceptó ayudarnos. Por eso trabajamos con usted." Su sonrisa se ensanchó. Se volvió hacia el Dr. Habibi y preguntó: "¿Quién era este hombre? Era un nombre raro."

"Fitz Xara."

Me volví hacia el General. Me observaba con fiereza. Lo miré a los ojos. Me encogí de hombros. No tenía ni idea de quién era Fitz Xara, y era evidente que era bueno no saberlo. Quienquiera que hubiera sido, ya no sentía dolor. «La muerte a veces es una bendición», me recordé.

Subimos las escaleras y, al subir, olía el aire fresco. Y al subir más, el aire me envolvía y me refrescaba. Estar en lo alto de las escaleras reavivó mis sentidos, que parecían perdidos para siempre, pero estar afuera se volvió demasiado abrumador: demasiada luz, el calor matutino opresivo y una cacofonía de sonidos penetrantes. La tierra bajo mis pies se movió.

263

Capítulo veintiséis

Nos dirigimos al norte en un camión militar, guiados por el sol. El camino estaba lleno de baches, los demás pasajeros apestaban y el calor era insoportable, pero yo estaba fuera. Y eso me daba ventaja. Tenía las manos y las piernas encadenadas, la mano izquierda envuelta en gasa, aunque los dedos que me quedaban sobresalían, y me dolían las costillas al moverme, pero yo tenía la ventaja.

Condujimos por el desierto. Las dunas son clásicas en su extensión, intactas, y el viento crea crestas que trepan y flotan sobre las crestas de las colinas como olas en el océano. Hicimos varias paradas; en un momento dado, me desperté y encontré a los guardias afuera jugando al fútbol. Al mediodía, llegamos a una base de la fuerza aérea, que no era más que una pista con algunas casetas Quonset y dos Land Rover estacionados a un lado. Jóvenes soldados con uniformes de faena que les quedaban mal y portando carabinas deambulaban por el perímetro sin ninguna preocupación. Un viejo avión de transporte Viscount de ala fija estaba estacionado en la pista. Varios soldados lo repostaron y los mecánicos realizaron una revisión de mantenimiento previa a la carga.

Los guardias me arrastraron al interior de la cabaña. Apareció el General, con un celular en la oreja, y detrás de él estaba el segundo hombre que había visto en el café con él en La Valeta.

Su cicatriz estaba roja por el calor. Me miró fijamente y extendió la mano. Me agarró del cuello y me giró la cabeza. Se inclinó y me susurró al oído: «Te mataré yo mismo si nos jodes». Me soltó y luego atacó. Me moví con el puñetazo.

El General colgó, me miró fijamente y luego, junto con el hombre de la cicatriz, se marchó por el pasillo. El Dr. Habibi, sentado frente a mí, parecía inquieto.

Entonces llegó la hora del juego. Mis guardias y yo marchamos por la pista, con el calor hundiéndonos en el suelo. Entramos por la parte trasera del avión, pero sabía que necesitaba soltarme los grilletes. Me esforcé por agarrarme a la rampa con los pies, cayendo y resbalando varias veces hasta que los guardias, frustrados, me soltaron los grilletes. Mientras caminábamos hacia la parte delantera del avión, oí el ruido metálico de los grilletes contra el suelo de la parte trasera. Me sentaron en un banco a babor, y los guardias se sentaron a ambos lados.

Otros dos hombres encadenados estaban sentados en un banco a estribor. Los habían golpeado hasta el punto de que a uno de ellos le habían quitado el rostro de encima, y al otro no podía mantener la cabeza erguida.

El General dio instrucciones de último minuto a la tripulación, pero se volvió hacia mí al terminar. «¡Qué buen día! Hoy vamos a Malta». Me dio un golpecito en el hombro con picardía. Nos quedamos un rato en la pista, pero finalmente cerraron la puerta y, con un tirón, un ligero tirón y el rugido de los motores, tan fuerte como el de fuera, el avión empezó a rodar. Frente a mí, el Dr. Habibi palideció, parecía tener los ojos desorbitados y las manos temblorosas. Le guiñé un ojo, pero apartó la mirada. «Habibi, necesito que mantengas la calma en tu miedo», pensé. «Necesito que no hagas nada». Entonces el piloto pisó el acelerador, nos lanzamos por la pista y despegamos.

Me costó un poco alcanzar la altitud de crucero, pero la actitud del General se endureció de nuevo una vez allí. Se agachó frente a mí y dijo: «El dinero, lo voy a necesitar».

Se levantó y le hizo un gesto al guardia que estaba a mi lado. El hombre pulsó un botón y la puerta lateral se abrió. El viento soplaba con fuerza a través del fuselaje. El Dr. Habibi apartó la mirada. Los dos hombres del otro banco empezaron a tirar de sus cadenas frenéticamente, pero fue en vano.

El General gritó por encima del viento: «¿Nunca conociste al Sr. Gharbi? Era el director de antigüedades hasta que lo arrestamos por robo y corrupción. Lo declaramos culpable de intentar vender la pieza que todos los tunecinos desean para su país y para su museo. Además, aceptó sobornos, pero devolvió el dinero a su arqueólogo después de guardarla varios días antes de entregarla. Es culpable de crímenes contra el pueblo tunecino». Miró a Gharbi, que ahora lloraba, suplicando, pero el General negó con la cabeza. «Lo hemos declarado culpable y debemos castigarlo. Que Alá se apiade de usted». Los dos guardias lo agarraron por las piernas, lo llevaron a la fuerza hasta la puerta abierta y lo empujaron fuera. Sus gritos duraron una eternidad.

El General miró a los guardias e hizo un gesto con la cabeza hacia el otro hombre, que lloraba e intentaba liberarse de sus grilletes, pero lo levantaron como una tabla de surf, lo llevaron corriendo hacia la escotilla abierta y lo arrojaron al vacío. El avión se inclinó y apagó sus gritos, y el único sonido ahora era el zumbido del avión. El Dr. Habibi bajó la cabeza, sin duda en oración. Los dos jóvenes soldados se sentaron a mi lado con expresiones algo perplejas.

Nunca creí que viajábamos a Malta. Siempre había sido una ficción. Esperaba acabar en Túnez acusado de robo. En el mejor de los casos, me enfrentaría al asesinato del Director de Antigüedades y del segundo hombre. La escotilla seguía abierta. ¿Intimidación? Sin duda. ¿En el peor de los casos? Había visto la respuesta.

El general dijo: «Vamos a Túnez ahora y luego tomaremos un avión del gobierno tunecino a Malta. Necesito la información bancaria».

—Por supuesto. Pero me necesitarás para abrir la caja.

—Claro. Lo entiendo. —Sonrió. No le creí en absoluto—.

Pero necesito pruebas de que serás sincero sobre esto.

Puedo empezar con el número de cuenta. Lo tengo borroso, pero si lo escribo, lo recordaré.

Sonrió ampliamente y asintió, encontró un papel y un lápiz y me los entregó distraídamente. Lo vi caminar hacia la puerta de la cabina, tocar tres veces y, cuando se abrió, hablar con el piloto, tomar unos papeles y empezar a firmarlos. La puerta se cerró. El General se agachó, de cara a la puerta de la cabina, y empezó a hojear los papeles. Giró la cabeza, y yo miré el papel y garabateé un número. Volvió a sus papeles, revolviendo el siguiente.

Empecé a girar el lápiz entre mis dedos y miré al guardia a mi derecha. Él bajó la mirada y rió entre dientes, un joven en la flor de la vida, listo para la vida. Giré el lápiz, lo apreté en mi puño y se lo clavé al cerebro, atravesándole el ojo. Lo hundí lo más que pude antes de sacarlo. El guardia gruñó y se deslizó fuera de su asiento. Me giré hacia el otro guardia que se giraba, le estampé el lápiz en la oreja y se lo atravesé el cráneo con la palma de la mano.

El General había empezado a mirarnos, pero salté del banco y caí de espaldas, clavándole la rodilla en la columna mientras le colocaba el grillete alrededor del cuello. La cadena era demasiado corta, así que tiré de ella, levantándole la cabeza, y se atragantó. El dolor en mi mano izquierda era terrible. Sentía los brazos como plomo. El General intentó coger su arma, pero lo aplasté con la rodilla, aplastándolo, y tiré de la cadena con todas mis fuerzas, y sus manos se alzaron bruscamente hacia los eslabones que se le clavaban en el cuello. De repente, la adrenalina fluyó por mis manos, mis brazos, mis hombros. Un torrente se despejó de repente de un atasco. Apreté la cadena sobre su garganta. Tiró de ella; sus dedos empezaron a sangrar. La fuerza empezó a abandonar mi mano izquierda, pero empecé a mecerlo, y él gruñó e intentó zafarse de debajo de mí. Su rostro se había puesto rojo como un tomate.

Extendió una mano hacia el Dr. Habibi, quien permanecía inmóvil contra el fuselaje. Empujé con fuerza con la rodilla y sintió un crujido en su columna. Sus brazos comenzaron a temblar antes de caer a un lado de su cuerpo. Hice girar la cabeza del General, hundiendo la cadena más profundamente en su carne, y la sangre comenzó a gotear al hundirse la cadena en su cuello. Su rostro se había puesto azul, y las cuerdas en su cuello eran tan definidas como una cuerda de piano. Sus ojos eran tan grandes como huevos. Tiré de su cabeza hacia arriba y oí un crujido cuando su nuez de Adán se rompió. Tosió levemente. Sus brazos cayeron al suelo y comenzaron a contraerse antes de quedar flácidos. La sangre comenzó a manarle por los oídos.

Tenía calambres en los dedos y fui soltándolos poco a poco, arrancándome carne de las palmas al soltar la cadena. Me palpitaba la mano izquierda. Le había clavado el metal en el cuello, así que lo giré y le arranqué la cadena. La sangre le manaba del cuello y le formaba espuma en los labios. Su ojo derecho se había salido y le colgaba sobre la mejilla. Le busqué el pulso, pero no lo tenía. Encontré llaves para abrir los grilletes de las muñecas. Con las manos libres, estiré los dedos, apreté los puños y volví a estirarlos.

Por lo que pude ver, los guardias estaban muertos. Me giré hacia el Dr. Habibi. Tenía una pistola en sus manos temblorosas. Me apuntó.

Caminé hacia él y me detuve a poca distancia. «Tienes el seguro puesto. No disparará», le dije.

Bajó la vista hacia el arma, y se la quité de la mano. Una furia repentina me invadió y le di cinco o seis golpes; su cabeza rebotó entre mis puños y el fuselaje del avión como una pelota de ping-pong. En cuanto me detuve, la inercia cedió y se deslizó al suelo. Cayó de bruces y se quedó inmóvil. Le tomé el pulso, pero estaba normal.

Me dolía la mano izquierda y me recordé a mí mismo que no debía usarla. Tomé la pistola del Dr. Habibi, le saqué el cargador y la guardé en el bolsillo. Lo encadené a un poste. Busqué el pulso de ambos guardias, pero no lo encontré. Desenvainé un cuchillo de uno de ellos y les corté la garganta a ambos, y luego la del general. Recogí también sus armas, sacando los cargadores.

Es hora de moverse. Llamé tres veces a la puerta de la cabina, y el copiloto la abrió y me miró fijamente. Luego intentó cerrar la puerta, gritando en árabe, pero le metí la mano bajo el brazo y lo saqué del asiento, dándole un cabezazo en la nariz. Se echó hacia atrás y le metí el pulgar en la garganta. Puso los ojos en blanco y lo empujé contra la puerta de la cabina para mantenerla abierta. El piloto se giró alrededor de la puerta, levantando su arma, y le doblé la muñeca hacia atrás y se la arranqué de la mano. Gruñó, así que lo agarré del cuello de la camisa y le cerré la puerta en la cara. Pasé por encima del cuerpo del copiloto, encontré unas esposas sueltas en la cabina y esposé al copiloto inconsciente a un asiento cercano. Volví a subir a la cabina.

—Me rompiste la mano —dijo el piloto.

—Lo dudo. ¿Cuál es su ruta de vuelo? —Se quedó callado—. No estoy de buen humor. ¿Cuál es su ruta de vuelo?

"Ve a Túnez."

"Ya no hacemos eso."

Se encogió de hombros y murmuró algo. Le di un golpecito en la cabeza tan fuerte que se le saltaron las lágrimas. Le dije que virara hacia el oeste, pero volvió a murmurar. Me di cuenta de que estaba hablando por los auriculares, así que se los arranqué de la cabeza y saqué el cable de la consola. Intentó agarrarlos, y le di un golpe más fuerte, esta vez en la mandíbula, y luego le pellizqué los nervios de la nuca. Se tambaleó y lo solté, pero enseguida apretó el mando.

La brújula marcaba el noreste, hacia Túnez, y le grité al piloto al oído, señalando al oeste. Parecía aterrorizado. Sus movimientos estaban congelados, así que giré el timón lateralmente. El avión se precipitó, lanzándonos hacia adelante, y luego se encabritó, pero el piloto lo enderezó antes de que entráramos en pérdida. Habíamos inclinado unos quince grados. Lo agarré por el cuello, le grité al oído y le hice un gesto contundente en la dirección opuesta. Extendió la mano, accionó algunos controles y ladeó el avión hasta que tomó la nueva dirección.

Cualquier oportunidad de aterrizar el avión en un aeropuerto lejano de Túnez se había esfumado; estaba demasiado lejos, y los cazas tunecinos nos alcanzarían y probablemente tendrían órdenes de derribarnos. La mejor idea era dirigirme a la costa este y usar el cinturón verde de tierras de cultivo como cobertura para poder llegar al mar en vaqueros, camiseta y zapatillas. «Bueno, ya arreglaré los detalles más tarde», me dije. Tenía que llevar el avión lo más lejos posible en diez minutos, y necesitaba aterrizar.

El paisaje de abajo no era más que dunas aplanadas, pero a unos veinticinco kilómetros al oeste, una carretera serpenteaba por el desierto. Esperaba que fuera lo suficientemente ancha.

"En cinco minutos quiero que comiences tu descenso".

"No puedo aterrizar en el desierto", dijo.

—Prueba ese camino —dijo, negando con la cabeza—.

Luego aterrizaré el avión y podrás sentarte atrás.

Suspiró y ladeó el avión hacia el oeste. Volvió a hablar en árabe, pero me di cuenta de que estaba rezando. Algo en lo que debía pensar. Al perder la perspectiva, la distancia entre la carretera y la zona verde pareció aumentar. Antes de salir de la cabina, rompí la cerradura de la puerta.

Abrí un armario junto al marco de la puerta y encontré una garrafa de 75 litros de agua y suministros de emergencia, con comida deshidratada y barritas energéticas. Una escoba colgaba detrás de la puerta.

El Dr. Habibi se había incorporado a la mesa y estaba sentado con la cabeza entre las manos. Me miró. Su cara era del tamaño y el color de un balón de fútbol, y sus ojos eran dos rendijas entre párpados inflamados e hinchados. Parecía un tomate machacado. El odio le impedía moverse.

Soy médico militar. Tengo autoridad para arrestarlo. Lo estoy haciendo ahora mismo.

"Olvídalo, Habibi."

Quédense ahí, suelten las armas. Han matado a tres hombres. ¡Bárbaro, qué bárbaro eres!

"Sí, la diferencia es que el General es un patriota".

Intentó ponerse de pie, pero sus piernas cedieron y se deslizó hasta quedar boca abajo.

"Necesito ayuda", dijo el Dr. Habibi.

"Llame a un médico."

Los mamparos que cubrían los laterales del avión estaban llenos de provisiones de emergencia y bidones de agua. Los bidones estaban vacíos, así que arrastré la garrafa e intenté verter el agua en ellos. Mi mano izquierda me gritó. Salpicó más agua al suelo que la que entró en los bidones, pero conseguí llenarlos. Sentía los brazos como plomo. El avión, mientras tanto, se sacudía de un lado a otro al entrar en turbulencia. Saqué varias mochilas, pero ninguna tenía depósitos de hidratación. Sí tenían algunas cosas básicas: un botiquín de primeros auxilios, varias brújulas, binoculares de visión nocturna (uno de los cuales me colgué al cuello), una linterna pequeña y media docena de barras de energía. Saqué la carabina M4 del hombro del segundo guardia que había matado, vacié su cinturón de municiones y el del otro guardia y las metí en la mochila.

Registré al General. Encontré un mapa en el bolsillo de su pecho, que guardé en el mío. Tomé su Glock G17 y luego decidí que necesitaba el cinturón, así que me lo quité y me lo puse. En un bolsillo del cinturón encontré un fajo de euros, que metí en el bolsillo del pantalón. De repente, pensé: necesitaba convertirme en fantasma, así que cogí la escoba y la até a la mochila. Las chaquetas de camuflaje eran pequeñas en su mayoría, pero me metí en la más grande, que probablemente era la del General. Encontré unos pantalones caqui, que son mucho más fáciles de poner. El color del desierto.

"¿Qué estás haciendo?" preguntó el Dr. Habibi.

Voy a aterrizar. Nunca llegaremos a tiempo a la costa.

—Estás loco. —Su voz adquirió una fuerza repentina, y cuando levantó la vista, me miró con una mezcla de miedo e incredulidad—. Nunca sobrevivirás a una travesía por el desierto.

Lo ignoré, dejé las cosas a un lado y me preparé para regresar a la cabina.

Se acabó. ¿Por qué sigues? Ríndete.

"Nunca."

El avión se sacudía de un lado a otro, y me pregunté si le había provocado una conmoción cerebral al piloto. Seguíamos sobre el desierto, y las dunas se elevaban igual que las que había visto momentos antes. Desde arriba, el Sahara era impresionante, pero sabía que en tierra sería un infierno: caluroso, seco e interminable. Apunté hacia abajo. El piloto giró la cabeza y se asentó. Empezamos a descender. La carretera tenía dos carriles de ancho, con ondulaciones de arena que bordeaban ambos arcenes.

Miré por las ventanas laterales, pero no vi ningún caza, solo cielo azul, aunque podrían estar detrás de nosotros. Esto significaba que teníamos que bajar ya. Hice un gesto con la mano hacia la inclinación que quería para poder bajar más rápido. El piloto bajó el cono del avión y sentí nuestro descenso.

A trescientos metros, la perspectiva era eterna, pero ahora estábamos a ciento cincuenta metros, y no había perspectiva, solo el desierto, que parecía más grande que antes, las sombras alargándose, las crestas enderezándose y desapareciendo de la vista. Se oyó un repentino silbido y luego un estallido cuando los cazas pasaron como un rayo. Miré por la ventanilla lateral, pero ya eran bichos negros en el horizonte. Los pilotos tardarían dos minutos en ladearse y pasar de nuevo.

El piloto pulsó un interruptor y el tren de aterrizaje bajó con un ruido metálico. A sesenta metros sobre el desierto, el cielo desapareció y solo pude ver arena. Las fisuras en la arena parecían superficiales y las sombras se habían multiplicado. A treinta metros, el desierto parecía llano, sin ningún relieve. Miré por la ventanilla lateral, pero no pude ver los aviones, solo el brillante cielo azul que dejábamos atrás. Desde quince metros de altura, el desierto parecía cemento. Los vientos cruzados nos azotaban hacia arriba y hacia los lados, y el piloto tuvo que levantar el morro del avión antes de volver a descender. Nos desviábamos un metro de un lado a otro, pero nos bajó de nuevo, luchando por mantener el avión estable. La carretera se enderezó, atravesando un valle que parecía interminable. Me senté en el asiento del copiloto y me abroché el cinturón de seguridad. A seis metros, volábamos entre las dunas. Oía los aviones sobre nuestras cabezas, pero parecían estar muy lejos. Nos alineamos con un tramo de carretera relativamente recto durante unos trescientos metros.

A tres metros de altura, el piloto empezó a cantar: «No hay más dios que Alá, y Mahoma es su mensajero». Contuve la respiración y aterrizamos. El avión viró un poco, pero el piloto forcejeó para mantenerlo en la carretera. Frenó y se oyó un chirrido fuerte. Rodamos unos quinientos metros antes de derrapar y estrellarnos contra una duna de arena. Me cubrí la cabeza. Nos llovió arena y cristales. El cinturón de seguridad se me atascó, así que usé mi cuchillo para liberarme. Extendí la mano, liberé también al piloto y salí de la cabina.

Encontré al Dr. Habibi contemplando el cadáver del General con lágrimas en los ojos. Muerto, el General parecía un reptil, con el rostro destrozado por los años. El doctor intentó cerrarle los párpados, pero la fuerza con la que lo estrangulé le había creado demasiada presión detrás de los ojos, y no pudo.

"Has matado a tres hombres."

"El plan siempre fue conseguir la información bancaria y echarme del avión, ¿no?"

Sus ojos me dijeron que sí. "Y luego planeaba matarte también. Estabas segura. Por eso no me disparaste mientras lo estrangulaba. Me dejaste matarlo para salvarte". Me reí de una forma tan cruda que me sorprendió incluso a mí. "Bien, Habib, cariño. Bien". Alargué el último "bien", y el Dr. Habibi se dio la vuelta y se tapó la cara. Luego se dio la vuelta y dijo: "Necesito jabón".

"¿Para qué?"

Para el general. Necesito lavar su cuerpo para el entierro.

En cambio, lo recogí con una mochila de bombero y lo saqué del avión, cruzándolo por la arena doce metros. El piloto estaba afuera, mirando al cielo en busca de ayuda. El avión yacía destrozado en la arena, como una ballena varada, brillando a la luz del sol, listo para ser desguazado. Los aviones habrían regresado a la base y probablemente habrían comunicado la posición del avión; los helicópteros estarían en camino. Probablemente llegarían en unos cuarenta minutos, pero cuanto más tiempo tuvieran para rastrear el desierto, mayor sería mi ventaja.

Recuperé mi mochila y partí.

—¿Adónde vas? —gritó el Dr. Habibi—. Necesito jabón.

Dejé al Dr. Habibi buscando jabón en el desierto.

Capítulo veintisiete

Me aparté de la carretera, donde desde el aire sería un blanco móvil. Caminé hacia el oeste, sobre una duna, y una vez fuera de la vista, giré en dirección contraria. Esperaba que, al obligar al piloto a aterrizar el avión mirando hacia el oeste, el equipo de búsqueda ampliaría la red, pero lo más probable era que se concentrara en un arco de tres cuartos hacia el oeste. Había decidido caminar hacia el este, en dirección al Mediterráneo, bordeando la frontera con Libia. Así que me dirigí al oeste. Usé la escoba para limpiar mis huellas, pero tras coronar varias dunas, el avión desapareció de la vista, y giré hacia el este, caminando por las laderas de las crestas. La arena cedió, ocultando mis huellas, pero la cepillé cuando fue necesario. Llegué a un valle y lo seguí después de caminar veinte minutos. El humo del avión seguía acumulándose sobre las dunas. Oí un estallido y vi una bengala explotar en el aire.

El sol llenaba el cielo, cegándome. Gafas de sol, eso era lo que necesitaba. ¿Dónde estaba Alastair cuando lo necesitaba? Esta parte del desierto no ofrecía nada que marcara mi camino. No había palmeras, ni caminos improvisados, ni cauces secos, así que cada diez minutos consultaba la brújula para orientarme.

Una explosión conmocionante partió el cielo en dos y me agaché. Una columna de humo negro se elevaba a unos cinco kilómetros detrás de mí. El avión, pero ¿qué había pasado? Quizás se incendió el motor al chocar contra la berma. Quizás alguien disparó una bengala. Sin embargo, la explosión retrasaría a los equipos de rescate, distraería a cualquier equipo de búsqueda y me permitiría distanciarme de mis perseguidores. Me deslicé hacia un valle entre las dunas y caminé con dificultad hasta que oí el traqueteo de los helicópteros. Sobrevolaban la cresta, con el vientre como hormigas negras. Me hice lo más pequeño posible; sentí que no lo había hecho bien porque dieron una vuelta antes de dirigirse al norte. Una hora después, el calor se volvió tan agobiante que me detuve y cavé un hoyo de cinco por dos. La arena estaba más húmeda a medida que me adentraba, así que aplané la mochila y la coloqué en el fondo del hoyo. Recogí algunas plantas cercanas y me metí en el agujero, me apoyé en una pared, extendí la mano, amontoné las plantas sobre mi cabeza y me quedé dormido. Estaba cansado.

Desperté en la oscuridad. Nada, pero entonces sentí lo que me había despertado, un ligero temblor que se convirtió en un repentino traqueteo. Mirando entre la hierba, vi pasar varios helicópteros. Era tarde y pensé que sería el último, pero esperé media hora más antes de salir. La noche llegó diez minutos después. En el desierto solo hay día y noche; la oscuridad es inmediata, y cualquier sensación de crepúsculo es solo una ilusión porque la temperatura baja quince grados entre el momento en que el sol se convierte en una uña en el horizonte y desaparece.

Nota Bene

El calor del día me había pegado la camisa a la piel, pero ahora, con el frío, temblaba. Me quité la camisa, encontré una del General y me la puse. Me apretaba los hombros y el pecho, y era incómoda. Me comí una barrita energética y seguí adelante.

Usé la Estrella Polar para orientarme y comencé a caminar hacia el noreste, rumbo a la costa. Las luces de los helicópteros cruzaban el cielo nocturno como avispas furiosas. Parecía que estaban llevando a cabo un extraño procedimiento de búsqueda; cualquier búsqueda real habría sido en círculos concéntricos desde el lugar del accidente, moviéndose gradualmente hacia afuera. Usando sensores térmicos, ya me habrían encontrado. En cambio, buscaron en cuadrantes muy al este. Con el tiempo, avanzaron aún más al este. Seguí caminando con dificultad, mis únicas compañeras eran las estrellas, un millón de soles, desde el principio de los tiempos; Félix estaría extasiado. Un avión de pasajeros pasó por encima en un punto, volando hacia el norte, tal vez el vuelo de Ciudad del Cabo a Roma. Roma, Roma, Roma.

A las cuatro de la mañana, a lo lejos, a pesar de la oscuridad del cielo, distinguí las siluetas de los bereberes que pasaban. Seguí adelante. La mañana llegó en un instante. En cuestión de minutos, el calor era sofocante, arrancándome el frío del cuerpo en un instante. Bebí un poco de agua, pero me di cuenta de que ya había bebido dos cantimploras. Cavé mi hoyo para dormir, desenterré algunas plantas cercanas, me metí en él y me cubrí. El sueño llegó en un instante.

Me desperté con frío, miré entre las plantas y me di cuenta de que era tarde. Me quedé un rato en mi escondite, escuchando, pero no se oye mucho ruido durante el día, salvo el del hombre, y no oí ninguno. Finalmente, salí, subí la duna y escudriñé el desierto con los binoculares, pero no vi nada más que un mar de dunas que se perdía en el horizonte. Desaparecieron en la oscuridad que se acercaba.

Comí un par de barritas energéticas y observé cómo varios escorpiones emergían de la arena. Maté a algunos, les corté los aguijones y la bolsa de veneno, y me los tragué sin masticar. Me han dicho que saben a cangrejo o camarón, pero no tenía ganas de comprobarlo.

Una hora después, me encontré con una pequeña zona verde con varias palmeras y hierbas. A la luz de la luna, distinguí varias plantas de hoja ancha en el borde exterior de la zona verde que alguien había arrancado. A mi izquierda había ramas rotas. Reciente, pensé. Me alejé del lugar, bajé por un terraplén y encontré una huella de talón en la arena, con un dedo apuntando al noroeste. Caminé hacia el norte y encontré otra huella. Giré hacia el este, barriendo mis pasos, hasta que llegué a una duna, donde me agaché. Un destello de luz me llamó la atención, y me arrastré hasta la cima de la colina y apunté con mis binoculares. Los soldados aparecieron como una pesadilla.

Me escondí en un pequeño grupo de palmeras en la ladera y los enfoqué con los binoculares: cuatro o cinco soldados caminaban delante y detrás de un grupo variopinto, veinte de ellos armados y vestidos con uniforme militar. Llevaban diversas armas y se movían sin ritmo. No eran soldados profesionales. Insurgentes sería una palabra más adecuada. Dos jeeps salieron de las colinas desde el sur, parcialmente ocultos por el polvo que levantaban. Un hombre corpulento con una keffiyeh se adelantó del grupo de soldados. Gritó un saludo a un hombre delgado que bajó del jeep delantero con un abrazo fuerte. Me concentré en la cara del hombre; una cicatriz de ira le corría desde la cara hasta el cuello. De repente, gritaban: "¡Sharif! ¡Sharif! ¡Honor! ¡Honor!". El hombre delgado gritó mientras señalaba hacia el oeste, y el ejército variopinto apuntó al cielo y disparó sus rifles.

Volví sobre mis pasos, barriendo mis huellas, y luego me dirigí hacia el norte. Finalmente, encontré un arroyo y caminé por él mientras serpenteaba entre las dunas. Al terminar, instalé un escondite y me quedé allí varias horas, vigilando las colinas, pero nadie me siguió.

***

Finalmente, seguí adelante. Era de día, pero quería asegurarme de ir en la dirección correcta. Tenía un hambre atroz. Al menos tenía agua: había llenado los bidones del arroyo por el que caminé la noche anterior. Tenía los labios secos y gruesos, y me dolía el estómago de hambre. Paré a orinar varias veces, pero con el calor, la arena se secó enseguida. Los buitres me acecharon durante todo el viaje.

Así que el general y su asistente habían estado reuniendo un ejército de insurgentes. ¿Para servir a sus intereses en la vecina Libia? Libia tenía sentido. Varios aviones habían sobrevolado con estruendo al sur de mi posición, desapareciendo hacia el este. Pero ¿por qué marchaban los insurgentes hacia el oeste? Empezaron a formarse ideas dispares en mi mente. No les interesaba el artefacto; todo se trataba del dinero. Una cantidad considerable de dinero. El encuentro amistoso en el desierto, lejos del cuartel, y de noche, con un grupo variopinto que marchaba hacia el oeste apuntaba en una mala dirección.

Al anochecer, ya estaba en mi escondite cuando oí helicópteros que venían del norte. Vi uno sobrevolar las dunas a baja altura. Distinguí a la tripulación, recortada en un tono amarillo dentro de la cabina. Un suboficial estaba sentado en una cabina abierta, con las piernas colgando, iluminando el desierto con una potente luz nocturna, moviéndola de un lado a otro. La luz danzaba sobre mi posición, pero el helicóptero siguió adelante, y salí y observé cómo el foco se reflejaba en el desierto. ¿A quién buscaban? ¿A mí? ¿O a los insurgentes?

Nota Bene

***

Los siguientes días se fundieron en uno solo a medida que la fatiga se apoderaba de mí y la deshidratación se instalaba. Quizás cuatro, quizás cinco días después, me desperté al anochecer con el sonido de algo. Un grupo de bereberes se dirigía hacia el oeste, montados en sus camellos. La confusión me nubló la mente y, al principio, pensé que eran un espejismo hasta que uno se volvió para mirarme y asintió. Me levanté y me di cuenta de que estaba tumbado junto a un jeep militar. De pie, con las piernas inseguras, me apoyé en el lateral del jeep. Un retazo de ropa azul brillaba en la distancia, pero al volver a mirar, ya no estaba. El jeep militar podía ser gris, pero el calor del desierto lo había descolorido y ahora se estaba desmoronando. Faltaban los asientos. Metí la mano en la guantera y encontré órdenes selladas de Berlín, fechadas el 20 de agosto de 1942. No sé leer alemán y las letras góticas me nublan la vista. Órdenes del infierno, sin duda. Devolví los papeles a la guantera.

El jeep había quedado abandonado hacía sesenta años. La goma de las llantas se había marchitado con el calor del desierto, pero incluso ahora, se veía un reventón, una ciruela magullada en el forro.

Recogí mi mochila, pero era mucho más pesada de lo que recordaba. Y mucho más voluminosa. La abrí y encontré mis bidones llenos de agua y algunos más. Saqué los bidones y descubrí quesos, carnes y peras de postre. Comí un poco de carne y al instante me sentí hinchado. Seguí la dirección que habían tomado los bereberes, que era hacia el este, por un sendero oscuro. ¿Qué dirección habrían tomado los alemanes? ¿O se habrían perdido en el desierto, pereciendo en el calor? El viento habría arrastrado sus huesos por las dunas.

La oscuridad cubrió repentinamente el desierto; la tierra se tiñó de un naranja intenso por la luna, el paisaje de matorrales cada vez más atravesado por la roca. Las dunas desaparecieron gradualmente, la arena se convirtió en llanura. Dormir, necesitaba dormir. Empecé a construir un escondite, pero, exhausto, me tumbé.

***

Un peso aplastante me despertó: una serpiente tendida sobre mis piernas, mirándome con la singular vacuidad de sus ojos, el verdadero depredador que vive sin miedo, sin conocimiento, solo con cientos de millones de años de instinto. Su capucha se encendió y siseó... aliento rancio... Saqué mi arma... su cabeza echó la cabeza hacia atrás... disparé... su cabeza explotó.

***

Desperté y encontré mi arma en la mano, sin disparar. Ningún cadáver de serpiente. Así que me levanté y caminé un poco más. Con el tiempo, el desierto se convirtió en un lecho de roca, agrietado, de un color siena quemado y abrasado, con huellas de neumáticos, latas, botellas y neumáticos reventados esparcidos por todas partes. En veinte minutos, los edificios se alzaban como espejismos legendarios.

No entré al pueblo; encontré tierras de cultivo y matorrales al este, donde acampé. Esperé hasta que oscureció y luego rodeé el pueblo, rumbo al norte. Perros ladraban a lo lejos. Surgieron caminos de la nada, y los seguí a través de los campos. Me encontré con un huerto de naranjos en plena floración. Fue como una nueva experiencia vital. Cogí una docena de naranjas, las metí en la mochila y me comí dos por el camino. Su jugo era tan intenso que me detuve y las comí pieza por pieza, haciendo girar los gajos en la boca y luego haciendo buches con el jugo. Mi cuerpo se llenó de vida, mi paso se alargó, la tensión se relajó.

Al amanecer, encontré una estructura romana abandonada con vistas a un valle. La hierba crecía entre las grietas de los mosaicos del suelo, las piedras esparcidas por el suelo y los escombros esparcidos, pero es una historia desconocida y una metáfora del declive de una civilización. Olivos cubrían las laderas que descendían al valle, un arroyo y una casa de campo en la colina más alejada, a la sombra de los pinos. El arroyo continuaba hacia el este a través de las tierras de cultivo hasta perderse de vista entre colinas que se plegaban unas con otras.

Pasé el día entre las ruinas. Una ligera brisa hacía que las agujas de pino de los árboles se cayeran, aliviando el calor y refrescando mi piel. Un día para recuperarme, descansar y dormitar. Recogí varias ramas y hojas pequeñas de varios arbustos y fabriqué una máscara, corté el dobladillo de la camisa para ensartármela alrededor de la cabeza y la rellené con hojas. Una máscara para el futuro. Me quité la venda de la mano izquierda y descubrí que tenía una textura diferente y no tenía sangre. Cuando el general me cortó el dedo, dejó un pequeño muñón. Era un corte tosco, pero ahora los hilos de carne que el Dr. Habibi simplemente alisó a lo largo del muñón habían sido retirados y cortados limpiamente. El muñón en sí había sido vaciado hasta el nudillo. No había rastro de infección. Pensé en los bereberes que había visto marcharse. Alguien debió de haberme limpiado la herida.

Recordé a Félix hablando de los chamanes. Me dijo que era uno de ellos. Habló de los grupos sociales y su necesidad de la persona sabia: el chamán, quien es el cronista de la tribu, la persona que sabe sanar las heridas de sus miembros y que luego puede integrar lo sucedido en la historia de sus vidas para que comprendan el porqué.

"Son el antídoto necesario para ti, el Macho Alfa", había dicho.

Y entonces, con una claridad asombrosa, un recuerdo como un sueño afloró en mi mente: una mujer bereber con cuentas en las muñecas y anillos de plata en los dedos de los pies, que me atendió, limpió mis heridas, me untó ungüento en los cortes y me dio agua y comida. Me guió hasta la sombra que ofrecía un jeep alemán. Era la chamán de su tribu, poseedora de un conocimiento que se remontaba a sesenta mil años atrás. Era ella quien conocía los secretos de las plantas y los animales, y quien reconocía los hitos de sus viajes. Trevor Martin y Liz Black habían recorrido el mundo en busca de una diosa legendaria. Una de ellas me había salvado.

***

Partí en la oscuridad. Con el tiempo, llegué a un matorral abierto, encontré un arroyo estrecho y lo seguí. Se oían voces en la oscuridad, y me agaché. Un grupo de refugiados con camisas blancas y pantalones de colores brillantes pasó por la orilla opuesta. Nadie me vio. Los seguí, moviéndome entre los árboles para ocultarme, usando sus voces como guía y manteniéndome oculto. Eran parte de un continente en movimiento.

Pude oler el mar por primera vez, y esperando que los soldados tunecinos conocieran la ruta, dejé a los refugiados y giré de nuevo hacia el norte. Al amanecer, pasé junto a los restos de una villa francesa. Un muro seguía en pie, pero los demás se habían derrumbado y la piedra se había esparcido por el campo. Poco después, me encontré con una granja. Estaba rodeada por tres lados de densos cactus, algo que me habría venido bien días antes. El granjero estaba en su patio echando semillas a las gallinas que cloqueaban. Demasiado hambriento para que me importara, demasiado cansado para que me importara, salí de detrás de los pinos desde donde lo había estado observando y entré en el patio. Me miró cuando estaba a seis metros de distancia, pero siguió echando las semillas y arrullando a sus gallinas. A tres metros, me detuve y esperé. Me ignoró hasta que vació su bolsa y se volvió hacia mí, sonriendo vacilante. Me habló en árabe.

"Lo siento, hablo inglés."

Intentó hablar francés, pero me encogí de hombros y le repetí que solo hablaba inglés. El anciano gritó a través de la puerta de la granja, y una hija de veinte años salió corriendo. Sus ojos marrones se abrieron como platos al verme. La curiosidad la asomó por el rabillo del ojo, y se quedó de pie junto a su padre, con las piernas dobladas. Intuí, más que vi, que alguien más, quizá una madre, nos observaba desde dentro de la casa.

Hubo un rápido intercambio entre padre e hija, y luego ella comenzó a hablarme en francés.

—Hablo inglés —repetí. No quería malentendidos.

"Americana. ¿Qué tal?" Su inglés era impecable. Empezó a reírse. Su lenguaje corporal cambió. Se giró para mirarme directamente y puso las manos en las caderas, echándolas ligeramente hacia adelante. Pero el cambio más evidente se produjo en su rostro; su mirada se volvió directa, se formaron preguntas en sus ojos, la especulación se desbocó, el humor acechaba en sus comisuras. Su padre, con el rostro inmóvil, se transformó en el de un extraterrestre.

—¡Uf! Necesito comida y agua.

Ella descubrió su cara traviesa. "Pídele ayuda a tu guía turístico".

"Se perdió."

Ella se rió y le habló rápidamente en árabe a su padre, quien se tomó su tiempo para responder sin quitarme la mirada de encima.

—Mi padre quiere saber por qué lo perdiste. —Sus ojos me decían que no me creía mucho, pero ahora estaba en el Oeste y estaba dispuesta a ayudar.

"No pudo seguirme el ritmo".

Se rió y luego desvió la mirada, no para mirar a su padre, sino porque no estaba segura. Hay algo diferente en el rostro de Occidente; permite la ambigüedad y la incertidumbre, pero más importante aún, lo que Occidente nunca reconocerá es que el sexo reside en su rostro. No estaba segura de cómo manejar la mirada fija, la sensación de que había una apreciación de su figura, la certeza de que la especulación se escondía tras la mirada, aunque no fuera así. Una mujer que vive en Occidente, a su edad, ya ha comprendido las reglas del juego; en otros lugares, esta libertad de expresión es solo superficial. Aparté la mirada.

—No es cierto —dije—. Soy turista y estoy en Sfax. Salí a caminar y me perdí.

Sus ojos se abrieron de par en par. "¿Eres un espía estadounidense?"

"No." Negué con la cabeza.

Estaba decepcionada, pero supuse que no me creía. Su padre le habló rápidamente, pero ella le hizo señas para que se callara.

"Solo soy un mal tipo."

Se rió, marcando el ritmo con el pie izquierdo. Su padre la regañó, y ella se detuvo, sonriéndome. "¿Así que te estás fugando?"

—Más o menos. No parecía molesta, y le dije: «Necesito comida y agua. Y que me indiquen cómo llegar a la costa».

De nuevo, tuvo una conversación rápida con su padre. Su sonrisa se ensanchó, se acercó y extendió la mano a modo de saludo. «Alslema», le repetí el mismo saludo, que fue todo un éxito. El padre sonrió y la joven se puso coqueta.

Me dijo que esperara afuera. Su padre se acercó a un costado de la casa y abrió un cobertizo para prepararse para la jornada. Dejó una guadaña y varios machetes cortos a un lado. Pegada en la pared había una foto de la selección nacional de fútbol de Túnez. Me gritó en árabe y se rió cuando le hice un gesto de aprobación con los pulgares. La hija nos trajo café, espeso y azucarado, en tazas pequeñas y nos lo bebimos. Sabía a pegamento al tragar, pero el anciano asintió con la cabeza a la chica.

—¿Cómo te llamas? —preguntó—. Me llamo Shamina.

Le di el nombre de un viejo amigo de Vancouver: Francis Parker.

Ella asintió con seriedad, tradujo la información y el anciano empezó a hacer una reverencia mientras decía «Parker, Parker, Parker». Estaba dando vueltas al nombre, pero cada vez que lo pronunciaba, se alejaba más de la pronunciación correcta. Shamina rió y lo pronunció por segunda vez para su padre.

Después llegó el desayuno, con huevos y pan con queso espeso y varias aceitunas cortadas por la mitad y deshuesadas a mano. El picante me atrapó la garganta. Llegó un segundo café.

—¿Así que se dirigen a Sfax, creo? —preguntó. Su mirada se tornó inquisitiva—. Nos advirtieron que tuviéramos cuidado con un estadounidense solitario en la carretera. El ejército nos dijo que este estadounidense había estrellado un avión, matado a todos a bordo y luego escapó.

—Yo no. Solo me perdí.

Habló con su padre, y él asintió. Luego me condujo por el

lateral de la casa y señaló entre colinas y árboles, grises a la luz del amanecer, hacia lo que pensé que podría ser el Mediterráneo. Le di las gracias. El anciano asintió, se rascó el rosario y me deseó suerte. Shamina me dio una bolsa de fruta, sonrió y dijo: «Le dije a mi padre que te habías perdido de tus compañeros».

Le di las gracias. Soltó una risita. Supuse que le había contado una historia a su padre; de lo contrario, la recepción habría sido diferente. Continuó diciendo: «Creo que eres el estadounidense que buscan. ¿Sabes por qué le mentí a mi padre?». Negué con la cabeza, y ella continuó: «Porque creo que fuiste el hombre que estrelló un avión militar de Túnez. Eres tan grande que podrías hacerlo. Odio al gobierno. Odio lo que me dicen que tengo que aprender. Odio el entorno en el que vivo». Me miró con una expresión lastimera en el rostro, una niña que hablaba como mujer y que no quería convertirse en su madre, y dijo: «Odio la vida que podría tener que vivir». Miró los campos, las higueras y los olivos de la granja de su padre y suspiró. «He vuelto a ver africanos en los campos. Vienen cada otoño porque el desierto es más fresco. Algún día, iré con ellos a América».

Capítulo veintiocho

Llegué a las afueras de Sfax a media mañana. Es un puerto marítimo que da al desierto. Me sentía bastante expuesto, pero entré en la ciudad y caminé por mercados donde los tunecinos vendían fruta y joyería artesanal. Encontré a una mujer que vendía ropa y compré pantalones caqui y vaqueros nuevos, varias camisetas, todas blancas y verdes, y zapatos nuevos. Me senté en una cafetería, tomé un expreso, o express, como lo llaman en Túnez, me cambié en el baño y tiré mi ropa vieja. Me miré en el espejo. Aunque esperaba verme fatal, me sobresalté al ver lo que me devolvía la mirada. Mi cara parecía como si la hubieran estirado en un potro. Estaba demacrado; ojos apagados, boca flácida, la cabeza tambaleándose sobre mi cuello. Parecía un hombre destrozado y me sentía como tal. Sacudí los brazos y me sentí peor.

Me puse en marcha, así que seguí a un grupo de turistas hasta el puerto, pero la explanada estaba abarrotada de soldados, así que cambié de dirección, dirigiéndome al noreste desde el puerto, de vuelta al desierto. Pasó un camión pesadamente, me subí de un salto y me acurruqué entre sacos de cemento. Caí en un sueño profundo, despertando solo y en la oscuridad. El camión estaba aparcado frente a una casa con portón. Distinguí varias casas más allá, entre la hierba. Salí sigilosamente de la caja del camión y caminé junto a las casas, siguiendo la Estrella Polar.

Ya estaba despierto cuando el sol se elevó en el cielo y caminé hacia él, llegando finalmente a un acantilado con vistas al Mediterráneo. Las lanchas patrulleras salpicaban un mar embravecido. Así que seguí adelante, avanzando lentamente entre pastizales hacia una zona boscosa hasta que oí un zumbido sordo.

Me detuve. Un objeto negro, un dron, flotaba en el cielo a unos 500 metros. Me adentré lentamente en el bosque, salí del sendero y me escondí detrás de un árbol. El dron flotaba en la zona. Tomé una piedra y la tiré al sur, y el dron aceleró ligeramente y voló en dirección al golpe. Tiré una segunda piedra con un ángulo mayor, y el dron volvió a cambiar de posición. Me adentré más en el bosque y encontré un bosquecillo con una hondonada detrás. Se oían voces entre los árboles, y me alejé oblicuamente de ellos. El motor del dron retrocedió hacia mí. Me agaché detrás del árbol, me saqué la máscara de ramas y me la puse. Me arranqué la gorra, arranqué hierbas y las extendí sobre mi cabeza. El dron se encendió unos instantes y luego se fue volando. Se oían voces en mi dirección. Encontré una ligera hondonada detrás de un bosquecillo y me agaché, observando el sendero entre las raíces. Cargada y lista la pistola del general, difícilmente un arma ofensiva contra una docena o más de rifles de asalto.

Un grupo de jóvenes soldados pasó caminando, echando miradas casuales por el bosque, pero sin parecer muy interesados en lo que hacían. Probablemente eran reclutas nuevos. Más voces, una de ellas más aguda. Me protegí con ramas rotas. El hermano del general pasó caminando, con la mirada fija en una guadaña. Se detuvo un momento, miró hacia arriba, luego hacia atrás, y luego escudriñó el bosque. Sus ojos rozaron mi máscara facial de ramitas. Volvió a posarse en ella. Establecí contacto visual con él; apartó la mirada y volvió a mirarme. Se sobresaltó ligeramente y se mordió el labio inferior. Los otros soldados iban muy por delante de él. Levanté mi arma. Dispárale, busca bosques más altos y desaparece. Se giró de repente y se alejó unos pasos, miró hacia adentro, avanzó un poco y entonces alguien gritó, y se dio la vuelta y salió corriendo.

Encontré varias ramitas y las enganché en las ramas para que colgaran donde él hubiera visto mi máscara. Revisé la zona donde había estado agachado, alisé la hierba y limpié las huellas de mis pies. Luego, me adentré en el bosque. Sus voces eran fuertes y agudas, y varios hombres regresaron con el hermano del General y esperaron mientras él entraba en la zona donde me había escondido y la registraba. Gruñó una maldición profunda y salió del bosque con paso pesado. Creé otro escondite y dormí.

Me desperté en el silencio de la noche. Estuve observando la zona con binoculares durante una hora o más. Eran las 3 de la madrugada, hora de marcharme. Salí lentamente de la zona boscosa, saliendo aproximadamente una hora después. Encontré un sendero que bordeaba el bosque, con ramas rotas, piedras dispersas y huellas de los soldados que pasaban. Tomaron un sendero que conducía a una serie de hoteles junto al agua.

Seguí adelante, sin dejar de moverme mientras salía el sol. Un par de kilómetros al norte, me encontré con un hotel aislado con una rampa para barcos. Compré artículos de aseo en la tienda de regalos, me cambié los pantalones caqui y me puse el vestido típico de Occidente, unos vaqueros azules, me afeité, me corté el pelo y luego me quité la gasa de la mano, mirando el espacio vacío que había sido un dedo. Me escocía al lavarme, pero la mano se veía bien. Preparé el neceser de forma que quedara encima y salí del hotel a la terraza, eligiendo una mesa que me permitía ver el muelle. Pedí un expreso y observé la actividad. Dos soldados tunecinos estaban en la pasarela que conducía al muelle.

Los clientes caminaban por el muelle, deteniéndose en dos barcos para hablar con los dueños, pero pasaron de largo el tercero. Los soldados parecían tranquilos con todos. Pagué el expreso en efectivo y caminé hacia el sendero. Uno de los soldados cogió su teléfono y habló, pero yo estaba a mitad del sendero, y si volvía corriendo me expondría. Empezaron a correr por el sendero y, al acercarse a mí, redujeron la velocidad.

"¿Eres americano?" gritó un soldado en inglés.

—Sí. —Tranquilo, fingiendo tranquilidad—. Sí, tengo unos días libres. Estoy con la 403, ya sabes, allá en el sur. —Señalé con el pulgar hacia el sur—. Día libre, un poco de conducción. Estaba haciendo gala de mi encanto sureño, actuando como un típico estadounidense, con aspecto cómodo y una pinta que jamás esperaría que me pidieran el pasaporte.

Se detuvo, me miró fijamente y estaba a punto de hablar cuando el otro soldado intervino: "¿El 403? ¿Conoces a un tal Mark? No recuerdo su apellido".

—Mark Haspler —dije, sonriendo—. Sí, sí. En mi empresa.

El soldado esbozó una gran sonrisa y asintió, dándole un golpecito en el brazo a su compañero. El otro soldado asintió.

—Hola —le estreché la mano al soldado—. Me llamo Walden. Un nombre en clave que usaba para infiltrarme, que Haspler reconocería al instante y luego, con naturalidad, se desviaría del tema lo antes posible. Y si alguna vez me lo volvía a encontrar, tendría que explicarle por qué lo usé.

"¿Tu nombre?", pregunté. Me lo dijo, pero ya lo olvidé. El otro soldado se relajó y siguieron adelante.

Estuve rondando por las esquinas del puerto deportivo unos diez minutos, pero finalmente centré mi atención en un hombre de mediana edad que pulía sus bordas. Era alto y flacucho, y los turistas que pasaban lo miraban y seguían caminando. Me acerqué y lo saludé. Tardó un buen rato en volverse hacia mí. Me miró de reojo antes de volver a su trabajo. Terminó momentos después, se levantó y se giró para mirarme. Sus ojos brillaban. De mediana edad, con las mejillas hundidas, apestaba terriblemente y tenía una barba rala, tan desaliñada como lo había sido mi pelo. Tenía la ropa rota y agujeros en las rodillas. Se veía más sucio que yo antes de limpiarme.

Cerramos el trato rápidamente. Estaba dispuesto a llevarme a Italia, y en cuestión de minutos, ya teníamos gasolina, tanques de combustible extra y salimos del puerto deportivo. Le dije que evitara Sicilia, donde estaba seguro de que Tedesco tenía demasiados amigos, el arco de la bota por culpa de la 'Ndrangheta, y nos decidimos por Bari.

—Entonces, ¿tienes permiso para salir? —preguntó. Era una pregunta extraña, así que me encogí de hombros—. No llevo a la gente por aquí. Los llevo al sur.

Solo sonreí. No dijo nada más. Al norte de Bari, pasamos tres barcos pesqueros de madera que avanzaban lentamente hacia Europa, llenos de migrantes, y luego seguimos adelante, pasando las islas Kerkennah con sus torres romanas destrozadas. El cansancio me invadió. Dormí, despertando por la mañana con un mar tormentoso, con fuertes olas que ralentizaban nuestro avance. Estábamos en mar abierto, después de haber pasado Malta, pero me desperté pensando en Miriana. Su comportamiento estaba empezando a cambiar antes de que saliéramos de Malta, pero nunca esperé que me traicionara. ¿Por qué lo hizo?

Nota Bene

El mar se tornó gris y el aire más frío. Aparecieron siluetas grises en el horizonte: portacontenedores. Un portaaviones estadounidense pasó navegando, envuelto en nubes. El barquero no dormía, con la mano firme en el timón. No mostró ansiedad mientras el agua agitada se convertía en oleaje creciente. En cambio, al avistar un carguero a estribor, redujo la velocidad, atajó el oleaje y nos llevó a la estela suave. La seguimos hasta rodear la punta de la península italiana y poner rumbo al norte por el Adriático.

Una gran ciudad emergió de las nubes bajas, pero la pasamos. «Brindisi al sur. Te llevaré a Bari», murmuró. Media hora después, llegamos a playas, y el barquero redujo la velocidad, encontró un lugar adecuado y se detuvo, varando el barco. Me dijo que estábamos al sur de Bari. Amanecía temprano; había gaviotas en el cielo, y salté con mi mochila. Distinguí vestuarios, duchas al aire libre y un aparcamiento. Me volví hacia el barquero y le di las gracias, pero no dijo nada, solo me miró fijamente, con los ojos de un ámbar oscuro y la nariz aguileña olfateando el aire. Lo empujé y lo saludé con la mano, pero me ignoró, se dio la vuelta y se fue. «Solo está muerto», pensé.

Capítulo veintinueve

Estaba a unos veinte kilómetros al sur de Bari y solo quería dormir. En cambio, caminé por la orilla del mar, senderos a través de zonas boscosas y campos abiertos hacia la ciudad. Hacía fresco y los árboles estaban perdiendo sus hojas; de mediados a finales de octubre, pensé. A la hora de comer, estaba en el centro de Bari, donde tomé un café en una tienda de barrio, que estaba medio llena. Los italianos reían con un ritmo sincopado; las mujeres mostraban una insolencia juguetona, y sentí que mi cuerpo se calmaba. El expreso me aclaró la garganta y se me asentó el estómago.

Un joven entró y se sentó en la barra, perpendicular a mí. El camarero le sirvió un café con leche. Saludó con la cabeza al dependiente, pero no hubo intercambio de dinero. Nadie en el café se percató de su presencia; se había fundido con el fondo. Un espectro invisible entre la pátina de una comunidad animada. Nos sentamos entre los demás, pero aún separados, nuestros cuerpos en una batalla perpetua; un tic de él y descrucé las piernas. Apoyé el codo en la mesa para apoyar la barbilla, y él enderezó la espalda y separó las manos.

Era claramente un vigilante de la Sacra Corona Unita, la mafia que operaba en la zona. Sin duda, se había dado cuenta de mi repentina aparición. Me tomé mi tiempo para terminar, me levanté y me fui después de desearle un buen día al dueño. El joven me siguió hasta que crucé una plaza al norte, donde encontró otra cafetería con terraza, así que pudo verme salir. Volviéndome, sonreí y lo saludé, pero su mirada no se relajó.

***

Por mucho que hubiera disfrutado jugando con un "hombre hecho y derecho", el cansancio me agobiaba cada vez más. Necesitaba más que dormir en ese momento. Necesitaba descansar. De vuelta en Europa, necesitaba un refugio, un lugar seguro donde nadie pudiera encontrarme y donde pudiera comunicarme con la agencia. Niza estaría demasiado cerca de casa y Scarface sin duda me buscaría allí, y entonces mi mente se ablandó. Sugerí, riendo entre dientes, que podría refugiarme con Liz Black o buscar a Miriana y beber Bloody Caesars con ella. Pensé en otros nombres, y entonces pensé en Anders. ¡Claro! Hacía años que no pensaba en ella. Louise Anders. Charlé con ella todo el tiempo en Afganistán. Era del cuerpo regular, de rango superior, y congeniamos, pero se había transferido de vuelta a casa. Había oído que se había ido de Canadá a Europa porque quería acceso a pistas de esquí, cultura, buen vino y vivir al margen de la red. Me parecía recordar que vivía cerca de Lugano, en Suiza.

Caminé hasta el muelle de Bari y, con un propósito ya en mente, comencé a limpiarme la espalda. Nadie mostró interés en mí. Llegué a los muelles y encontré un centro de distribución. Los trabajadores del muelle se desplazaban en carretillas elevadoras como derviches, descargando cargas en camiones.

Me encontré con un conductor mayor que cerraba su remolque con llave. Me apoyé en la verja. No dijo nada; en cambio, dio una calada al cigarrillo y arqueó las cejas.

"¿Vas al norte?" pregunté en italiano.

Me miró fijamente, giró la cabeza y dio otra calada larga antes de dejar caer el cigarrillo y, con un movimiento lento y deliberado, lo apagó. Tenía la cara pálida por el frío. Lo intenté de nuevo. «Necesito llegar a Suiza. Te pagaré para que me lleves lo más al norte posible».

Me miró fijamente. Era un hombre bajo, de rostro curtido y gorra desgastada, pero tenía manos grandes y fuertes tras toda una vida de trabajo. Demostró una astucia que nunca antes había visto, considerando mi cansancio y mi tamaño, y acomodándome donde debía. Su mirada se suavizó y asintió. Conté trescientos euros y se los extendí en la palma de la mano.

¿Hasta dónde vas?, pregunté.

"Verona."

Saqué otros cien del bolsillo, que desaparecieron en el suyo más rápido que un molusco en la garganta de un tiburón. Tardamos una hora en salir de Bari. Habló con parsimonia, y una vez que salimos de la ciudad, me recosté mientras una oleada de fatiga me invadía y me quedé dormida. Seguíamos en la carretera cuando desperté; pasamos por viñedos, pequeños pueblos, pero también por un buen número de aldeas cerradas, edificios de ladrillo destrozados y vacíos, y vehículos agrícolas abandonados. Condujo por el terreno accidentado, concentrado solo en la carretera.

En Bari, lo vi cojear hasta la puerta del conductor y esforzarse por entrar, pero una vez al volante, rejuveneció; manejaba el volante con la izquierda sin esfuerzo, la mano derecha se movía al ritmo del pie izquierdo. El pie con el que había llegado renqueando al camión. Años antes, vi a Dave Brubeck en concierto. Un hombre de ochenta años luchando por caminar hasta el piano. Sin embargo, una vez allí, sus manos eran sesenta años más jóvenes y flotaban sobre las teclas, rápidas, lentas, graves, adondequiera que necesitaran ir. El conductor del camión hizo lo mismo al acelerar en las curvas y gritar en la recta, con la mirada moviéndose rítmicamente entre el retrovisor y la carretera.

¿Qué habilidad tenía? Bueno, sabía matar a un hombre de un solo golpe e incapacitar a otro con una simple patada. ¡Qué habilidad tan fantástica!, me dije. Quería volver a dormirme para siempre.

***

Me dejó en la zona industrial de Verona a primera hora de la mañana. Encontré una cafetería y tomé un espresso. No me despertó.

La adrenalina me abandonaba rápidamente. La cafetería tenía varios ordenadores para los clientes, y encontré a Anders en la guía telefónica suiza. Vivía en Sils Baselgia, a orillas del lago Sils.

Tomé un tren de cercanías a la Estación Central de Milán. El interior es un producto de principios del siglo XX; en parte Art Déco, con paredes lineales revestidas de rígidos patrones fantásticos. Los diseños floridos del Art Nouveau predominaban en otras zonas. Los trabajadores retiraban las decoraciones de otoño y las tiendas abrían. Encontré una tienda de esquí y compré un abrigo y guantes de invierno; luego, caminé hasta una plaza principal, me senté en un banco y esperé. El tipo que buscaba llegó sobre las diez de la mañana, deslizándose entre una columna y sacando un paquete de cigarrillos. Un tipo delgado, de veintipocos años, vestido más como un marinero. Los pasajeros pasaban, se detenían, el dinero pasaba de mano en mano, las pequeñas bolsas se metían en los bolsillos y la gente seguía adelante.

No tardé mucho en levantarme, caminar por el pasillo y volver para estar a su lado. Se giró y me miró, sonriendo al principio, hasta que se fijó en mi corpulencia y luego la alarma se extendió por su rostro como una mancha de vino. Intentó apartarse, pero le apreté el codo y jadeó. Aumenté la presión e hizo una mueca. Lo arrastré hacia mí.

—Quieto —dije en italiano—. Ni policía ni competencia.

Quiero una identificación nueva. La pago yo.

"No te conozco."

—Nunca lo harás. Pero podemos conocernos mejor si me dices que no puedes ayudarme. Apreté más fuerte y tiré hacia abajo.

"Tengo amigos."

"No parece que estén aquí."

Lo acompañé fuera de la estación y calle abajo. Desesperado, me dijo que conocía a un tipo que me ayudaría. Caminamos veinte minutos antes de entrar en una librería. Tuvo una breve conversación con el librero, quien me observó atentamente mientras el chico hablaba. Saqué el fajo de billetes y conté mil euros. La mirada del librero adquirió una constancia distinta.

Sacó una cartera con diferentes opciones. Seleccioné un documento nacional de identidad francés y le di un nombre francés falso. Selló el documento. El chico había desaparecido por la puerta, así que tomé otra ruta y tomé un taxi a Monza, una ciudad a unos dieciséis kilómetros al norte de Milán. No quería volver a la estación. El chico había visto el fajo, estaba furioso y para cuando yo volviera, tendría amigos con él para vengarse y quedarse con mi dinero. No quería arruinar otras vidas.

Compré un botiquín y, usando el baño de la cafetería, me apliqué varias capas de esparadrapo en la nariz y me puse unas gafas de sol. El reconocimiento facial funciona creando un triángulo que se coloca alrededor de la nariz y los ojos. Mi disfraz podría funcionar o no.

Me bajé en Chavenna, salí a la autopista hacia el norte y saqué el pulgar. Un joven en un Porsche con los esquís enganchados a la baca se desvió a un lado de la carretera para recogerme. Me dijo que iba camino a St. Moritz, carretera arriba desde Sils Baselgia. No me preguntó por mi nariz.

No tuvimos ningún problema en la frontera y, una vez fuera de los carriles de salida, el chico se transformó en Mario Andretti. Nos acercamos a Silversea descendiendo desde los Alpes del Sur a través de un denso bosque, recorrimos a toda velocidad la orilla del lago y cruzamos Sils Baseglia antes de que él se desviara, subiera una colina y se detuviera a un lado de la carretera frente a una casa moderna y vanguardista.

Salí del coche. Tocó la bocina y se marchó a toda velocidad. Subí los escalones, me quedé en la puerta y miré el lago. Se veía tan tranquilo. Llamé a la puerta. Unos pasos apresurados resonaron dentro y la puerta se abrió de golpe.

"Hola Anders."

—Dios mío. Estás viva. —Se le saltaron las lágrimas y le temblaron las manos.

"Por supuesto." Extendí la mano para abrazarla y todo se volvió negro.

Capítulo treinta

Volé entre nubes suaves que se convirtieron en agua densa y luego emergí a la luz del sol. El sol se convirtió en una lámpara de mesa. Anders se sentó a mi lado.

—Dormí genial —dije—. ¿Cuánto? ¿Diez o doce horas?

"Prueba tres semanas."

Antes de que pudiera decir nada, otra voz resonó: «Despierte, señor. Me hizo esa pregunta hace dos horas y luego se volvió a dormir».

Me giré. Hugo estaba sentado a mi otro lado, en la esquina; Le Monde estaba abierto sobre su regazo. Su rostro, ilegible como siempre, estaba despeinado, con el pelo alborotado y los ojos inyectados en sangre. Llevaba una camiseta negra de cuello redondo, pantalones de chándal y zapatos deportivos. ¡Caramba!

"Ha estado en un estado preconsciente", dijo Anders. "No todas sus neuronas se han activado hasta ahora". Su tono era pedante, lo que me indicó que ya se lo había mencionado varias veces. Siempre cuestionaba la relevancia de Hugo como ser humano y a menudo invocaba a Dios para que ayudara a su esposa, Monique. Anders ignoró los concisos comentarios de Hugo sobre la ciencia médica y me preguntó cómo me sentía.

"Estupendo", dije.

—Bueno, no lo eres. Así que ni se te ocurra saltar de la cama —dijo.

Hugo resopló. Anders continuó diciendo: «Estás deshidratado. Tienes moretones por todas partes. Te golpearon. Le diré al médico que has recuperado el conocimiento». Extendí la mano izquierda en señal de agradecimiento, y ella se volvió hacia mí. «Por cierto, ¿qué te pasó en el meñique de la mano?».

"El General lo cortó con un cuchillo".

Se retrajo en sí misma y Hugo se quedó inmóvil. Cerré los ojos y volví a dormirme. Un rato después, al despertar, solo estaba Hugo en la habitación. Me observó durante varios minutos con esa antigua costumbre gala, medio seguro de sí mismo y medio entregado al razonamiento filosófico. Luego, metódicamente, dobló el periódico, lo dejó y se recostó en la silla.

Me alegra que hayan regresado. Así que hemos podido reconstruir los hechos. Para cuando nos dimos cuenta de que algo había sucedido y enviamos un equipo a La Valeta, todos habían desaparecido. Y no hablaban. Encontramos a Félix, quien nos dijo que los cuatro habían viajado a Túnez. Se despidieron de ellos y continuaron su camino. Es curioso que ahora cada uno haya tomado su propio camino. ¿Qué pasó entonces?

Le conté la historia. Se puso serio. Cuando terminé, nos sentamos un rato sin decir nada hasta que finalmente me dio una palmadita en el brazo. «Te curarás».

Nos sentamos en silencio un rato. Puede que me haya quedado dormido.

***

Me di mi primera ducha desde que salí de Túnez antes de que me viera el médico. Me quité capas de arena y tierra del cuerpo. Sentía la piel como si me la hubieran raspado con un cuchillo. Me salieron cortes y abrasiones en los brazos, el pecho y los hombros. Seguí frotándome el estómago hasta que me di cuenta de que eran moretones los que lo decoloraban.

El médico me vio más tarde ese mismo día o al siguiente. El tiempo parecía transcurrir sin fin. El final de un día y el comienzo del siguiente eran borrosos. Imágenes constantes me atormentaban: en el avión, pinchando al soldado en el ojo, estrangulando al general, comiendo escorpiones. A menudo, me despertaba con serpientes arrastrándose sobre mí, aplastando mis piernas, y alguien gritando eternamente en la habitación contigua. Despertaba sobresaltado de cada sueño, con la vista escudriñando la habitación en busca de peligro.

El médico hizo un inventario de mis lesiones. Mencionó una costilla rota que ya había sanado, un dedo amputado, deshidratación severa, una picadura de escorpión y un hematoma en el estómago. Me dijo que todas las lesiones sanarían. Me puso de pie. Temblaba al levantar el pie; me tambaleaba como un bebé que da sus primeros pasos. Extendí la mano hacia el poste de la cama. Me pesó y calculamos que había perdido 27 kilos.

Me senté en la cama y me hizo un examen físico: tenía la presión arterial baja, la vista seguía excelente, el olfato, el oído y el tacto estaban normales. Aun así, me temblaba el cuerpo.

Me han dado una idea general de lo que has sufrido en los últimos tres meses. No quiero saber más. Puedo ver cómo te torturaron tus captores. Me han dicho que el dedo que te falta es producto de la tortura. Tengo entendido que escapaste y navegaste a pie durante más de un mes. Pasabas frío y calor, y sufrías deshidratación, así que estabas descargando adrenalina. Llegaste a un lugar seguro, y tu adrenalina se desplomó.

Me habló con cierta compasión y luego me dio instrucciones estrictas para que reconstruyera mi cuerpo comiendo, moviéndome y haciendo ejercicio. Me dijo que lo más importante era sanar las cicatrices de mi mente. Para eso, no me ofreció ninguna sugerencia.

***

Empecé a hacer ejercicio dando tumbos por la casa de Ander. Incluso mi abuelo era más rápido y seguro. Anders empezó a preparar comidas ligeras, todas vegetarianas. Yo quería un filete sobre todo, pero ella dijo que sería demasiado pesado. Me sentía vacío por dentro, pero recuperé tres kilos en la primera semana.

Para la tercera semana, ya corría, no lejos, pero con ritmo y una zancada cómoda. Había empezado a trabajar el torso con pesas. Anders tenía un gimnasio bien equipado en una caseta en la parte trasera de su propiedad. Caseta era la palabra correcta; tablas rotas, letreros y un techo con goteras, pero dentro, el gimnasio lucía bancos nuevos, barras de dominadas, soportes para sentadillas, sacos de velocidad y pesados, una máquina de dorsales y dos bicicletas de spinning. Unas esterillas de goma cubrían la base de hormigón.

Empecé sin hacer mucho, pero para la quinta semana, había pasado de recuperar la forma y la fuerza a esforzarme al máximo. Había ganado siete kilos. Tenía los brazos tensos. No tenía la piel flácida. Mis deltoides se habían hinchado como globos y mis hombros estaban firmes como los de un toro. Anders me golpeaba el estómago. También me alimentaba bien, con una dieta rica en proteínas. Tres comidas al día, pero seguía sin cerveza ni vino. Todas las mañanas, después del desayuno, salíamos a correr cuesta arriba, pero ¿en qué otra dirección se correría en Suiza? La primera vez que corrimos, Anders desapareció por la colina, pero ahora podía seguirle el ritmo.

Incluyó boxeo de sombra en el entrenamiento. Durante ese tiempo, solo podía tocarle los guantes; ella tenía derecho a golpearme el estómago, los costados del cuerpo y los brazos, y dejarme moretones. Su ritmo era rápido y era una luchadora inteligente, con movimientos que entraban y salían de forma disruptiva. Recuperé el ritmo a los pocos días, y ella solo podía golpearme los brazos.

Por la noche, ponía a Cohen y Mitchell y una mezcla de música clásica. De vez en cuando, se dignaba a tocar el poco jazz que tenía. Era una lectora empedernida: Shakespeare, Goethe y Mann estaban en la estantería. Una noche, mientras escuchábamos música, leyó fragmentos del Ulises de Joyce, y el fuego rugió toda la noche, y afuera nevaba. No pude encontrar un televisor. No tenía ni idea de lo que pasaba afuera.

Las tardes eran el momento más difícil del día, ya que estaba entre hacer ejercicio por la mañana y pasar tiempo con ella por la noche. Un día encontré sus herramientas y reconstruí su cobertizo de entrenamiento. Encontramos un terreno llano en la parte de atrás y, tras hacer un plano, ella compró la madera. Desbrocé el bosque por los bordes, quité siglos de escombros y luego nivelé el terreno. El segundo día, hundí los postes y clavé las vigas transversales, y al anochecer, ya había creado la estructura del tejado. Al día siguiente, construí las paredes y el tejado. Anders me ayudó a desmontar el equipo y a volver a montarlo en el nuevo cobertizo. Tenía una sonrisa de oreja a oreja.

Me agradeció con una barbacoa esa noche, preparando un solomillo poco hecho con verduras de acompañamiento, y me permitió tomar una copa de Primitivo italiano. La primavera había llegado hacía varios días y el día había mejorado, así que después de cenar nos sentamos en el porche trasero de la casa. En un momento dado, Anders se volvió hacia mí y me preguntó: "¿Y qué hay del viejo cobertizo?". Le dije que podía derribarlo y reciclarlo o quemar la madera vieja. Cogió su vino, dio un sorbo, asintió y sonrió. "¿Mañana?", preguntó; no era una pregunta.

***

Vinieron de noche. Me había despertado y había usado el baño. Mientras me lavaba las manos, se me dilataron las fosas nasales al sentir el olor a cobre de la muerte invadir mi nariz, boca y garganta. Dudé un momento y luego abrí la ducha; un hombre muerto yacía en el suelo, irreconocible, con el rostro destrozado y cubierto de terror, su cuerpo desnudo acurrucado en el suelo, sin poder contener los intestinos dentro de su vientre desgarrado. Se mecían en un charco de sangre. Su rostro se iluminó; era el rostro de Fitz.

La puerta del baño se abrió y entró el general Choibi, con la cadena aún clavada en la garganta, moviéndose como serpientes errantes. La sangre le cubría la cabeza. Sus ojos parpadeaban. Detrás de él venía el soldado con el lápiz en el ojo izquierdo. El Dr. Habibi apareció y, con las manos extendidas, me preguntó lastimeramente por qué no había intervenido. Tras ellos, un mar de muertos se abalanzaba sobre mí para entrar: todos los que había dejado atrás.

316

Me desplomé contra la pared, me deslicé hasta el suelo y empecé a llorar. Desperté horas después, tumbada en el suelo del baño, extendí la mano y abrí la puerta de la ducha, pero estaba impecable.

Regresé a la cama, pensando que Anders limpiaba bien los cadáveres y que debería pedirle que me siguiera. Solté una carcajada antes de volver a llorar. Los muertos nunca se van.

***

Hugo regresó varias semanas después. Tenía una sonrisa enorme y se movía con soltura, observándome atentamente. Anders se sentó a un lado y sonrió cada vez que la miraba, pero no salió de la habitación, así que Hugo se sentó y me miró.

—Necesitas una reunión informativa. —Le dirigió a Anders una mirada significativa, pero ella la ignoró—. Te ves mucho mejor.

Ya conoces a Anders. No se deja amedrentar. Nada de quejarse. Si el campamento hubiera sido tan duro, dudo que lo hubiera logrado.

Todos nos reímos. Hugo dijo: «También ha recuperado el sentido del humor. ¿Cómo está, Anders?».

"Muy bien. Ha vuelto a la normalidad." Si estaba al tanto de mi pesadilla de la noche anterior, no lo mencionó. "Su fuerza básica es bastante decente. Sin embargo, su fuerza explosiva aún es deficiente. Su agilidad es aceptable, pero no excelente. La velocidad de manos y piernas sigue siendo asombrosa. Podría cuidarse solo." Se giró, me miró y sonrió. "No veo ningún signo de trastorno de estrés postraumático, pero está ahí." Así que sí estaba al tanto de mi pesadilla. "Un par de semanas más."

Entonces podemos hablar. Liz Black canceló el contrato hace cuatro meses cuando no pudimos localizarte. Ha regresado a Inglaterra, aunque aún es propietaria de su villa en Trieste. Los malteses han cerrado el expediente del asesinato de Martin. Esto ocurrió a pesar de que los tunecinos seguían solicitando información. El ministro sigue retrasando su envío. Los italianos perdieron a Lucarelli y a un eslavo llamado Broz. —Rió—. Ambos lograron escapar. Los demás no dicen ni una palabra. Seguro que esperan escapar a tiempo.

"¿Y todos los demás?"

Terry sigue allí. Nos dijo que el acuerdo era que volarías de vuelta a Niza desde Túnez, así que se despidió después de que se separaron en Túnez. Estaba trabajando en sus barcos. Los demás se dispersaron por todos lados. Félix se ha mudado a Aviñón, por lo que sabemos. Por cierto, el Ministro de Justicia nunca firmó tu orden de expulsión.

"¿Qué pasa con Miriana?"

Me observó un momento y luego dijo: «Ni idea. No hemos

podido encontrarla. Puede que sea cercana a Leonardo Gracchi, quien está en un centro de acogida en Milán».

—Entonces, ¿vas a cerrar el expediente, Hugo? —preguntó Anders.

—Creo que deberíamos, pero quedan algunos cabos sueltos. —Se volvió hacia mí—. El hermano del General sigue prófugo. No te encontrará aquí, pero podría encontrarte cuando regreses a Niza. Lo que nos lleva a lo que el General quería de ti. Supongo que era el artefacto.

El artefacto aún está guardado en el Departamento de Antigüedades. Eso me dijo.

—Sí, lo es. Según los tunecinos.

Al General no le interesaba en absoluto el artefacto. Encontré la llave de una taquilla que Trevor Martin había dejado en la granja. Había ayudado a Felix a trasladar algunos de sus productos de la Diosa a un almacén, y al regresar a Malta, abrió una cuenta en el mismo lugar. La llave abrió un almacén en el mismo lugar. Encontré su maleta y su ordenador. Su maleta contenía unos 12 millones de euros.

El silencio descendió como una cortina.

"Ahora está en una caja de seguridad en el Royal Malta Bank", dije.

"¿Martín estaba intentando comprar el artefacto?"

No. Y nadie lo sugirió jamás. Obviamente, Liz Black planeaba una transferencia de fondos. Sería solo una especulación por qué Martin tenía el dinero, pero era lo que el General buscaba.

"¿Era dinero tunecino?"

No lo creo. Una noche de locura en el desierto, vi helicópteros militares tunecinos descender en el desierto, y el ayudante del general saludó a un grupo de insurgentes que se acercaba. Encontré huellas de un grupo grande en la arena, huellas muy descuidadas. Sospecho que el dinero provenía de un grupo amigo que ayudaba al general a dar un golpe de Estado.

Nos quedamos sentados un rato. Hugo se volvió hacia Anders y le dijo: «Él dirige su propio negocio».

"Ya lo veo", dijo. "Le daría una paliza".

"No funciona", respondió Hugo.

Bien, ustedes dos. Debería haberme comunicado, pero el expediente estaba en marcha.

Anders se rió, se levantó y me dio una palmadita en la cara. "Me encanta cuando se confunde. Es tan mono".

"Bueno, lo que dijiste aclara algunas cosas", dijo Hugo. "Una vez que se dieron cuenta de la muerte del general, el ejército tunecino envió investigadores al sur, a la sede de operaciones. Lo que descubrieron los dejó impactados. Cientos de cadáveres, hombres dados por desaparecidos en combate en Libia, con claras señales de haber sido ejecutados. Así que podría haber estado planeando un golpe de Estado". Hugo reflexionó un momento y luego dijo: "Por cierto, su ayudante era en realidad su hermano. Tenía una cicatriz en el cuello, ¿verdad?"

"Es él."

"¿Y de dónde salió el dinero?"

No estoy seguro, pero no sería de ninguna fuente legítima. Tengo una idea de cómo reducir las posibilidades. Si me consigues el disco duro que Moby trajo a la oficina, entonces tendré una idea de dónde buscar. Asintió distraídamente, así que continué: «Mientras me escoltaban fuera de la prisión, el General señaló a un preso ejecutado. El General le preguntó al médico su nombre con insistencia. Me dijo que el muerto tampoco le había dicho dónde estaba el dinero. Me vigilaba con atención, pero no tenía ni idea de quién era. Intentaba obtener una reacción».

"¿Pero cómo consiguió Martín el dinero? ¿Fue parte de él?", preguntó Anders.

Creo que se lo dio el jefe del Departamento de Antigüedades y le dijo que se lo llevara. Por eso voló de vuelta a Malta y desapareció.

"¿Algo más?" preguntó Hugo.

Me pregunto si hay alguna novedad sobre Greene, el hombre que murió en la explosión del coche.

Nada. Es como si nunca hubiera existido.

Me dijo que me traería el disco lo antes posible. Anders desapareció en la cocina para preparar la cena, y yo eché la cabeza hacia atrás y cerré los ojos. Hugo me dio una palmadita en el hombro y dijo: «Echa una siesta, hombre».

***

Más tarde, Hugo y yo nos sentamos afuera con una botella de agua cada uno. Era un día frío y había nevado.

"¿Alguna vez conociste a Dianne Herto?", preguntó Hugo.

—No. Ya se había ido cuando conocí a Alastair.

"¿Pudo haber sido ella la chica que se acostó con Martin?"

Al principio, pensé que sí. Poco después, entré en su apartamento y estaba limpio.

"Entonces me pregunto quién era ella", dijo Hugo.

Regresé a la unidad antes de irme a Túnez. El apartamento estaba limpio y ordenado. No había ropa, las tarjetas de crédito habían desaparecido. Así que desmonté los enchufes y encontré huecos en los laterales que indicaban la presencia de cámaras.

"¿Cuál es la narrativa?"

"Ella atrae a Alastair, y se convierten en niño y niña, lo interroga, le da espacio para reunirse con Lucarelli y, mientras tanto, la Compañía escucha y observa mientras ella camina por la calle para recoger la pizza para la cena".

Él asintió y sonrió. «Entonces todo tiene sentido. Recibí dos visitas de La Piscine la semana pasada. Nos dijeron que no intentáramos encontrarla. Al parecer, era un mensaje de un «aliado importante», dijeron. Supuse que se refería a la CIA».

Esto también explica lo de Greene. Lo más probable es que lo enviaran después de que la hubieran violado o amenazado.

Asintió, pero no dijo nada más mientras Anders nos llamaba a la mesa y nos servía tres platos de espaguetis a la boloñesa. Ella había puesto parmesano y pimienta negra, que yo le puse sin parar. Hugo parecía algo desconcertado, pero con reticencia, empezó a asentir. Pensé que pediría pollo confitado o boeuf bourguignon. Anders sacó una botella de Primitivo y nos sirvió una copa a cada uno. Hugo olió el vino, miró la etiqueta y comentó: «Es italiano». Parecía que no podía creer lo que estaba pasando.

Hice una pantomima de experto en vinos. «Con cuerpo, taninos intensos, sabor intenso a frutos rojos. Este vino es tan bueno que te impedirá dar gracias a Dios».

Extendió los brazos y el dolor le cruzó el rostro, y luego dijo: "Dios mío. Así es como se mata una comida".

Nos reímos. Tomó varios sorbos y luego dijo: «Gracias a Dios que has vuelto». Más risas.

Más tarde esa noche, Hugo y yo estábamos tomando vino y hablando de negocios. Anders se había retirado a la cama. Se nos había acabado la conversación operativa, así que me preguntó: "¿Y cómo te enamoraste de esta Miriana?".

Suspiré. «No sé. Dime que estoy cachondo. Quiero una pareja. Tengo treinta y no he sentado cabeza con ninguna mujer».

Me pareció una extraña coincidencia que hubiéramos llegado a Trubuxi la misma noche. Ahora me parecía que claramente me había buscado en Trubuxi en ese momento, aunque todavía se podía argumentar que fue al azar. Seguía pensando que era porque estaba interesada en mí. ¿Cómo una mujer se acuesta contigo? En mi juventud, siempre parecía pasar.

Hugo no regresó a su habitación de hotel esa noche. Anders apareció y nos dijo a ambos que la fiesta había terminado, porque necesitaba dormir. Y que Hugo dormiría en el sofá porque estaba demasiado borracho para conducir.

***

A la mañana siguiente me sentí más como antes; una suerte,

porque Moby apareció con un par de cervezas Tomislav. Chocamos los puños. La sonrisa de Moby se alargó muchísimo.

—Eres maravilloso, Mobes —dije—. ¿Uno de esos para mí?

—No —dijo Anders, acercándose a mí—. Es demasiado pronto para que bebas. Moby le dedicó una sonrisa traviesa y le entregó las dos cervezas a Anders.

"Lo hice la otra noche", dije.

"No recuerdo que eso sucediera."

"Olvídate de la cerveza", dijo Moby. "Mira esto. Te va a encantar". Señaló con la mano la ventana y el agitado lago turquesa. Noté que las colinas estaban cubiertas de nieve y que los abetos se habían teñido de azul cobalto. Casi toda Suiza es una postal. Aunque probablemente viviría el resto de mi vida en el Mediterráneo. Sin embargo, al contemplar el paisaje exterior, me di cuenta de que encajaba con mi estado de ánimo: un frío constante, una belleza que apreciaba y con la que conectaba. Me di cuenta de que había vuelto. Moby me pasó la memoria USB y la vi girar en el aire, extendí la mano y la atrapé.

"¿Qué buscabas mientras conducías?"

Le hablé de Fitz Xara mientras caminábamos por el pasillo hacia la oficina de Ander, donde nos había instalado el ordenador. Regresé por el camino de entrada para reencontrarme. Empecé por el principio y revisé cada empresa, sección por sección. No había ninguna ficha de vinos Shipwreck, algo que no esperaba encontrar. Alastair había sido minucioso con su documentación hasta que abrí la ficha de Orinoco Arc Mining. Toda la información de la empresa, la junta directiva, las actas y las comunicaciones estaba censurada. Intenté recuperarla, pero no pude. Aun así, destacaba, como un indicio de que algo no cuadraba.

Busqué en Google Orinoco Arc Mining y encontré varios artículos sobre sus operaciones mineras en Venezuela. Apareció una imagen de Fitz Xara cenando en un restaurante de Roma. Parecía ser el mismo hombre que había visto colgado de las vigas en Túnez. El pie de foto mencionaba que era tunecino. Revisé algunos artículos y encontré una foto suya en una playa de Malta. Era tan clara que me confirmó la sensación de que estaba viendo al mismo hombre.

Moby había salido a hablar con Anders y lo llamé: "¿Tienes un teléfono quemador?"

Volvió, todavía riéndose de lo que fuera que él y Anders habían estado hablando, metió la mano en su bolsa de deporte y me lanzó un teléfono. Llamé a un contacto que permanecerá anónimo y que vive en Gran Caimán. A pesar del secretismo de las regulaciones bancarias del país, puede proporcionarnos información de cuentas regularmente. No le pregunté por el tiempo.

"¿Sigues corriendo?" pregunté.

"Más difícil que nunca."

"Necesito saber quiénes son los miembros de la junta directiva y los propietarios de Oscar Alpha Mike".

Claro. ¿Enviar la factura a la misma dirección?

Dije que sí. Anders nos invitó a comer y después me eché una siesta. Tres horas después, sonó el teléfono desechable.

En resumen, el accionista mayoritario es un tal Fitz Xara, tunecino. Los demás miembros de la junta directiva son todos malteses: Joseph Sacco, propietario de una bodega, y Edward Camilleri, presidente de la junta. Su gerente es Alastair Davies.

Sentí un escalofrío repentino al ver cómo todo encajaba. "¿Shipwreck Wines es propiedad de OAM?"

Sí, soy accionista mayoritario. Sacco posee un veinticinco por ciento de Shipwreck Wines.

"Entonces, OAM es una empresa fantasma".

Así es. No puedo demostrarlo, pero el resumen lo indica. En teoría, Xara posee la mayor cantidad de acciones porque, si quisieran explotar minas en Túnez, la empresa minera tendría que ser de propiedad tunecina.

"¿No es el Orinoco un río de Venezuela?"

Sí, la empresa tenía una enorme operación minera en el país

hasta que se nacionalizó la industria minera. No recibieron ningún pago y tuvieron que volver a casa a duras penas. Por cierto, tienen su junta general anual dentro de dos semanas en Malta. Dudó un momento y luego dijo: «Hay algo que debes saber. Fitz Xara, el tunecino, ha desaparecido. No parece haber respuestas sobre su paradero».

No dije nada.

Bajó la voz y dijo: "Escuché que recientemente tuviste algunos problemas en las tierras del Sur".

¿Dónde escuchaste eso?

Como dice Dylan: «Soplando en el viento, amigo mío. Soplando en el viento. Lo que significa que está ahí fuera. Cuídate».

Nos despedimos y colgamos. Le devolví el teléfono a Moby, quien me dijo que se desharía de él. Las conexiones explotaron en mi mente más rápido que una telaraña. Busqué en internet operaciones mineras en Túnez, y una nota oscura sobre un paro laboral en una mina recién inaugurada me llamó la atención. La mina era operada por Orinoco Mining. Fechada nueve meses antes. La mina en sí estaba a unos trescientos kilómetros de donde Shipwreck Wines tenía su viñedo tunecino, pero si vas a mentir, ¿para qué preocuparte por los detalles?

—Estás pensando —dijo Moby, con una sonrisa curvando

sus labios.

Permítanme que les explique una historia. La historia de Sacco sobre que el viñedo tuvo que suspender la cosecha del año es falsa. Pudo haber sucedido, pero tal vez no. Pero no estaba cerca de donde se encontró el artefacto. Sin embargo, lo usó para deshacerse de mí, y funcionó. Al General no le interesaba el artefacto; quería el dinero, y empezó a matar gente para conseguirlo. Greene, Xara, el Director de Antigüedades; sin duda me habría matado después de que le diera la información bancaria. ¿Pero de dónde salió el dinero? Ni de Liz Black. Ni de Trevor Martin. Estaba casi en la ruina. Alastair Davies no tendría ese dinero.

Pero Lucarelli sí lo haría. Y Davies lo conocía bien. Lo más probable es que el general hubiera estado organizando un golpe de Estado, así que el dinero era necesario. ¿Un acuerdo entre el general y la mafia para abrir Túnez a la Habana de los años cincuenta? Era más probable que la mayoría de las versiones.

***

Anders preparó boeuf bourguignon para cenar. Hugo se quedó maravillado. Moby no dejaba de sonreír. Anders me felicitó por mi apetito. Más tarde, nos sentamos en la sala e hicimos planes. Me quedaría en Sils varios días más mientras Hugo y Moby volvían a Niza. Moby se encontraría conmigo en La Valeta.

Una vez que se fueron, Anders echó varios leños al hogar y

encendió la chimenea. Puso música y nos trajo una copa de vino a cada uno.

"Tengo que cerrar las cosas", dije.

"¿Por qué es necesario?", preguntó Anders. "Parece que vas a abrir heridas. Estabas en mal estado cuando llegaste aquí. No querrás volver a eso".

"A veces, la única manera de sanar por completo estas heridas es reviviendo el dolor".

"Entonces, ¿cómo te sientes?"

"Estoy bien."

Has causado daños. Vamos a explicarlo todo. Has matado a algunas personas.

Algunos eran malas personas. Otros intentaban matarme. Nunca lo dudé. No puedes, o estás muerto.

Habló con voz temblorosa: «Lo sé. Pero eso fue entonces, y lo somos ahora. Cuando matas a otro ser humano, nunca te abandona. Te desgarra la mente en los momentos de tranquilidad. Los rostros siempre están ahí». Anders no me había quitado los ojos de encima, pero ahora me clavaba la mirada. «¿Cómo lo afrontas?». Anders claramente había sido consciente de mi pesadilla la otra noche.

Supera tus dificultades. No puedes ignorarlos. Siempre

llamarán a tu puerta.

Ella asintió y me dedicó una leve sonrisa. «Tienes que aceptar que siempre estarán ahí. Tienes que hacer las paces con ellos».

No dijimos nada durante unos instantes, y luego me preguntó qué tal estaba el vino. La felicité por su elección. Terminó, tomó las copas y las lavó. El fuego crepitaba, y el recuerdo de Laleh, una enfermera afgana en prácticas, apareció ante mí. En mi pesadilla, Fitz la había suplantado. Los insurgentes habían asesinado a Laleh en Kabul como advertencia para nosotros, los canadienses, mientras yo dormía inconsciente en el pasillo. Había jugado voleibol con nosotros, curado nuestras heridas y reído, pero incluso ahora, en mi memoria, su único ojo restante me miraba fijamente, acusador. Nunca me culparon, pero nunca me lo he perdonado.

Me senté junto al fuego hasta que se apagó y luego busqué a Anders en la cocina. No estaba, y supuse que se había acostado. ¿Por qué no se había despedido? Cerré las puertas con llave, apagué las luces y revisé la puerta de su habitación, pero las luces estaban apagadas. Así que me preparé para irme a la cama y me metí. Y encontré a Anders.

"¿Qué estás haciendo aquí?"

—Cállate. Al principio fue tierna, acariciándome el cuerpo, un juego suave con los labios y la lengua, una ligera caricia con la mano. Me provocó una erección, y el dolor era cegador, sin duda, por las patadas que recibí en prisión. Me caí de ella, con la mirada perdida, y ella se me subió encima y me montó hasta que me corrí, gritando, gritando, gritando.

"¿Esto fue terapia?", pregunté después.

—No, un motivo mucho más puro. Estaba excitado.

Nos besamos sin parar. Después, ronroneó, me besó y volvimos a hacer el amor. Al rato, le temblaron las piernas, dio un largo suspiro y me arañó el pecho, se soltó y se dio la vuelta, quedándose dormida al instante. Por la mañana, volvimos a hacer el amor, extendiéndonos antes de llegar al clímax. Me abrazó y luego saltó de la cama, su delgado cuerpo sin signos de edad, y se fue tranquilamente a la ducha.

Regresó al dormitorio después de vestirse. "¿No te levantas? Pensé en ir de compras y comprarte algunas camisas".

—Puede que no quepan. Debería ir contigo.

Ella extendió la mano, apretó mis genitales y dijo: "Creo que sé tu talla".

Para cuando llegué a la cocina, Anders me entregó un plato de huevos Benedict y una guarnición con gofres. "Hay sirope de arce en la mesa. Del auténtico de Quebec", dijo. "Lo traen por avión todas las semanas a la Embajada de Canadá en Ginebra".

Hablamos un rato. Le dije que no se preocupara por las camisas. Me duché, encontré la maquinilla que Anders me había comprado y me afeité la cabeza. Preparé mi mochila nueva, hice la cama y recogí el desorden acumulado. Dejé algunas cosas apiladas en el escritorio, con la intención de recogerlas más tarde.

Al entrar en la cocina, encontré a Anders junto al fregadero. Se giró hacia mí y dijo: «¡Ay, mierda!». Pero pidió un taxi y me abrazó un buen rato antes de darme un beso. Se le formaron lágrimas en las comisuras de los ojos. «Llámame cuando vuelvas a Niza».

Capítulo treinta y uno

En La Valeta hacía calor; la gente iba sin chaqueta, muchos en pantalones cortos. Moby había reservado dos habitaciones en un resort en San Julián, a orillas del agua, cerca de la punta de la península y con vistas a Sliema. El primer día nos sentamos en la terraza, nadando a ratos en la piscina. Dormí de vez en cuando. De vez en cuando, miraba con binoculares hacia la bahía, hacia el apartamento de Dianne Herto. Las luces nunca se encendieron.

A la mañana siguiente, salimos temprano en dos coches y fuimos a la granja de Terry. Hierbas y brotes habían brotado del barro, y los árboles habían invadido el camino. Aparcamos en el barro junto a la casa. Solo se oía charlar a los pájaros que habíamos espantado. El silencio y el frío nos recibieron en el interior. Revisé la habitación de Miriana, pero estaba descuidada. Las demás habitaciones estaban vacías.

Encontré a Moby en la cocina. El refrigerador estaba vacío y apagado. Los estantes de la despensa estaban vacíos. Una capa de polvo cubría la mesa y las sillas de la sala. El televisor había desaparecido. La limpieza había sido rigurosa. Afuera, la limpieza adquirió un tono diferente. Forcé la cerradura del cobertizo de trabajo, pero el interior estaba vacío; ni botes ni herramientas.

Desde la casa de Terry, fuimos al almacén y recuperamos el maletín y la computadora de Martin. Bajé al almacén de Felix, pero estaba vacío.

Terry definitivamente había huido. ¿Alguien le había advertido que se perdiera?

***

Más tarde esa noche, sonó mi teléfono. No reconocí el número, pero reconocí el código de área del Caribe. Era mi contacto en el Caribe.

Encontré algo más. Bakhia. No tiene nombre de pila. Es un empresario albanés. Él y Camilleri han hecho muchos negocios juntos. Pero corren rumores de que pertenece a la mafia albanesa. Una investigación italiana lo ha relacionado con negocios con un tal Tedesco, que pertenece a la mafia siciliana.

Los pelos de mi brazo se erizaron ligeramente, como si estuvieran movidos por el viento.

Al día siguiente, a primera hora de la tarde, me detuve a tomar un espresso en la plaza frente a la Concatedral de San Juan. El camarero me trajo la taza mientras el Hombre Langosta pasaba. Giró la cabeza mientras observaba a la multitud, se detuvo y me miró, asintió con una leve sonrisa y luego siguió su camino. Iba por la mitad del café cuando Crawford se sentó a mi lado.

Ah, ahí estás. Me alegra que hayas vuelto.

Le di una sonrisa tonta. «Entonces entiendo que el Ministro

nunca autorizó mi expulsión».

"No, nunca lo hizo", dijo riendo.

—Entonces, supongo que escuchaste lo que me pasó en Túnez.

Sí. Muy feo. Pero no puedes pensar que el Ministro tenga algo que ver con las acciones de un militar tunecino.

—Claro que no. Al menos no de forma directa.

¿Por qué dirías eso?

El ministro Camilleri es oficial de Orinoco Arc Mining. Sacco también lo es. Lo más probable es que el artefacto se descubriera en la mina, no en el viñedo de Sacco. El hallazgo del artefacto detuvo la minería y comenzaron los problemas.

—Pero no tenían nada que ver con el artefacto ni con Trevor Martin.

—No lo hicieron. Pero la clave es el hombre clave, Alastair Davies. Es asesor financiero de Orinoco Mining. —Crawford arrugó la frente—. Y sí, también bebe con Ami Lucarelli. En una fiesta en la granja, también estaba acompañado por varios tunecinos, incluido el asistente del general Choibi.

—Bueno, eso no está bien. Pero no hay mucho ahí.

—Bueno, quizá deberías asistir a la Asamblea General

Anual mañana por la tarde aquí en La Valeta.

Hizo una pausa y luego, en tono apagado, dijo: "Estoy seguro de que el Ministro no estará presente".

"Deberías pasar a verlo."

Crawford asintió. "¿Cómo sabes de esta reunión?"

"Salió en los periódicos de la mañana".

Sonrió por primera vez.

***

No habíamos tenido noticias de Crawford cuando Moby y yo nos dirigimos al hotel donde Sacco había reservado espacio para la reunión, subiendo por St. John's y entrando en el centro de La Valeta. Moby rondaba en la distancia, rozándome la espalda. Llevaba guantes y, a pesar de balancear la maleta al caminar, me sentía como un idiota. Pero también me sentía revitalizado por primera vez en meses, lleno de propósito, con ganas de terminar con esto y seguir adelante.

Una empleada me recibió con un aire alegre, pero ausente. Charlamos un rato, pero se mantuvo firme en no dejarme entrar a la sala de juntas. Asentí, sonreí y pasé por delante de la recepción, recorrí el pasillo y entré en la sala de reuniones. La conversación se interrumpió, las cabezas se volvieron hacia mí y un grupo de mascarillas me recibió: Alastair con una mirada de asombro, Sacco con un miedo paralizado y Camilleri con una ira repentina que se transformó en rabia.

"Te eché de Malta, y aquí estás, irrumpiendo en una reunión de negocios a puerta cerrada", dijo. "¡Marie, llama a la policía!"

"Ya vienen", dije. Me paré junto a Alastair, y él apartó su silla. "Los esperaré. Olvidaste firmar el papeleo, así que tengo permiso legal para estar aquí".

—¡Firmo eso ahora mismo! ¡Fuera! ¡Marie, llama a seguridad y a la policía! —Camilleri se sentó y se recompuso—. ¿Qué quieres? —gritó.

Para cerrar el tema, pensé. «Quería repasar varias cosas. Para entenderlas mejor».

Un guardia de seguridad solitario apareció en la puerta. Lo saludé con la mano. Era bajito y delgado, calvo y con gafas. Me miró y empezó a gritarme que saliera de detrás de la mesa. Dije que no, y entonces llegó la policía, una mezcla de civiles y uniformados, junto con el Hombre Langosta y, por último, pero no menos importante, como el rey, Crawford. Debían de estar al otro lado de la plaza.

—Ah, ahí estás —comentó Crawford—. Ya has vuelto. ¿Qué tal tus vacaciones?

Magnífico. Solo los mejores vinos, carnes estofadas y quesos.

—Ah, eso es lo que me gusta oír. ¿Y qué haces aquí? Parece que están reunidos.

—Tienes razón, lo son. —Señalé la pantalla al fondo de la sala—. Lo curioso es que están hablando de OAM, una empresa minera.

Crawford se encogió de hombros.

Supongo que Malta tiene leyes que prohíben los conflictos de intereses. El ministro está en nómina y, al mismo tiempo, dirige una empresa. Está presente cuando no debería. De hecho, él redactó el informe anual. Verán su nombre en la pantalla. Parece una idea chapucera.

La mirada de Sacco se había vuelto pétrea. Camilleri intervino: «Inspector, exijo que arreste a este hombre inmediatamente. No se detenga».

"Necesito entender más sobre sus motivos para venir aquí".

—¿Por qué? —resopló Alastair.

Para comprender el nivel de amenaza para mis oficiales. Dependiendo de los motivos de este hombre, usaríamos diferentes técnicas para arrestarlo.

—Entonces, ¿por qué estás aquí? —preguntó Sacco.

Me alegra que lo preguntes. Voy a devolver algunas pertenencias de Alastair. —Dejé la maleta sobre la mesa y la abrí—

. Encontré dinero que podría ser tuyo. Diez o doce millones de euros. Unas monedas, sin duda.

El silencio invadió la sala. La recepcionista, aún de pie en la puerta, ladeó la cabeza y se quedó completamente quieta. Un destello brilló en los ojos de Crawford. Camilleri se sentó.

"Probablemente por esto asesinaron a Trevor Martin".

"¿Dónde encontraste eso?" preguntó Crawford.

Trevor Martin lo guardó en una taquilla. Regresó de Túnez a toda prisa. Días después, fue asesinado. Esto no es suyo. Trabajó toda su vida, ganó muy poco dinero y su cuenta bancaria en Egipto estaba casi vacía. Así que lo guardó en un trastero porque no tenía ni idea de qué hacer con él.

—Bueno, aquí no es de nadie —dijo Camilleri.

"El análisis de ADN y huellas dactilares lo confirmará", dije. Levanté las manos y las giré para poder mostrar mis guantes. Sacco se estremeció, lo que hizo sonreír de nuevo a Crawford. Añadí: "Y el interrogatorio".

—Sí. Necesito que todos los presentes saquen sus identificaciones. Licencia de conducir, pasaporte. —Le hizo un gesto al Hombre Langosta, quien caminó lentamente alrededor de la mesa, los recogió y los dejó sobre la mesa.

"¿Valía tanto dinero el artefacto?", preguntó Crawford.

No. Cualquiera pensaría que fue un pago por el artefacto, pero no lo fue. Había una comunicación muy clara entre Black & Company en Trieste y el Gerente de Antigüedades, indicando que cualquier pago sería una transferencia de fondos. Permítame esbozarle un poco la historia, teniente. OAM significa Arco del Orinoco, que corresponde al río Orinoco en Venezuela, donde se realiza la mayor parte de la minería. Extrajeron fosfatos allí durante años hasta que Padura nacionalizó la mina y olvidó pagar. Pero OAM tiene otras operaciones mineras y, con el tiempo, llegó a un acuerdo con Fritz Xara, ciudadano tunecino, propietario de Sahara Mining. Este dirigía varias minas en el oeste del país. De hecho, OAM es propietaria de Sahara Mining, lo cual es prácticamente ilegal en Túnez. Un acuerdo firmado con tinta invisible, sin duda.

—Es una conjetura —dijo Alastair—. No tienes ninguna prueba. El rostro de Camilleri estaba contorsionado como un rompecabezas. Sacco se había replegado en su silla.

Buscaría información en el registro mercantil, consultaría las actas de sus respectivas reuniones. Y revisaría el ordenador de Alastair.

Las manos de Alastair volaron hacia las teclas de su computadora, pero Lobster Man fue más rápido y apretó sus músculos trapezoidales, congelando su movimiento, mientras Crawford recogía la computadora.

—No tienes ninguna prueba —dijo Camilleri—. Estás mintiendo. No tenemos ninguna conexión con el dinero entregado al director de Antigüedades...

"Sí", replicó Crawford. "Ejecutamos una orden de registro, otorgada por un juez hoy, para registrar la oficina de Alastair". Se giró y le habló a Alastair: "Su secretaria, quien se encuentra bajo arresto provisional, ha cooperado con creces. Hemos confiscado sus registros, incluyendo memorias USB. Esta computadora está en la orden". Crawford se volvió hacia Camilleri, quien se quedó sin palabras, miró a Alastair y dijo: "Alastair Davies, está arrestado".

Me incliné y le dije: «Deberías quitarte las gafas de sol. Necesitan verte los ojos cuando te tomen la foto policial».

Él me maldijo.

—¡No sé nada de esto! Xara, ¿te cuento todo esto? —preguntó Sacco—. Está prófugo últimamente.

—No pudo —dije—. Ya estaba muerto cuando me lo presentaron. El general lo ahorcó, le cortó los testículos y le quemó la espalda.

Sacco echó la cabeza hacia atrás y aulló. La secretaria entró en la sala de conferencias, se sentó y se tapó la boca con ambas manos. Crawford ignoró las distracciones y dijo sin emoción: «Ah. Así que no hay Fitz». Parecía impasible, y supuse que se había enterado del fallecimiento de Fitz. Continuó diciendo: «Bueno, a ver si me entiendes. ¿Qué tiene que ver todo esto con el asesinato de Martin?».

Encuentran minerales raros en el desierto del sur y deciden explotarlos. Mientras preparan el sitio para la minería, desentierran un artefacto y deben detener la excavación. Órdenes del departamento de Antigüedades. Esto podría ser un golpe mortal para OAM, y podrían ir a la quiebra. Al principio, pensé que el rostro radiante de Alastair había sugerido una forma de eludir la prohibición, sobornando al director, pero esa explicación no me convenció.

Continué: «Pero una historia interesante es que el director acepta el dinero porque el general se lo ordenó. Le habrían dado alguna excusa. Los diez millones formaban parte de un flujo continuo de dinero al general para que pudiera dar un golpe de Estado. Y una vez que el general estuviera en el poder, permitiría que la OAM reabriera. Pero el director se asustó. Quizás al principio le dijeron que el contenido era información que le enviaban al general a través de él y lo presionaron para que lo aceptara. Lo más probable es que lo abrieran por error un día, y él echó un vistazo y se quedó atónito al encontrar el dinero. O, más probablemente, el general le dijo qué había dentro y para qué era, y él defendió a su país, y cuando Martin apareció, solo vio a otro europeo, y le arrojó el dinero y le dijo que se fuera del país. Estoy seguro de que Martin sabía que estaba en peligro inminente, por eso escondió el dinero. Sin embargo, no tengo ni idea de por qué se quedó en Malta».

Crawford asintió. «Así que Alastair era el chico de las bolsas».

Sacco giró bruscamente la cabeza. Bajó la mano derecha por debajo de la mesa y empezó a empujar el brazo hacia abajo. Luego se detuvo y lo volvió a levantar. Quizás le picaba.

Asentí y puse mi mano sobre el hombro de Alastair.

"No fui a Túnez en ese momento", dijo.

Volaste dos días antes que Martin. Air Malta, vuelo ____, confirmación ____, asiento ____. Volviste esa misma tarde. Metí la mano en el bolsillo del pecho y saqué una copia impresa del billete. Ah, por cierto, aquí está el historial de vuelos semanales de Alastair de los últimos cuatro meses.

—Pero no tenemos tanto dinero suelto —dijo Sacco. Miré a Camilleri y, por primera vez, vi inquietud en su postura. Se pasaba el pulgar por los labios con nerviosismo.

Claro que no. En algún momento, mientras el General hacía planes, la mafia aportó el dinero extra. No te lo dijeron. Lucarelli habría aportado los fondos. Se decía que Alastair estaba usando sus habilidades para modificar la prohibición de la minería. La mafia quería expandir su influencia en Túnez y quizá quería obtener parte de las ganancias de la mina. Bueno, eso ayudaría con la lavandería.

Sacco miró a Alastair con desprecio y luego se giró hacia Camilleri; la ira le deformó el rostro, transformándolo en una máscara de repentino odio. Le gritó: «Por eso me instas a invitar a Tedesco a mi yate». Entonces, su voz adquirió un repentino tono sarcástico: «Me presentaste al señor Lucarelli, un asesor de inversiones italiano. Vinos y comidas de alta calidad, y todo el tiempo me estaban utilizando».

—Es hora de salir de la oficina, teniente —dijo Camilleri. Me señaló—. Y arresten a este hombre. —Miró a Crawford y dijo—: Puede esperar una severa sanción.

—Ustedes dos me engañaron —dijo Sacco—. Ambos me mintieron.

"Eres el débil. No podíamos confiar en ti", dijo Camilleri. Se volvió hacia Crawford y le dijo que saliera y me llevara con él.

La secretaria levantó la mano y Crawford levantó la palma de la mano, le sonrió y dijo: "Sí, ¿tiene alguna pregunta?"

"Si la mafia estaba involucrada en esta conspiración, ¿por qué el ministro se aliaría con los italianos para arrestar a la mafia?"

Crawford me señaló con la palma de la mano y dijo: «Fueron los italianos quienes impulsaron el proceso, y el gobierno estuvo de acuerdo. Camilleri no tuvo otra opción. Lo que no contaba era que

Buttanesco decidiera mudarse un día antes de lo acordado». Movió la cabeza de lado y me sonrió. «Ella supuso que estarías bien. Lamento decirlo, pero creo que supuso que estábamos en peligro. Así las cosas, ya estaban listos para abandonar el barco. El plan del día era golpear a Brown y luego volar al siguiente escondite, Albania. Sus billetes de avión lo decían».

"Así que aquí tampoco hay pruebas", gruñó Camilleri.

Crawford ignoró al ministro y dijo: "Pasemos a otra cosa. ¿Quién mató a Martin?".

—No lo sé. Es tu trabajo.

El Hombre Langosta se rió, pero todos los demás guardaron silencio y empezaron a mirar alrededor. Camilleri se mordió el dedo. Alastair parecía contener la respiración.

—Entonces tal vez Alastair —dijo Crawford.

"No tiene agallas", dije. "Usar una pistola sería una forma fácil de matar a alguien. Sin embargo, estoy seguro de que tenían un método para verificar los fondos que llegaban a Túnez, porque Alastair aún vive. Así que el dinero llegó, pero el General no llegó a recogerlo, y cuando lo hizo, ya no estaban. Fue un intercambio de maletines. Alastair llegó en avión con una maleta llena de dinero y se la entregó al director artístico, quien le dio una maleta vacía para que regresara a Malta. Una tapadera."

Metí la mano en mi maletín y saqué el archivo. «Aquí están los manifiestos del vuelo de Alastair a Túnez y su vuelo de regreso a Malta. Incluí el manifiesto del día siguiente de los vuelos de ida y vuelta entre Malta y Túnez, y Alastair no aparece en la lista».

Me detuve, tomé los pasaportes uno por uno y los comparé con el manifiesto. Camilleri se inquietó, frotándose las mejillas. Sacco se mordía el labio inferior y su mano estaba de nuevo debajo de la mesa, pero ahora empujando hacia adelante. Me picaba mucho, pensé. Metí la mano y saqué el día que Martin había volado de ida y vuelta. Su nombre estaba resaltado. Aun así, revisé el manifiesto y me detuve, mirando hacia atrás.

Camilleri entrecerró los ojos e inclinó la cabeza; su rostro tenía arrugas de ira. Sacco se pasó la lengua por el labio inferior y cerró la boca, solo para dejar que la lengua volviera a salir. Su mano derecha permaneció sobre la mesa. Con la izquierda se alisó el cabello y se incorporó, con los ojos bien abiertos y la boca abierta.

—Nos vamos de aquí —gritó Camilleri.

"En realidad, tengo órdenes de arresto para todos, incluido usted, ministro", dijo Crawford.

—Eso es absurdo. ¡Arresten a este hombre! —Me señaló con el dedo—. Hablaré con el Primer Ministro sobre su incompetencia. Se levantó y caminó hacia la puerta, pero el Hombre Langosta se paró frente a él, lo giró, le esposó las manos y lo sentó en una silla vacía.

Los demás se levantaron a regañadientes y se marcharon lentamente. Antes de cruzar la puerta, Sacco miró hacia su asiento y luego caminó por el pasillo.

"Eso hace eso", dijo Crawford.

Asentí, me acerqué y me senté en el asiento de Sacco. Metí la mano por debajo y la pasé por las patas de apoyo, y entre las articulaciones sentí una cubierta lisa. Saqué con dificultad una libreta. Era un pasaporte; color burdeos, con la imagen de un águila en la portada. Había sido emitido por la República de Albania. Lo abrí y Sacco me miró fijamente. Solo que se llamaba Arben Priffti.

"¿Qué tienes ahí?" preguntó Crawford.

Le pasé el pasaporte a Crawford, quien lo tomó con naturalidad y bajó la mirada. Su cuerpo se estremeció ligeramente.

Pasé el dedo por el manifiesto del vuelo de regreso de Martin. Arben Priffti se había sentado dos filas detrás de Martin.

Crawford miró por encima de mi hombro al Hombre Langosta, quien había vuelto a entrar en la oficina y le dijo que trajera a Sacco. Regresó, tirando agresivamente de Sacco, quien intentó zafarse y lo arrojó contra una silla.

"¿Por qué tienes un pasaporte albanés?"

"Tengo doble ciudadanía."

"¿Sabías lo de las transferencias de dinero, no?", pregunté.

"No."

—No te creo —gritó Crawford—. El dinero lo movió Bakhia, que es albanés. Interesante —dijo—. Igual que Bakhia.

La cabeza de Sacco se levantó tan rápido que pensé que saldría volando. Le sonreí.

"Déjame contarte", dije. "Habías llegado a comprender lo que estaba pasando, probablemente también habías visto la maleta en numerosas ocasiones. Así que la reconociste, pero no era la persona correcta quien la tenía, y de repente, las llamadas de pánico por el dinero desaparecido se volvieron constantes. Nadie sabe quién lo tiene, pero tú lo sabías. Descubriste dónde se alojaba Martin y lo visitaste. Pero no terminó bien, ¿verdad?"

Sacco parecía como si se estuviera estrangulando.

***

Nos quedamos dos días más. Moby pudo nadar, tomar el sol y tomar café mientras yo hacía una declaración tras otra. La última noche, nos dirigimos al bar del Hotel West End, donde todo había comenzado. El Hombre Langosta se sentó con nosotros; la repentina compañía se desvaneció un poco. La cerveza era fuerte y amarga, y ya me había bebido la mitad cuando Crawford empezó a hablar de su infancia, de su crianza en Gran Bretaña, y de cómo su padre era el policía local en un barrio del East End. Había seguido los pasos de su padre en la policía, pero pasar varios años de vacaciones en Malta le hizo solicitar un trabajo en el país. Gracias a su experiencia, ascendió a detective en cuestión de meses. Sus recuerdos lo llevaron a reflexionar. Empezó a hablar de su jubilación, con ganas de alejarse de la investigación. Para él, el mundo había cambiado. Antes se respetaba a los demás, la corrupción no era un elemento fijo en las investigaciones y la honestidad reinaba en todas partes. Lo dejé divagar, pensando que algún día yo probablemente me encontraría en la misma situación.

Finalmente, seguimos adelante y Crawford dijo: «Sacco acabó confesando. Años antes, la mafia albanesa lo había comprometido y le habían ordenado que inspeccionara periódicamente su bodega en Túnez. Casi creía que se estaban traficando drogas a Europa a través de la bodega, pero nunca le permitieron entrar en un taller construido en una zona boscosa tras las viñas».

"Sin embargo, se dio cuenta del pánico por el dinero perdido", dijo Lobster Man. "Camilleri lo mantuvo al margen de las conversaciones operativas generales, pero se enteró de la transferencia de dinero al General".

"¿Así que se hizo el tonto con lo de Lucarelli y compañía?", pregunté.

Nota Bene

"Hasta que se enteró de la maleta desaparecida", dijo Lobster Man.

Sacco declaró que no reconoció la maleta, solo que Martin tenía una a sus pies durante el vuelo. Al percatarse del frenesí generado por la maleta desaparecida, supo dónde buscar. Entró en la habitación de hotel de Martin, intentó hacerle hablar y, en cambio, lo mató accidentalmente.

Hemos llegado a entender que Sacco fue cooptado por la mafia albanesa. Por lo tanto, podría haber sido alertado sobre la pérdida del dinero.

"Camilleri nunca se lo habría dicho", afirmó Lobster Man.

Estoy de acuerdo. Las posibles versiones incluyen que la "novia" de Alastair, Dianne Herto, se lo contó a Sacco para crear revuelo en el grupo, o que Alastair se lo soltó a Sacco cuando estaba borracho. Di un sorbo a mi cerveza y luego dije: "Lucarelli habría llevado a Martin a una casa segura, lo habría torturado hasta que le dijera dónde estaba el dinero, y luego lo habría matado y enterrado. La razón por la que Lucarelli estaba en casa de Gracchi era que se había encontrado el cuerpo de Martin y el dinero no estaba con él".

"Supongo que tiene sentido", dijo Crawford. "Creemos que Dianne Herto probablemente fue incluida en el grupo por los estadounidenses para ver qué hacían Camilleri y compañía en Túnez".

"Y para causar estragos", dije.

"¿Alguna vez descubriste quién era el tipo en la morgue?", pregunté.

—No —dijo Crawford—. Contactamos con los estadounidenses, pero nos pidieron que no tocáramos el asunto.

—Entonces, ¿quién crees que era? —preguntó el Hombre Langosta, casi como si se le ocurriera después.

"Espanto, estoy pensando."

Llegó el camarero y Crawford pidió tres chupitos de whisky irlandés para la mesa. Al fin y al cabo, era el Día de San Patricio. Nos saludamos.

"Ayer también arrestamos a dos agentes de aduanas por permitir que la bolsa pasara flotando por la aduana", dijo Lobster Man.

—Dios mío —Crawford parecía viejo—. ¡Qué desperdicio de vidas!

"Siempre lo es", dije.

Pasamos a otros temas. Me enteré de que el Hombre Langosta se llamaba Carlo, y ambos se rieron cuando les dije cómo lo había apodado. Llegó la cuenta, y Crawford me miró y dijo: "¿Te parece bien?". Claro, dije sonriendo, mientras Carlo ponía los ojos en blanco. Crawford apuró su whisky y sonrió.

Nota Bene

Nos dimos la mano y cada uno se fue. Caminé por calles silenciosas hasta el coche. Alcancé la manija de la puerta del copiloto cuando apareció Moby, sonriendo y diciendo que ya era hora. Condujimos hasta el aeropuerto, donde dejamos el coche y tomamos un vuelo de regreso a Roma.

Capítulo treinta y dos

Los vientos huracanados habían traído lluvia helada, fuertes olas y escombros al paseo marítimo de Trieste. Vientos de Bora, según supe por el camarero que me trajo un espresso, o como él decía, un nero, en el Café Metz. Lo bebí a sorbos mientras observaba a mi alrededor. Me crucé con algunas personas en el camino que se apresuraban a escapar de la tormenta, y me encontré solo, solo, salvo por mis pensamientos. Dos días en Trieste, cuidando mis espaldas y sin que nadie mostrara interés. Terminé mi espresso y volví a sumergirme en la tormenta. Caminé por el casco antiguo, por calles empedradas y pasando junto a edificios medievales con pórticos, arcos y fachadas de piedra. Volví a la historia, incluida la mía, al encontrarme con la villa abandonada de Liz Black.

Abrí la cerradura en segundos y entré en un pasillo completamente oscuro. El frío me heló el aliento. La lluvia que caía sobre la puerta cerrada sonaba como disparos. Recordé que el pasillo daba a un amplio salón-comedor, pero aun así, encendí la luz de mi teléfono para guiarme. El florero que había dejado en la esquina siete meses antes había desaparecido. La mesa auxiliar que abrazaba el otro lado del pasillo seguía allí, pero el tarjetero no. El cierre de la empresa, la repentina lasitud impuesta por la nada, es la primera muerte. Me pregunté si Liz Black sobreviviría mucho tiempo.

Entré al espacio abierto e iluminé la zona. Las mantas

cubrían los muebles de la sala. Habían quitado la mesa del comedor, pero las sillas seguían en su sitio, lo cual me pareció extraño. La cocina estaba vacía, salvo por la cafetera de la estufa en la encimera. Los cajones y armarios estaban vacíos. Me detuve a escuchar, pero el único sonido era la lluvia incesante.

Encontré el camino a su santuario, su galería. Habían arrancado las estanterías de las paredes y también se habían llevado los objetos de la vitrina. Me detuve frente al espacio vacío que había albergado a su De Chirico y me di cuenta de que ya había entrado en las tierras oscuras. El aire no pesaba. Había cerrado con llave la puerta de su oficina. Saqué una llave de alambre, giré la cerradura en una dirección y la manija en la opuesta, y la puerta se abrió de golpe. Encendí la luz, pero no había luz.

Antes de registrar la habitación, cerré las cortinas y encendí la luz del teléfono. Se había llevado su computadora. Su archivador estaba vacío. Revisé los cajones de su escritorio; todos estaban completamente vacíos.

Se me ocurrió que la casa y la oficina de Liz Black habían quedado tan limpias como la granja de Terry y el apartamento de Dianne Herto. Como si sus vidas hubieran llegado a su fin. ¿Nos habrían tendido una trampa para presionar a un diálogo con el General? Un escalofrío me recorrió la espalda.

Salí al jardín. La estatua de Kore era lo único que quedaba.

Durante varios días, mis pensamientos habían vagado hacia Martin, y al volver, intenté imaginármelo en vida. Su nariz romana, su mentón firme y su capacidad para incendiar la fiesta, pero la imagen se desvaneció rápidamente. Tuve un recuerdo fugaz de Liz Black en su jardín, su voz entrecortada, el movimiento teatral de sus manos al hablar. Aquella tarde de verano se había vuelto cálida, pero la imagen se desvaneció en cuanto la recordé. Ahora, la lluvia azotaba la tierra, creando riachuelos que se precipitaban por el jardín. Kore, con sus auriculares de piedra, me miraba sin piedad.

***

—Oye, la encontré. —La voz de Moby sonó áspera en medio de la noche.

"¿Dónde?"

Lago Como. Abrió una tienda nueva cerca del paseo marítimo. Te enviaré las coordenadas.

Le di las gracias de siempre y colgué. Me sentí vacío. Sentado afuera, en una vinoteca en la explanada de Trieste, solo vi la oscuridad en mi alma.

***

Llegué al lago Como temprano por la mañana, encontré su tienda a pocos metros del lago y me senté en una cafetería al otro lado de la plaza. Surgió de la niebla matutina como una aparición, moviéndose con soltura, con la misma despreocupación que antes. El café adquirió un sabor a limón amargo.

Un hombre pálido estaba sentado en la barra removiendo su café, mirándome antes de volver a su periódico. Esperé hasta media mañana, cuando se produjo una repentina pausa en el flujo de clientes. Salí de la cafetería, crucé la calle y entré en la tienda. Miriana se había vestido para el trabajo: un traje pantalón negro, una blusa blanca y unos tacones modestos. Estaba trabajando en un pequeño escritorio detrás de la caja. En cuanto me oyó entrar, se enderezó y se volvió hacia mí con una sonrisa encantadora que la dejó paralizada.

—Oye —dije, deteniéndome a unos tres metros delante de ella. Apoyó la mano en la caja registradora para estabilizarse. Su cuerpo empezó a temblar. Abrió la boca para hablar, pero solo salió un gemido.

Me acerqué a un mostrador y miré las joyas. No me decían nada. Me volví hacia ella. "Sí, sobreviví". El pánico se dibujó en su rostro. "¿No te lo dijeron? Qué desconsiderado de su parte".

Ella estaba muda.

Dije: "¿Por qué lo hiciste? ¿Por qué me lo impediste?"

No dijo nada durante unos minutos, pero luego empezó a hablar en voz baja. Su explicación fue incoherente, llena de inconsistencias y claras falsedades. Le dije que dejara de decir tonterías, que se tranquilizara y volviera a empezar. Lloró un rato y caminó con piernas temblorosas hasta su silla. Cerré la puerta con llave y le di la vuelta al cartel de "Cerrado por diez minutos".

¿Quién te presionaba? ¿Terry? ¿De eso se trataba la discusión entre ustedes dos en el Bardo?

Ella negó con la cabeza.

"¿Alastair?"

Ella negó con la cabeza, respiró profundamente y dijo: "Los tunecinos".

"Bien, ¿cuál fue el apalancamiento?"

"Amenazaron con lastimar a Leonardo".

No lo creo. Puede que te lo hayan dicho, pero fueron movimientos superficiales. Lucarelli tiene más sentido.

Sus ojos se hundieron en su rostro desgarbado y permaneció sentada quieta.

—Alastair Davies era el pivote. Conocía a todo el mundo —dije—. ¿Fue idea tuya buscarme en Trubuxi o de Alastair? Levantó la cabeza, pero levanté la mano. —No importa. Era para que me viera, para evaluarme, para detectar cualquier peligro. Lucarelli se lo dijo, ¿no?

Lucarelli se quedó atónito contigo. Esperaba poder intimidar a cualquier investigador y se enfureció al no poder hacerlo. Empezó a llorar: «Se corrió la voz de que tenía que ayudar a Lucarelli o Leonardo sería asesinado». Empezó a llorar. «Para entonces, ya me había enamorado de ti».

Así que seguiste la corriente. Él te dijo qué hacer y tú le hiciste caso.

No quise que pasara nada de esto. De verdad, no. No he podido dormir desde que te capturaron. Pero Lucarelli me advirtió que no lo desafiara y te entregara a los tunecinos.

Podrías habérmelo dicho. Te habría cuidado.

"¿Hasta cuándo? Es la mafia". Me miró entre lágrimas y luego gritó: "Intenté advertirte, pero no me hiciste caso".

A veces es necesario confiar en los demás. La integridad y la confianza son la base del alma de todos.

Miriana empezó a sollozar; las lágrimas le corrían por la cara como agua de una tubería rota. Empezó a gritar: «¡No, no, no!», golpeándose la cabeza contra el mostrador. Extendí la mano y le sostuve la cabeza para que no pudiera continuar, y le dije: «Para. Nada de autolesionarte».

Se soltó bruscamente y me gritó cuánto odiaba lo que había hecho. Cómo lo había arruinado todo, cómo necesitaba trabajar en una relación y que no se trataba de una sola persona, que había sido horrible al no dejarle otra opción.

"Todavía puedo ayudarte."

—No. Basta, déjame en paz. ¡Vete!

Ella vino hacia mí, dándome puñetazos, golpeándome el pecho y los brazos. Los golpes eran débiles, pero la dejé hasta que, exhausta, retrocedió y empezó a sollozar de nuevo. Me miró y, en voz baja, dijo: «Vete».

El cansancio me invadió. Era hora de irme. Al salir, ella empezó a llorar para que no me fuera, pero no miré atrás. La bilis me llenó la boca. Sintiendo el dolor punzante del ácido, escupí en la esquina.

***

No me fui de la zona, sino que caminé varias manzanas hasta el paseo marítimo, me detuve en la balaustrada de piedra y miré el lago. Sigue adelante, me dije. Deshazte de la ira que sientes hacia Miriana y sigue adelante. La conocía desde hacía casi tres semanas, pero hacer el amor solo había sido por sexo. Me dije, parte de la fiesta. A pesar de advertirme que no fuera a Túnez, pero sin explicarme por qué, solo se había preocupado por sí misma. Anders tenía razón. Tuve un lapsus moral; algo que no podía permitir que volviera a ocurrir.

Una madre con dos hijos pasó caminando. Los niños llevaban globos y empezaron a correr, rozando el pavimento con los pies. Me reí y los vi seguir corriendo, salí de mi confusión y me di cuenta de que no arrastraban los pies, ni rozaban. Me giré y observé la calle que tenía detrás. Lucarelli caminaba hacia mí y estaba a unos seis metros de distancia, rozando el pavimento con el pie izquierdo. Más adelante, dos hombres corpulentos estaban apoyados en un coche, con los brazos a los costados, observando. No había nadie más. Separé las piernas y levanté los dedos de los pies.

Oye, Lukes. ¿No estás huyendo?

Recibí el saludo de siempre. Se acercó a un metro y medio de mí y se detuvo, me miró fijamente un momento, volvió a mirar la tienda de Miriana y luego a mí. Mantuvo las manos a los costados mientras yo trazaba su cuerpo para dispararle.

"Vine a terminar con esto", dijo. "Te dijimos que no te metieras en nuestros asuntos, pero no lo hiciste. Lo jodiste todo".

Supongo que duele perder operaciones en Túnez. Un general al mando, un hombre que se hace de la vista gorda con tal de sacar tajada. Casinos abiertos, servicios sexuales en venta y un oleoducto que atraviesa África Occidental hasta el Mediterráneo. —Agité la mano izquierda como si estuviera esparciendo escombros. Podrían haber sido canicas volando hacia él, por la forma en que se le tensó el rostro.

Cállate y escucha. Vienes con nosotros hoy. ¡Ve al coche!

Miré a los dos hombres en el coche, pero parecían aburridos. Uno se frotaba la frente mientras miraba sus pies. El otro hombre me miraba directamente desde el otro lado de la calle y seguí su mirada. Miriana había salido de su tienda y estaba recostada contra la puerta principal, observándonos.

Estás pensando en Miriana. Tuvimos una conversación difícil con ella. Si hablara sobre la presión para obedecer o para orientar a la policía, pagaría un alto precio.

"No te acerques a ella."

Me miró fijamente y dijo: «Nunca me digas qué hacer. Si dice algo, la mataremos. Ya se lo hemos dicho».

"Lucas, eso es solo una advertencia".

¿Sigues enamorado de ella? ¿Después de que te traicionó? ¿Acaso eres un imbécil?

Me recosté en la balaustrada y él se relajó un poco. "Entonces, supongo que el viejo de la cafetería era tu hombre", dije. "Sabías que aparecería, así que vigilaste la tienda".

Se puso rígido y me dijo que me callara una vez más.

Bueno, dejémoslo. No hay mucha seguridad en el plan. Incluiste a un grupo de conspiradores.

Lucarelli se detuvo, inmóvil, como si contuviera la respiración. Su rostro se contrajo en un triángulo rígido. Me observó de pies a cabeza, no porque quisiera atacarme, sino para ver si le creía, seguido de una sonrisa repentina y finalmente un asentimiento. Su sonrisa se ensanchó.

Supongo que no sabías que el dinero había regresado a Túnez con él en ese momento. No dijo nada. Y ni idea de que Sacco entendiera lo que estaba pasando. Debió de estar en su yate en algún momento, y alguien tuvo una conversación descuidada.

Él no dijo nada.

Así que empezó a morir gente. Xara, Greene, quizá Dianne Herto.

Se encogió de hombros. "Negocios".

Sí, negocios. Matar a Martin no fue negocio. Si Tedesco no estuviera tan enfermo, estarías en un buen lío.

Una chispa de fuego brotó en sus ojos y su voz se volvió más grave. «Sacco quería tanto el ídolo que pensamos: «¡Qué demonios!». No supimos que Martin tenía nuestro dinero hasta después de su muerte». Volvió a sonreír. «Para cuando me di cuenta, ya nos habían arrestado». Se detuvo y luego dijo: «No hay pruebas. Es solo tu historia».

En lo alto de la colina aparecieron dos policías, no con prisa, sino patrullando el barrio.

"¿Dónde encontraste el dinero?" preguntó.

Me encogí de hombros y sonreí.

"Simplemente ven."

—No. De todas formas, la policía está aquí.

Se rió. "Putz, ¿crees que te voy a dar la espalda y mirar? No hay policías".

En ese momento, uno de los matones apoyados en el coche silbó y Lucarelli se puso rígido. Se giró y miró hacia la ladera. Se giró hacia mí y articuló: «Estás muerto». Hice una pistola con mi mano y le disparé balas imaginarias. Caminó de vuelta al coche y se fueron, desapareciendo en el tráfico. Volví a mirar la tienda de regalos de Miriana. Ella seguía de pie en la puerta, con los brazos cruzados, mirándome fijamente. Un momento después, se giró y entró en la tienda, cerrando la puerta con firmeza.

Epílogo

Los tunecinos me han dicho que no vuelva a entrar en su país. Los italianos fueron más cautelosos; me hicieron saber que no podían impedirme la visita, pero que me acosarían mientras estuviera allí. Los malteses se quedaron con el dinero. Los franceses querían aún menos tener nada que ver conmigo y me enviaron a una casa segura en Biarritz. Supuse que esperaban que empezara a cruzar el Atlántico a nado hacia Norteamérica.

* * *

La casa de seguridad estaba a la orilla del mar, junto al campo de entrenamiento de la Legión Extranjera Francesa. Un sargento me preparaba la comida, a bajo coste, por así decirlo. Apagaba las luces a las diez de la noche y ponía zapatillas deportivas a las seis de la mañana para que pudiéramos correr por el camino de entrada que se extendía hasta el infinito. Bebía cerveza por la noche y me permitía tomar media botella de vino cada noche. No discutía; Burdeos estaba calle abajo, y él conseguía bastantes botellas de cortesía de las bodegas. Hablamos de sus experiencias en Marruecos y jugamos a las cartas con varios de sus amigos.

Recibí visitas. El Ministerio de Asuntos Exteriores francés envió un grupo de investigadores para interrogarme sobre Túnez y lo que había visto. Una semana, hablé de aviones de guerra con alguien del Ministerio de Asuntos Exteriores; la semana siguiente, pasé tiempo con un botánico que me hizo preguntas incomprensibles sobre los cactus que había visto. En la tercera semana, un par de hombres amables me preguntaron sobre mis observaciones de formas arquitectónicas en Túnez. Entre ellos se encontraban un juez de instrucción y un abogado que parecían muy interesados en mis problemas, pero no en ayudarme.

Félix me visitó un día. Los agentes de seguridad franceses la miraron con desprecio. Sonrió, contándome lo bien que me veía y cómo Topak la cuidaba. Me relajé y me reí con sus anécdotas sobre la vida en Aviñón. Se puso seria y se disculpó por lo que me había pasado en Túnez. Miriana les había dicho que volaría de regreso a Francia desde Túnez, y solo después se enteró de que estaba en prisión. Me preguntó por el dedo que me faltaba y palideció cuando le conté lo sucedido. Terminó la visita disculpándose por segunda vez y me invitó a visitarla a ella y a Topak en Aviñón.

Recibí varias visitas más: dos chicos de la "Piscina", siempre nerviosos. La conversación no aportó mucho, salvo que me enteré de que los tunecinos habían arrestado a 150 oficiales que participaban en un golpe de Estado planeado. Varios días después, recibí la visita de un grupo de jóvenes estirados y con cara de copo de maíz. Intentaron intimidarme, mostraron su frustración con mis respuestas y se marcharon con la ira contenida. Eran creadores de ficción que me devolvieron al desierto mientras bordaban y tejían, creando una narrativa falsa que, como estelas de condensación, se disolvía. Insatisfechos, intentaron hacer promesas y luego amenazas, pero se convirtió en un espectáculo de magia que fracasó, al igual que su imperio imaginario. Se marcharon tan silenciosamente como llegaron. Recordé al general y a su hermano, quienes probablemente habían sido sus aliados en Túnez. Uno de los jóvenes se giró y me miró fijamente desde la puerta. Lo saludé con fingida ironía y lo animé, gritando: "¡Alfa Mike Foxtrot!".

Crawford llegó otro día, conducido por oficiales de la Sùreté. Se sentaron en un segundo plano y tomaron notas concienzudamente mientras charlábamos tomando café. Parecía cansado y me dijo que había presentado su renuncia, pero que el comisario le había pedido que se quedara hasta que nombraran a un sustituto.

"Deberías presentarte", bromeó. Nos reímos. No había habido muchos avances. Alastair Davies había sido acusado de delitos económicos. Sacco, de asesinato. Túnez también había presentado cargos contra ambos por interferencia vaga. El ministro Camilleri había sido destituido de su cartera y ahora estaba en un segundo plano.

"Alastair y Sacco lo tendrán difícil", dijo Crawford. "¿El ministro? Se escabullirá y vivirá su vida, asistiendo a fiestas en yates, viajando a lugares remotos del mundo y publicando críticas mordaces sobre las políticas de su gobierno en los periódicos".

Lucarelli estaba prófugo, avistado en media docena de

países, pero aún no se le había encontrado. Abundaban los rumores sobre Tedesco: estaba muerto o escondido en Albania o Chipre.

El hermano del general Choibi había desaparecido. Me dijo que no tenía ni idea de adónde había ido Terry. Crawford se fue, con un aspecto más destrozado que nunca.

Buttanesco fue mi última visita. Llegó vestida con un estilo italiano chic. Los oficiales franceses abrieron los ojos de par en par, agradecidos. Me tomó del brazo. Los oficiales franceses me miraron con enojo. Caminamos hasta el muelle para hablar, y los oficiales franceses me rondaban, hoscos. Ella rió y me dio unas palmaditas en las manos. Una vieja y punzante sensación me raspó la nuca.

Ustedes, los norteamericanos, son muy diferentes de nosotros, los continentales. Algunos dirían que son refrescantes, pero yo digo que son diferentes.

"No soy yo mismo."

Se rió de nuevo, coqueteando de nuevo. Las piedras resonaban en la playa detrás de nosotros. Ignoró las corrientes y dijo: «Eres reflexivo. ¿A quién no le afectaría lo que has pasado? Ya lo superarás». Me dio una palmadita en el brazo y se apartó un poco. Luego habló en un tono más serio: «El estado italiano, en su sabiduría, ha permitido que Guillermo Tedesco escape».

"¿Cómo carajo puedes perder a un hombre en silla de

ruedas?"

Creemos que se fue en el camión del correo.

—¿Crees? ¿Y dónde está Lucarelli?

Se encogió de hombros. «El conductor del coche que te recogió era Rodavan Pavlovic. Tenía una orden de arresto pendiente en Belgrado, así que lo enviamos a casa, pero ya ha desaparecido». Extendió las manos con sumisión. Asentí y le sonreí.

En un tono más personal, me informó que Leonardo Gracchi estaba muy enfermo y que no se esperaba que viviera mucho más. Miriana había aceptado la oferta del gobierno de emigrar a un tercer país y cambiar su identidad una vez que él falleciera.

"Cuando tengas negocios nuevamente en Italia, consúltame".

Me reí, y sus labios se curvaron en una fugaz sonrisa. «Tienes que comportarte», dijo, pero con un tono algo coqueto. Hablamos de nada importante durante el resto de su estancia, pero finalmente dijo: «Arrivederci», me tomó la cabeza entre las manos y me dio un casto beso en los labios.

Tengo un mensaje que darles. De parte de los aliados de ambos países. No busquen a Dianne Herto ni intenten averiguar quién era Greene. Sonrió.

Me senté en la terraza durante una hora o más. Un breve

recuerdo del infierno que había padecido en la prisión tunecina me inundó, y sentí un repentino hormigueo en el dedo que me faltaba y un dolor agudo en los testículos. Luego, las sensaciones desaparecieron. Las imágenes mentales me atormentaban, sin desvanecerse del todo, pero rondando en los límites. Siempre en los límites.

La narrativa era en gran medida correcta. Habíamos logrado prevenir una conspiración criminal que habría tenido consecuencias a largo plazo. ¿Pero a qué precio?

La noche cayó sobre mí y los árboles a lo largo de la costa norte perdieron su definición y forma. El mar y la tierra perdieron su separación, ambos oscureciéndose. Las alambradas a ambos lados de la propiedad, que se extendían desde la orilla hasta el mar, desaparecieron en la luz mortecina. Mi mano comenzó a hormiguear de nuevo y apreté el puño izquierdo. Tannit, la Diosa Negra, había destruido vidas dispares como lo hizo en leyendas e historias decenas de miles de años atrás. Martin se había visto atrapado en algo sobre su cabeza. Asesinos quemaron a Greene y al Dr. Habibi, convirtiéndolos en cenizas. Fitz Xara fue asado y se cometieron indignidades en su cuerpo. Habían convertido a Gracchi, a todos los efectos, en un vegetal.

Miriana apareció en mi mente como un sudario. Navegaba en barcos arrastrados por el viento, pero la figura amortajada nunca pasó de ser una figura envuelta en una manta, privada de vida.

Liz Black lo había entendido a tiempo. De vuelta en Inglaterra, con solo el recuerdo de Trevor Martin, se sentía ansiosa y enojada o tranquila durante las noches de tormenta. Felix, bendita sea, seguiría como antes, una mujer con valores ancestrales y originales que aceptaba las tormentas de la vida como simples desafíos.

El que sentía por Terry era un espíritu libre que hacía lo que necesitaba para sobrevivir; nunca era conspirador. Solo jugaba por diversión. A veces, soñaba que había logrado escapar y viajado al este, a las islas griegas. En mi mente, lo veo navegando por el mar color vino de Homero, con su cabello rubio ondeando al viento.

Camilleri evadiría la cárcel. Sacco se enfrentaría al infierno. Alastair Davies cumpliría una condena y la pasaría fatal.

A Lucarelli lo volvería a ver. Tenía que ser precavido, vigilar mi espalda y analizar las situaciones. Esperaba tener ventaja. Tedesco estaba decayendo.

Con Buttanesco, me quedé solo. Había estado luchando con el beso que me había dado. Era una advertencia. ¿Pero de quién? ¿Y por qué? Estos pensamientos me consumían mientras el sol se ponía tras las nubes y se hundía en el mar, convirtiendo las islas cercanas en fantasmas sombríos. Más tarde, sentado en la oscuridad, llegué a la conclusión de que debía ser precavido. Nota Bene.

David Roberts

Reconocimiento

Quisiera agradecer, en primer lugar, a mis padres. Mi madre me animó a leer y apoyó mi interés por la novela negra. Mi padre, reportero y editor del Vancouver Sun, me animó a escribir y me apoyó desde el principio. Gracias a ambos. También quiero agradecer a mis lectores por su apoyo. Mi querida esposa, Karen, tomó notas con asiduidad y discutió la estructura de la novela. Mi hermana Jane pasó horas al teléfono repasándola, a menudo línea por línea e incluso palabra por palabra. Mi hermano Doug fue muy minucioso en sus comentarios y citó a autores similares. Hizo varias recomendaciones. Jim, un buen amigo y lector asiduo, desarmó el libro y lo volvió a armar, ofreciendo comentarios perspicaces.

Bruce, un guardabosques internacional, tras haber viajado por Túnez, me brindó una gran perspectiva del país. Quiero agradecer a mi hijo John, quien me explicó cómo construir un cobertizo y también me contó su pesadilla de que una serpiente le aplastara las piernas. Melanie, escritora y editora de un periódico local, me brindó excelentes comentarios y ánimos, y me animó a continuar el viaje. Ramona pasó horas al teléfono repasando lo que, en su opinión, hice bien y lo que debía corregirse. Y otro John me brindó un gran apoyo. Y, de repente, Molly, maltesa de nacimiento, me brindó información de primera mano sobre Malta, su estilo de vida, su idioma y su política. Y gracias a Rick, mi amigo del vino y el jazz, quien sugirió el título de la novela. También gracias a Donnaleen y Richard por su apoyo y sus comentarios positivos sobre la novela.

Gracias a todos.

David Roberts

David Roberts

Acerca del autor

David Roberts creció en una familia de lectores y escritores. En sexto grado formó su primer grupo de escritura. Aunque nunca llegó a nada, lo inspiró a seguir escribiendo. De niño, disfrutaba de los meses de verano en el lago Shuswap, en Columbia Británica, escuchando el chapoteo del agua, el graznido de los pájaros y los días tranquilos. Asistió a la Universidad de Columbia Británica, donde se licenció. David Roberts reside actualmente en Vancouver con su familia.